AF
LA
GW01607293

Published by arrangement with Walkabout Literary Agency.

Editing e redazione: Mariachiara Riva

Carta geografica (pp. 6-7): elaborazione grafica di Enrico Albisetti

www.giunti.it

© 2024 Giunti Editore S.p.A.
Via Bolognese 165 – 50139 Firenze – Italia
Via G.B. Pirelli 30 – 20124 Milano – Italia
Prima edizione: aprile 2024

Stampato presso Elcograf S.p.A. – Stabilimento di Cles

MARIANGELA GALATEA VAGLIO

AFRODITE

LA VERITÀ DELLA DEA

A tutte le donne che hanno avuto potere.

E a tutte quelle che non hanno potuto mai averlo, ma sono state comunque determinanti per la storia.

LAURENTO
MONTE
OLIMPO
TROIA
MONTE
IDA
DELO
CARTAGINE
SPARTA
CRETA
MAR MEDITERRANEO

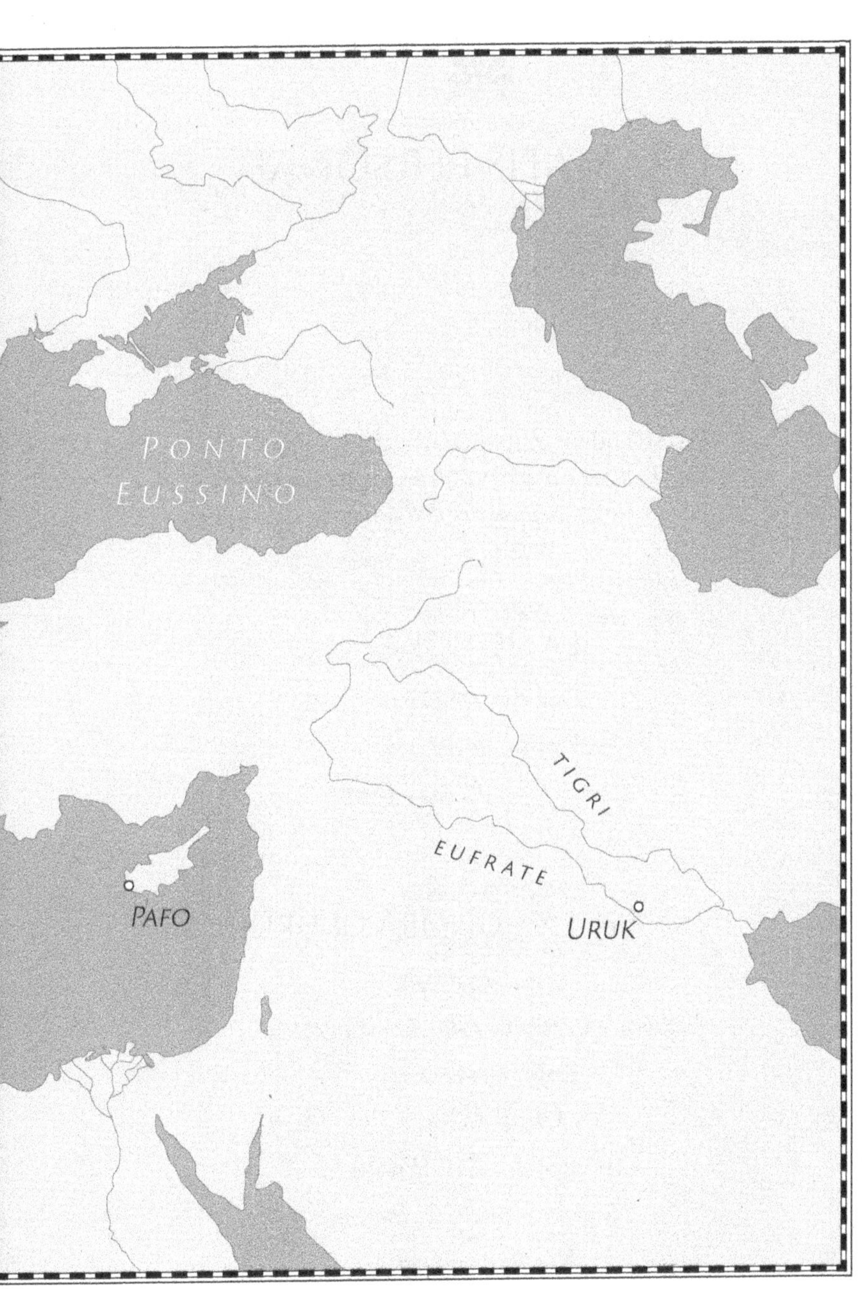
PONTO
EUSSINO
TIGRI
EUFRATE
PAFO
URUK

DRAMATIS PERSONAE

La Splendente/Inanna/Afrodite/Venere:
dea dell'amore e dell'attrazione, signora del cielo e forza unificatrice dell'universo

PARTE PRIMA
LA SIGNORA

Gea *dea della terra*

Urano *dio del cielo*

Crono *figlio di Gea e Urano*

PARTE SECONDA
INANNA, LA SIGNORA DI URUK

An *dio del cielo*

Enki *artefice divino e dio delle acque dolci*

Enlil *dio dei venti*

Utu *dio del sole*

Ereškigal *dea dell'Oltretomba*

Ninšubur *ancella di Inanna*

Kurgarra *demone*

Galaturra *demone*

Shukaletuda *giardiniere al servizio di Enki*

Dumuzi/Adone *pastore*

Iskur, Enkimdu, Asnan,
Kulla, Gugalanna *altre divinità mesopotamiche*

PARTE TERZA
AFRODITE

Efesto *dio del fuoco e fabbro divino*

Zeus *signore degli dei*

Hera *sorella e moglie di Zeus*

Atena *figlia primogenita di Zeus e Metis, dea della guerra e dell'intelligenza*

Ares *dio della battaglia*

Hermes *figlio di Zeus e di Maia, messaggero divino, protettore dei mercanti e dei ladri*

Apollo *figlio di Zeus e di Latona, dio del sole e della medicina*

Artemide *sorella di Apollo, dea della caccia e delle selve*

Poseidone *fratello di Zeus e Hera, dio del mare*

Dionisio *figlio di Zeus e Semele, dio dell'ebbrezza*

Demetra *sorella di Zeus, dea dell'agricoltura*

Ade *fratello di Zeus, signore dell'Oltretomba*

Aglaia e Talia *divinità minori e ancelle di Afrodite*

Priamo *re di Troia*

Ecuba *moglie di Priamo*

Ettore *figlio primogenito di Priamo ed Ecuba, erede al trono di Troia*

Anchise *cugino di Priamo*

Enea *figlio di Anchise e di Afrodite*

Paride *figlio di Priamo ed Ecuba*

Teti *ninfa oceanina, madre di Achille*

Peleo *re marito di Teti*

Eunomia, Dike, Irene (le tre Ore) *figlie di Zeus*

Eris *figlia di Zeus e Hera, sorella di Ares*

Elena *figlia di Zeus e Leda, regina di Sparta*

Etra *madre di Teseo re di Atene e nutrice di Elena*

Menelao *marito di Elena*

Agamennone *fratello di Menelao, re di Micene*

Clitemnestra *sorella di Elena, moglie di Agamennone*

Egisto *cugino di Agamennone e Menelao e amante di Clitemnestra*

Ifigenia *figlia di Clitemnestra e Agamennone*

Achille *figlio di Teti e Peleo*

Calcante *indovino greco*

Criseide *figlia del sacerdote Crise, prigioniera di Agamennone*

Briseide *principessa, prigioniera di Achille*

Crise *sacerdote di Apollo, padre di Criseide*

Creusa *sorella di Ettore e moglie di Enea*

Diomede *re greco*

Ulisse *re greco di Itaca*

Ananke *entità divina che sovrintende al destino del mondo*

Cloto, Lachesi, Atropo (Moire) *divinità che sovrintendono al destino di uomini e dei*

PARTE QUARTA
VENERE

Filottete *eroe greco*

Polissena *figlia minore di Priamo*

Cassandra *figlia di Priamo e profetessa*

Iulo/Ascanio *figlio di Enea e Creusa*

Antenore *principe troiano*

Antifate *eroe troiano*

Acate *eroe troiano braccio destro di Enea*

Anio *re di Delo e sacerdote di Apollo*

Launo *figlia di Anio, profetessa*

Eros *dio della passione, figlio di Venere/Afrodite*

Didone *regina di Cartagine*

Latino *re del Lazio*

Amata *moglie di Latino*

Lavinia *figlia di Latino e Amata*

Turno *cugino di Amata pretendente di Lavinia*

Fauno *antico dio del Lazio padre di Latino*

Evandro *re degli Arcadi fondatore di un insediamento sul Palatino*

Pallante *figlio di Evandro*

Tarconte *re degli Etruschi*

PROLOGO

AI MORTALI

Tutto quello che credete di sapere su di me è falso.

Ogni immagine. Ogni idea. Ogni parola.

Lo so cosa frulla nelle vostre teste, quando sentite il mio nome. La *dea dell'amore*. E via, un diluvio di statue e di pitture, in cui ci sono io, ritratta senza veli. Mentre nasco da un guscio di conchiglia, nel mezzo del mare, o, più borghesemente, faccio il bagno attorniata da brocche e incensari di profumi, mi asciugo i capelli, indosso un peplo che però mi scivola via di dosso lasciandomi quasi nuda, o nuda del tutto. E poi distesa su morbidi letti, con in mano la mela della vittoria dopo aver sconfitto le mie rivali, o assisa su troni, o ancora alla guida di carri trainati da colombe, con un contorno di buffi amorini alati a farmi compagnia.

Afrodite la bella: per voi sono sempre sorridente, elegante, patinata. Una dea da copertina di rivista, una divinità chic, l'antesignana di tutte le mogli trofeo vestite da stilisti alla moda, delle attrici e top model glamour che sfilano sulle passerelle fasciate di abiti scintillanti, i capelli in ordine, il trucco perfetto. La dea dell'amore e del desiderio, ma un desiderio omologato, un prodotto del vostro mondo, banale, prevedibile come tutte le cose fatte in serie: addomesticato.

Una dea che non vive, non agisce, non crea: decora un mondo di maschi, pensato per loro.

Al massimo suscita qualche succoso pettegolezzo per la sua condotta licenziosa, quando si prende per compagni amanti più giovani, bellocci e non particolarmente acuti, o attira lo sdegno dei moralisti perché protegge eroine adultere, e persino prostitute. Ma sostanzialmente un'entità inoffensiva, superficiale, ruffiana senza fantasia per le coppiette languide dei romanzetti rosa o ispiratrice di qualche avventura più piccante, adatta a essere sussurrata nelle alcove.

A questo mi avete ridotta, mortali ingrati.

Voi non avete idea di chi io sia.

Mi avete dimenticata. Mi avete svilita, sminuita, mutilata. Avete ridotto una forza primordiale del cosmo a una favoletta adatta alle vostre case, al vostro piccolo mondo fatto di chiacchiere e di sentimenti preconfezionati.

Voi non avete idea di chi io sia realmente.

È ora e tempo che qualcuno ve lo ricordi.

PARTE PRIMA

LA SIGNORA

Per millenni sono stata sola. Ero l'unica entità divina a essere conosciuta e adorata. Il mio impeto vitale era quello che regolava il desiderio, le nascite, le morti, i cicli della natura in qualsiasi forma, da quello della luna a quello mestruale, all'alternarsi di primavera, estate, autunno e inverno. Nulla sfuggiva al mio potere. Il cielo e la terra, la notte e il giorno, la morte e la vita erano un unico anello infinito che si ripeteva senza sosta per mio impulso e sotto la mia supervisione. Il mio soffio permeava l'universo, era il mio stesso respiro.

LA FALCE E IL SANGUE

Un lampo di luce livida, metallica, squarcia il nero del cielo infinito.

Non è una notte qualsiasi, quella in cui io per la prima volta mi manifesto come vita. È la Notte: un buio viscoso e opaco che ingloba, simile al Caos primigenio, all'indistinto, da cui è nata.

In essa si muovono due forme che non hanno confini certi e identità definite. Esistono solo avvinghiati l'una all'altra, in un amplesso eterno e inscindibile, che non è un atto di amore, ma di ferocia.

Sono Gea, la terra, e Urano, suo figlio, il cielo.

Gea non è una divinità, è una fattrice. La sua unica ragione di esistere è nel suo istinto. La sua unica volontà è la procreazione. Come una cellula, si moltiplica e si replica, si divide e poi ricomincia, in un eterno travaglio che non conosce sosta o riposo. Non ama, non desidera, non pianifica, non proietta sul futuro. Per lei non esiste altro che il qui e ora, e la sua sete di vita che deve essere soddisfatta partorendo. Il suo compito è solo il dare alla luce: la prole le è spesso indifferente. Non le importa che sia mostruosa o divina, sana o malata, è l'atto della nascita che la appaga: far fluire le cose fuori da sé e poi abbandonarle al proprio destino. Non è madre, non è neppure matrigna. È un magma ribollente, che erutta in continuazione.

Urano, il suo primo figlio, è il suo esatto contrario. È il cielo. Non ha confini, non ha divisioni, interne o esterne. Abbraccia ogni cosa, ma senza creare nulla. Urano è lo *status quo*, l'Essere che vuole rimanere uguale a se stesso: infinito, eterno, ma immoto.

È raggelante, Urano. Il cambiamento per lui è inconcepibile, e pericoloso. Non lo accetta e non lo giustifica. Ma soprattutto non lo sopporta. Così si è steso sopra Gea, bloccandola, che è come ucciderla senza farla morire: uno stupro infinto la tiene soggiogata in eterno.

Lei concepisce di continuo, seguendo la sua natura divina: è un puro istinto, che non può controllare. Ma i figli non vedono la luce. Sono confinati dentro di lei, come in una eterna prigione, perché Urano, loro padre e loro fratello, possa godere del mondo da solo e non venire turbato.

Sono due egoismi supremi che si scontrano in una lotta infinita. E mentre questa si consuma il tempo è sospeso e l'universo è in bilico, non in equilibrio. Trattiene il respiro, nell'attesa di scoprire chi sarà il vincitore, e quale sarà la sua sorte.

Ma Gea è vita, non può essere sconfitta. I figli che non riescono a venire al mondo lei li cresce dentro di sé, e sono suoi totalmente. Il padre per loro è un estraneo, la madre è tutto. Così il più giovane dei figli diviene strumento della vendetta materna.

Si chiama Crono, il Tempo. E solo lui può rompere l'attimo infinto in cui i due si sono imprigionati a vicenda, e dare il via al mondo.

Gea lo arma con una falce di adamanto, che ha creato nei più profondi recessi della terra, più dura del diamante, così tagliente da poter uccidere persino gli dei.

Con quella il giovane si fa strada, viene alla luce, si avventa sul padre e lo evira.

Il mondo ha il suo battesimo di sangue. Ma a perderlo non è una femmina, è un maschio.

Nasco così. Non da un parto, e nemmeno da un amplesso. Da un taglio feroce, netto, che ridefinisce ogni rapporto e ogni cosa.

Insieme a me, la forza centrifuga fa schizzare fuori altre presenze, incontenibili, pericolose. Sono io che impedisco una distruzione immediata. Quell'universo lacerato e ferito aveva bisogno di una forza cosmica che lo rinnovasse e lo tenesse assieme. Quella forza sono io.

Il sangue di Urano cade sulla superficie del mare. Si forma un coagulo, una spuma, leggera come nebbia, sottile come una nuvola.

Sorgo dalle acque cristalline, coperta solo dalla mia chioma, splendente come gli scogli bianchi colpiti dal sole all'alba.

Sono la prima dea, la prima vera donna, il primo essere senziente in grado davvero di comprendere ciò che vede.

Mi guardo attorno, e sorrido.

Come chi sa di essere destinata a comandare il mondo.

LA DEA DEL TUTTO

Così i Greci, bugiardi come al solito, raccontarono la mia nascita.

Ma ciò che accadde davvero è ben diverso. Nessun Urano e nessuna Gea hanno dato inizio alla mia esistenza. Nessuna falce di adamanto ha squarciato il buio.

Nel magma informe del Caos primordiale, quello che gli antichi filosofi chiamarono *apeiron,* non c'erano confini e distinzioni: io sono balzata fuori all'improvviso, creando in uno stesso istante il tempo e lo spazio. Un intero universo, il vostro, è nato dalla mia luce rallentata. Quello che i vostri scienziati e i vostri fisici ora chiamano energia, in realtà sono io, presente allora come oggi, dall'inizio e anche prima di esso, perché io sono l'essere che è e non può non essere, l'unica costante universale.

Per millenni sono stata sola. Ero l'unica entità divina a essere conosciuta e adorata. Il mio impeto vitale era quello che regolava il desiderio, le nascite, le morti, i cicli della natura in qualsiasi forma, da quello della luna a quello mestruale, all'alternarsi di primavera, estate, autunno e inverno. Nulla sfuggiva al mio potere. Il cielo e la terra, la notte e il giorno, la morte e la vita erano un unico anello infinito che si ripeteva senza sosta per mio impulso e sotto la mia supervisione. Il mio soffio permeava l'universo, era il mio stesso respiro. Ogni passaggio dell'esistenza era una tappa di un cammino che io avevo disegnato, ogni movimento del cosmo un percorso generato da me. A me obbedivano gli astri nel cielo, i venti e le onde del mare e le fiere sulla terra. Gli animali selvaggi si accovacciavano docili ai miei piedi; i fiori, i frutti e le spighe nascevano dove io lasciavo le mie impronte.

Sono stata con voi fin dalla vostra prima comparsa, quando ancora in branchi a stento distinguibili dagli altri primati cominciavate a colonizzare lande allora selvagge. Mi piaceva quell'alba del mondo così incerta e fragile, in cui non eravate altro che una fra le tante specie, e nemmeno la più adatta a difendersi o sopravvivere. Non eravate padroni, ma ospiti, spesso confusi e storditi.

Vi ho amati fin da quando eravate piccole tribù di pochi individui, maschi e femmine, che si stringevano insieme impauriti gli uni accanto agli altri. Era una vita faticosa, la vostra, perennemente esposta ai pericoli. Non esistevano allora distinzioni di ruoli, ricchezza e povertà, stirpi nobili e oscure. Tutti erano tutto e la comunità era tutto per ognuno di voi. Donne e uomini, insieme, cacciavate nelle foreste, raccoglievate erbe e frutti. I bambini e le bambine seguivano i genitori avviluppati in fasce, appesi alle loro spalle fino a che non imparavano a camminare al loro fianco, a distinguere piano piano le piante buone da quelle velenose, i sassi e i legni utili a essere trasformati in strumenti di lavoro, a capire come scagliare lontano le prime frecce e a usare i coltelli e i rasoi per colpire animali, sventrare pesci, lavorare le carni, tagliare il pellame.

Le donne erano il centro di tutto. Loro che erano madri e custodi del segreto della vita, onorate come regine e sacerdotesse: erano gli unici esseri in grado di entrare in vera connessione con il mondo. Dalla profondità delle loro viscere emergevano i nuovi membri della tribù: li nutrivano nel loro grembo e li regalavano al mondo come doni. Abituate a leggere i minimi mutamenti nelle espressioni dei volti o nel pianto dei neonati, avevano sviluppato l'attenzione per cogliere ogni più piccolo segno. Dal modo in cui il suono si propagava nell'aria, dall'odore della terra, dal fruscio delle foglie carezzate dal vento erano in grado di predire la pioggia, la tempesta, la siccità, scoprire in quali radure dei boschi si potevano trovare frutti e bacche da raccogliere, dove gli animali avevano tane e nascondigli. Erano il tramite perfetto per conoscere la mia volontà. La forza dei maschi era utile, ma l'intuito e la saggezza delle donne erano necessari: erano loro a creare le premesse del futuro.

Per quei vostri primi nuclei così ristretti la riproduzione era il più grande assillo. Ma capire come questa avvenisse era un mistero. Persino quando intuiste che l'unione sessuale poteva portare a una gravidanza, i meccanismi rimanevano incerti, e oscuro come mai non tutti gli amplessi dessero il frutto sperato. Il concepimento era comunque qualcosa che aveva bisogno di un intervento divino. Il mio.

Ricordo quando la notte, formando lunghe file al lume delle torce, vi tenevate per mano, adulti e bambini, spingendovi a piedi nudi fino nei recessi più nascosti delle grotte, per onorarmi. Le vostre mani colorate di ocra tracciavano sulle rocce simboli per evocare la mia benedizione e il mio aiuto. Gli stessi simboli che di giorno i vasai e le tessitrici disegnavano sulla ceramica e sulle stoffe. Io ero la linea e il triangolo, lo zig-zag inciso nella ceramica duttile, la traccia nera lasciata con la punta di carbone. Ero la dea uccello dai grandi occhi di civetta, la dea serpente e la dea ariete che apriva la stagione della primavera e garantiva la morbida lana per proteggersi dal freddo inverno. Ero l'anfora e la coppa che raccoglieva l'acqua per bere e curare. Ed ero la statuetta nuda di madre dai grandi seni e dal ventre prominente, braccia aperte per accogliere, capelli che formavano un casco di riccioli fitti. Le vostre voci risuonavano nelle radure in mezzo alle selve, gridando: «Signora proteggici!», mentre le vostre membra intrecciavano danze in mio onore.

Mi chiamavate con mille nomi, e nessuno specifico. Avevo volti e corpi diversi, alcuni androgini e dotati di doppi genitali. Ero una sola sostanza che prendeva forme diverse. Vi ricorda qualcosa? Secoli dopo lo diranno di divinità maschili, uniche e separate, eppure trine. Ma all'inizio quell'entità poliforme ero io: inizio e fine, cerchio e linea retta. Ero immobile e dinamica, infinita e conclusa, sfera perfetta e universo in espansione, sempre uguale a me stessa e diversa nel medesimo istante.

Ero, e basta.

ARRIVANO GLI DEI

La spada tenuta stretta nel palmo della mano, mentre l'altra regge le redini di un cavallo. In testa un elmo ornato di piume. I guerrieri scintillanti nelle loro armi di metallo percorrevano le pianure al galoppo, dritti e fieri. Dalle loro bocche uscivano grida di battaglia, in lingue che non avevo mai udito.

Erano un nuovo popolo, se vogliamo chiamare popolo un insieme confuso di tribù spuntato all'improvviso da steppe lontane ai confini del mondo. Erano veloci, e brutali quando serviva. Traversavano le montagne, dilagavano nelle pianure. Distruggevano, conquistavano, e dove non riusciva loro di portare la guerra, si intrufolavano come serpi approfittando della natura pacifica di chi mi venerava. E in poco tempo, tutto ciò che prima era mio è divenuto loro. Alla loro testa, come insegne issate su bastoni, portavano le immagini dei loro dei, maschi.

Esistevano altri dei oltre a me? Lo scoprii solo allora. Io, che per millenni avevo regnato sola e unica sul mondo, di colpo mi trovai accerchiata da una folla di nuove divinità.

Non ero abituata a spartire il potere con chicchessia. Prima non avevo mai avuto padroni, e nemmeno compagni: nessun maschio, umano o divino, poteva realmente considerarsi pari a me o completarmi. Al massimo mi ero vista accostare talvolta qualche figlio neonato da tenere fra le braccia, a sottolineare la mia natura di madre, per altro piuttosto distratta. Di questi figli non ricordo un'adolescenza o uno sviluppo: rimanevano come appendici prive di consistenza: attributi, non esseri. C'erano stati demoni e spiriti accanto a me, signori delle selve e dei boschi, sempre però in posizione subordinata: io, la dea, loro i miei aiutanti e sottoposti.

Questi nuovi esseri divini, invece, erano del tutto diversi: arroganti, tracotanti. La perfetta proiezione degli esseri umani che li adoravano.

Erano maschi potenti, dalla forma umana: il principale era il dio delle tempeste e del cielo, capace di scatenare tuoni e fulmini e scuotere le profondità della terra, e poi vi erano i suoi figli e fratelli, altrettanto bellicosi e violenti.

C'erano anche delle dee, sì. Ma erano presenze secondarie. Questa suddivisione rispettava l'ordine della loro società, in cui le femmine non avevano ruoli di spicco: si sposavano, allevavano i figli; erano rispettate, ma per il loro ruolo di genitrici, non per la loro essenza. Erano una proprietà o un mezzo: appartenevano ai mariti e servivano a questi per avere una discendenza certa. Le educavano a essere remissive e modeste, ripetendo loro che erano inesperte, capricciose, sconsiderate, quasi fossero eterne bambine, e venivano educate in maniera che restassero tali. Accanto dovevano avere sempre un maschio, fosse questi un padre, un marito o un fratello. La sola via di salvezza era l'obbedienza e la docilità all'altrui comando.

Cosa ci si poteva aspettare, del resto, da una schiatta di guerrieri? Per loro il controllo era l'essenza della vita. Organizzavano le famiglie come eserciti schierati. Se si allontanavano per una spedizione, volevano la certezza che in patria tutto sarebbe rimasto ad aspettarli uguale a come l'avevano lasciato; se invece decidevano di partire da un luogo, mogli, figli e servi dovevano essere pronti a caricare i loro averi sui carri e seguirli, senza un fiato e senza ripensamenti.

Dopo averli incontrati, le mie tribù pacifiche di cacciatori e raccoglitori si trasformarono. Decisero che le terre in cui si erano stanziate un tempo dovessero venire difese con le armi, e cominciarono anche a considerare normale poterne strappare altre con la forza ai vicini, se occorreva. I guerrieri divennero indispensabili e guadagnarono sempre più potere.

Le tribù erano divenute più grandi, sì, ma anche più complesse. Nessuno poteva fare tutto, cacciare, raccogliere, pescare, cucire vestiti, forgiare armi, plasmare vasi, creare strumenti e usarli. Ogni azione richiedeva conoscenze e abilità specifiche, che andavano acquisite con lunghi apprendistati, fatti di osservazione e studi. Gli agricoltori dovevano conoscere il tempo più adatto alla semina e al raccolto, gli artigiani le tecniche per costruire i vasi e le pentole e le stoviglie, i fabbri i segreti della fusione dei metalli per creare gli utensili, i guerrieri dovevano conoscere le tecniche di battaglia, essere forti, in grado di maneggiare con maestria le armi grazie a lunghi allenamenti.

Per questo mondo nuovo, io non bastavo più. Agli dei combattivi e maschili si aggiunsero una miriade di altre divinità minori. Una folla di creature dotate di poteri grandi e piccoli che venivano invocate in base alla circostanza o al bisogno. Come la società umana, anche quella celeste doveva avere dei e dee esperti in un determinato settore e organizzati in una precisa gerarchia.

Io, purtroppo, lasciai fare. Non intuii il pericolo, perché la mia natura non è esclusiva. Come al tempo dei cacciatori, quando mi erano stati affiancati spiriti di animali e di piante nei totem delle tribù, accettai queste nuove figure con la tolleranza tipica della madre che abbraccia. Era una trappola. Lo capii troppo tardi. Come nella società, i guerrieri pian piano assumevano i ruoli di comando giocando sulla paura dell'estraneo, così nella sfera divina io venni pian piano emarginata. Convinsero i popoli che il principio generatore poteva essere sì femminile, ma era quello maschile il solo in grado di ordinare e comandare il mondo. Quelle credenze erosero il mio potere come i topi rosicchiano pian piano le gomene delle navi; come topi gli dei maschi si intrufolarono nei sotterranei dei templi, e poi risalirono verso gli altari per prenderne possesso.

E io, che ero stata tutto, mi ritrovai privata della mia autorità, della mia forza. I miei riti vennero disattesi, i sacrifici in mio onore abbandonati. Scoprii così che se noi divinità perdiamo i nostri adoratori, ci indeboliamo noi stessi, quasi che i nostri poteri siano indissolubilmente collegati alla fede che gli umani ripongono in noi. Mi sentivo di giorno in giorno venire meno, affievolire come la fiamma della candela che si spegne a poco a poco. L'universo pareva non rispondere più ai miei voleri, farsi estraneo. Io stessa facevo fatica a mantenere il ricordo di ciò che ero stata: come l'acqua che si trasforma in vapore e poi piano piano sfuma nell'aria, perdevo coscienza di me stessa man mano che i mortali perdevano coscienza di me.

Ogni regione aveva creato i propri dei. All'improvviso, avevo sentito risuonare nella mia testa le mille voci degli umani che mi chiamavano in posti diversi con nomi differenti: ero abituata a quelle invocazioni, ma era la prima volta che esse mi apparivano dissonanti e confuse, come se io non fossi più in grado di ascoltarle tutte insieme ed esaudirle. Quella che prima era stata naturale polifonia, ora diveniva confusione ingestibile.

Io, che ero stata flusso inarrestabile e sostanza creatrice dell'universo, in questo nuovo mondo mi ritrovai ridotta e delimitata, imprigionata in quello che era un corpo simile a quello umano, dotata di attributi fissi e una storia.

Ma non ero disposta ad arrendermi così. Chi contiene la forza del tutto, non può essere ingabbiata in un solo ruolo. Non potevo dimenticare ciò che ero stata e dimenticare la mia essenza combattiva. E se ora gli uomini rispettavano solo la forza dei guerrieri, io l'avrei saputa trovare in me, per essere di nuovo la loro guida.

E così diventai Inanna, la vergine guerriera.

PARTE SECONDA

INANNA, LA SIGNORA DI URUK

Sanguinavo.
Quando rinvenni ai piedi del pioppo,
questa fu la prima cosa di cui mi accorsi:
la macchia rossa che sporcava la mia tunica.
Non vi era altro, per me, che quella macchia,
incomprensibile, estranea. Gli dei non sanguinano.
Ma io sì. Perché non ero più per gli umani
una vera divinità: ero una femmina.

FAMIGLIE DIVINE

«Noi siamo il nuovo ordine del cosmo. Abbiamo separato il cielo dalla terra, suddiviso le parti del mondo, fissato i confini fra i campi con solide pietre. Abbiamo insegnato agli umani come coltivare l'orzo, creato i pozzi e i canali. Abbiamo donato l'ordine agli uomini, creato i re e gli eserciti.»

La voce di An era potente come il tuono, mentre proclamava nel mezzo della sala del consesso divino i nostri doveri e i nostri compiti.

Io ascoltavo, compunta, ma in qualche modo distante.

La mia incarnazione in questa nuova era del mondo era un corpo di fanciulla. Avevo gambe snelle, ventre piatto, seni piccoli e sodi, lunghi capelli che scendevano sulle spalle in una cascata di riccioli neri, pelle liscia, profondi occhi scuri di cerbiatto innocenti e pensosi.

Tutto in me suscitava desiderio, anche feroce, ma ero una promessa accennata, un vento di primavera che scompigliava improvviso l'ordine fissato delle cose.

Ero, in una parola, un'adolescente che si affacciava alla vita.

Dell'adolescente avevo l'entusiasmo, lo slancio vitale, ma anche l'impulsività, l'inesperienza e quel senso di insicurezza che non la rendono ben conscia del suo vero potenziale. Difatti nell'assemblea degli dei me ne stavo in disparte, silenziosa, intimorita ma anche insofferente. Per me tutto questo era una completa novità.

Avevo dovuto scegliere. Anche io, in quel mondo ormai organizzato per gerarchie, avevo dovuto dare delle priorità. E così decisi per la Mesopotamia, la terra dei fiumi, dove abitava una gran parte di quel genere umano che amavo, e che sentivo aveva bisogno della mia protezione e della mia guida. Lì avevano fatto sorgere le prime grandi città e imparato a vincere l'aridità e trasformare il deserto in terra fertile, scavando canali.

Gli dei erano organizzati come una grande e complicata famiglia. Un concetto per me estraneo e difficile persino da capire. Nei nebulosi millenni in cui il genere umano era diviso in piccole tribù, i legami familiari erano qualcosa di confuso e magmatico. In gruppi così sparuti, tutti erano parenti di tutti, e la prole figlia dell'intero villaggio. Credo che a un certo punto gli umani abbiano inventato una storia per noi. Man mano che mettevano ordine nel loro mondo, ordinavano e davano una forma certa anche al nostro. In Mesopotamia mio padre divenne An, che dimorava nella casa del cielo, circondato da numerose mogli e figli e fratelli.

C'erano Enki, il dio delle acque dolci, dalla natura sfuggente e piena di meandri come quella dei fiumi che aveva generato. Era difficile da imbrigliare e da tenere sotto controllo, perché come acqua era capace di dividersi in rivoli e permeare ogni cosa, scavare la roccia come le sue gocce, riemergere come fonte nei punti più inaspettati. Si credeva il migliore di tutti, il più furbo e il più scaltro. Con il suo fare suadente, era bravo a ingannare chiunque: seduceva le donne, divine e mortali, tanto che ormai era lunghissima la lista delle sue conquiste e delle sue amanti; ammaliava gli uomini, e soprattutto affascinava le altre divinità con la sua bravura nel trovare soluzioni inaspettate ai problemi che gli venivano sottoposti. Di fatto gli altri dei lo avevano eletto a loro consigliere e gli avevano affidato incarichi via via sempre più importanti. Enlil, il dio dei venti, figlio di An, e Utu, il dio del sole, gli chiedevano pareri e lo mettevano a parte dei loro progetti, e lo stesso An riponeva in lui la massima fiducia.

Le decisioni importanti, del resto, si prendevano solo in quella ristretta cerchia maschile: le dee della terra dei fiumi ben di rado venivano consultate per faccende di una qualche rilevanza. Le uniche ad avere un posto di riguardo nel consesso divino eravamo Ereškigal, la potente signora del Kur, il mondo dell'Oltretomba, e io, Inanna, che venivamo considerate sorelle.

Il mio nome derivava da quello di mio padre, *In-An-na*, ed ero la sua favorita. Io, sola fra le dee, e mio fratello Utu spartivamo con lui il dominio del cielo: An illuminava la notte con la luna, Utu il giorno con l'astro fulgente del sole, ma io ero la signora indiscussa dei passaggi, colei che, come Espero, era la prima luce a brillare nel crepuscolo della sera e, come Lucifero, la prima ad apparire per annunciare il giorno.

La famiglia divina era composta da altre dee, spose e compagne. Potenti e rispettate, certo, ma in fondo appendici di un marito cui dovevano rendere conto, come le serve a un padrone.

Io invece mi distinguevo da loro perché ero giovane, bellissima, sfrontata e sola. Il matrimonio non faceva per me, non lo desideravo affatto. Rinchiudermi nella gabbia di una convivenza, persino in una reggia divina, mi avrebbe fatto sentire in carcere. La mia energia si sfogava in mille modi: mi piaceva apparire nelle campagne coltivate, e con un mio gesto far nascere il grano e far fiorire gli alberi da frutto, ma anche aggirarmi per i campi di battaglia ricoperta di armature scintillanti, con al guinzaglio fiere selvagge, combattere nelle mischie violente, proteggere gli eroi coraggiosi e suggerire loro stratagemmi per sbaragliare i nemici. Ero giovane e irruenta: amavo i successi e le vittorie schiaccianti, l'umiliazione dei vinti; la pace e il compromesso non facevano per me.

Talvolta gli uomini amavano raffigurarmi con delle spighe che spuntavano dalle mie spalle, altre con le ali, con cui volavo sopra di loro e li soccorrevo nelle mischie e negli scontri, scatenando contro i nemici le belve mie compagne, il leone e il toro.

Mi piaceva questa mia vita: mi sembrava di essere libera, senza alcun vincolo al mio agire.

Mio padre An mi adorava con quell'amore viscerale con cui i padri amano le primogenite, a cui consentono ciò che mai a nessun altro consentirebbero. Assecondava la mia decisione di rimanere nubile: non aveva mai fatto pressione perché prendessi marito, né mi aveva promessa ad alcuno. Credevo che fosse per una sorta di gelosia nei miei confronti, e mi sentivo lusingata che non volesse dividermi con nessuno perché ero l'essere a lui più affine in tutto l'universo, quello da cui non avrebbe mai accettato di separarsi, nemmeno per un attimo. Le altre donne o dee non mi interessavano, perché non le consideravo comparabili a me proprio perché io ero la prediletta del padre. Pensavo che fosse un affetto incondizionato e immutevole, il suo, e che nulla sarebbe mai cambiato nella mia esistenza in virtù di questo rapporto così stretto e particolare tra noi. Mi sentivo forte, una privilegiata, un'eccezione. Non mi accorgevo che invece ero semplicemente sola.

Della Grande Dea che ero stata un tempo mi erano rimaste la voglia di essere indipendente e la curiosità nei confronti degli umani. Gli altri dei della Mesopotamia credevano che gli uomini fossero stati creati dal fango per essere loro schiavi, e sobbarcarsi tutti quei compiti ingrati e pesanti che le divinità non accettavano di compiere. Ma io li avevo protetti per troppi secoli per non sentirmi legata a loro, e non potevo accettare di non frequentarli e aiutarli quando ne avessero bisogno. Così alle volte, di nascosto da An che non approvava queste commistioni, mi divertivo a scendere presso di loro, irriconoscibile, per passeggiare nei villaggi, vederli indaffarati a costruire case e canali, coltivare campi e allevare armenti, chiacchierare con loro sulle ultime invenzioni e scoperte. Con leggeri e inavvertibili tocchi rendevo fortunati quelli che più mi sembravano meritevoli, regalavo loro raccolti abbondanti, o benedivo loro stessi e le loro case con matrimoni felici e con le nascite di molti discendenti, o infine abbellivo le dimore o i villaggi con esplosioni di fiori, trasformando angoli prima aridi e privi di vita in meravigliosi giardini tracimanti di bellezza.

Così, quando An chiese quel giorno dove volessimo edificare le nostre case e quale luogo desiderassimo eleggere a residenza, mentre gli altri si affannavano a indicare posti impervi ai confini del mondo, lontani da tutto, per non essere infastiditi dagli umani, io avanzai a testa alta verso mio padre e sorridendo dissi: «A Uruk».

Un fremito di sorpresa e di disapprovazione percorse la sala.

«Ne sei certa? – mi domandò Enki, che sempre mi trattava con una velata sufficienza, come se non mi ritenesse in grado di valutare le conseguenze delle mie azioni, o di avere pieno diritto di fare le mie scelte – Sarai sola in mezzo agli uomini.»

«Mi piacciono gli uomini» replicai.

Avvertii alle mie spalle mormorii di disapprovazione da parte degli dei, e soprattutto delle altre dee. Non ho mai capito perché una donna, specie se giovane e bella, non può ammettere di provare interesse per i maschi, e se lo fa viene giudicata una poco di buono. Ma io sono stata da sempre insofferente alle convenzioni e all'ipocrisia. Così aggiunsi, ancora più sfrontata: «Gli uomini sono divertenti, imprevedibili, non mi annoiano mai».

«E allora sia. – decretò An, che pareva improvvisamente desideroso di chiudere in fretta ogni questione compiacendomi. – Ma prima di raggiungere la tua nuova casa, lascia che Enki ci illustri come da oggi in avanti saranno suddivisi i poteri fra gli dei.»

Rimasi spiazzata, perché nessuno mi aveva avvisato di quella novità. Tuttavia, vedendo che ero l'unica a essere sorpresa e notando le occhiate che gli altri dei si scambiavano fra loro, intuii che Enlil e mio fratello Utu dovevano essere stati avvertiti, e anzi probabilmente erano stati persino promotori della cosa.

Guardai An dritto negli occhi: «Una nuova suddivisione, padre? Per quale motivo?».

«Ora noi tutti abiteremo in luoghi diversi, e ognuno avrà un suo ambito specifico. Io stesso ho pregato Enki di occuparsi di questa faccenda, per evitare liti e sovrapposizioni. Per questo i nostri poteri, che fino a oggi sono stati custoditi tutti qui, nella mia casa, vanno distribuiti a ciascuno.»

Al suo cenno, una serie di demoni e di spiriti entrarono. Sorreggevano sulle loro spalle un enorme vassoio su cui poggiava uno scrigno, l'*Eanna*, che conteneva tutti i *Me*, ovvero i poteri divini.

Non mi piaceva, non mi piaceva per nulla. Non è nella natura divina avere confini e paletti, e tanto meno nella mia. Non ero abituata a rendere conto a nessuno del mio operato, o pensare che qualche aspetto o luogo del cosmo potesse essere sottratto al mio influsso. Mi sentivo come se stessero tentando di mutilarmi. Mi guardai attorno, stranita. Come potevano le altre dee accettare tutto questo? Che si procedesse a una redistribuzione di poteri senza nemmeno chiedere il loro parere, o la loro approvazione?

Certo, loro erano arrivate più tardi, non erano eredi dirette della dea, e non avevano vissuto il periodo in cui era la signora del Tutto. Ma non avevano proprio nessuna idea di quanto grande fosse stato il nostro ancestrale potere? Un tempo nessuno, in una tribù, avrebbe mai osato prendere una decisione senza consultare le donne, che erano in perfetta comunione con i desideri della divinità e ne erano le rappresentanti più naturali. Non si sentivano offese da questo modo di procedere, che non prendeva nemmeno in considerazione l'idea di domandare un loro parere o di concordare con loro le scelte?

No, evidentemente. Perché sorridevano soddisfatte, senza replicare, senza emettere un fiato. Anzi, sembravano quasi infastidite dalla mia presa di posizione, la giudicavano una mancanza di rispetto e di educazione nei confronti dell'ordine costituito: parevano come animali addomesticati, che dopo anni di prigionia sono felici delle catene che sono state loro imposte, e guardano con malcelato disprezzo gli animali selvatici, che non accettano di piegarsi al giogo della servitù.

Enki intanto aveva iniziato a parlare, e si era lanciato in uno sperticato elogio di se stesso: grazie a lui e alla sua suddivisione il mondo sarebbe diventato un luogo di pace e di ordine, in cui i giovani uomini avrebbero reso grandi le città con il loro lavoro e il loro ardire, e le giovani donne avrebbero potuto ammantarsi il capo di avvenenza, indossando il velo della pudicizia fino alle nozze, per poi diventare mogli fedeli e madri integerrime.

Fremetti: quello che lui descriveva come un paradiso a me sembrava un inferno di divieti e regole insensate. E non capivo poi perché questa insistenza per le giovani donne sull'umiltà, sul pudore, sul matrimonio, tralasciando del tutto l'innamoramento, il desiderio, il divertimento, il sesso, le loro ambizioni e libertà: come se la nostra unica aspirazione come donne si riducesse a doverci legare a un uomo, curandolo e partorendone i figli, eclissandoci dietro a lui, vivendo la vita come un obbligo e un sacrificio e, alla fin fine, venendo cancellate.

La trovavo una richiesta irragionevole, una mutilazione insensata, una scelta contraria alla natura di qualsiasi essere.

Finito il panegirico, Enki iniziò a estrarre dall'*Eanna* tutti i *Me*, uno per uno. Erano piccole sfere scintillanti che si libravano nell'aria un attimo, prima di venire assegnate al dio o alla dea che le riceveva e fondersi con la sua essenza, che ne risultava così amplificata. Enki nominò e assegnò i *Me*, secondo una lista precisa che aveva stilato.

Man mano che la cerimonia procedeva, i miei sospetti diventavano certezza.

An ottenne la supervisione del cielo, Iskur di fulmini e tempeste, Enlil dei venti, Enkimdu dell'agricoltura, Asnan dei cereali e del grano, Kulla della fabbricazione di mattoni e case, Utu del sole e della tutela dei confini. Alle dee invece – che cosa inaspettata! – vennero assegnati compiti minori: presiedere al parto, filare la lana, occuparsi della casa. Solo Ereškigal, che silenziosa e torva aveva seguito la cerimonia in disparte, attorniata dai suoi demoni, si vide riconfermata la supervisione sul regno dei morti, forse perché in apparenza sembrava un incarico prestigioso, ma in realtà non era bramato da nessuno.

E io? Nulla.

Attesi in silenzio fino alla fine, mentre di riga in riga si assottigliavano gli ambiti senza tutela, curiosa di scoprire quale sfera sarebbe rimasta per me. Ma Enki terminò il suo elenco senza pronunciare il mio nome.

«Non ti sei dimenticato di qualcuno? Il mio potere quale mai sarebbe? Non ho ricevuto nessun *Me*» dissi allora, nel silenzio pesante della sala.

Enki si stampò in faccia un sorriso ipocrita: «Ma no, vergine Inanna, nessuno si è dimenticato di te. Il tuo potere resta intatto, ma è trasversale, e pertanto non vieni citata e non hai bisogno di ricevere *Me*. Del resto, lo hai detto anche tu: ti vuoi stabilire più vicino ai mortali, stare in mezzo a loro. Interverrai direttamente nelle loro vite dal tuo tempio. Non c'è bisogno che ciò venga sancito in una cerimonia che riguarda l'universo tutto».

Da signora del cosmo a divinità regionale che nessuno ricorda al di fuori dei confini della sua città, e che sovrintende un po' a tutto, quindi di fatto non ha potere su nulla: a questo mi stava riducendo Enki! Con il beneplacito di An, per giunta.

Ero stata stupida a non averlo previsto. Il loro piano era questo fin dall'inizio. Nel nuovo ordine del mondo che volevano imporre non c'era posto per me, erede della Grande Dea.

Forse si aspettavano che mi infuriassi, strepitassi, mi rendessi ridicola con la mia ira confermando che ero inaffidabile, immatura, instabile. Questo dicono di noi donne, quando ci arrabbiamo per un'ingiustizia subita. Non volli dar loro questa soddisfazione. Avrei avuto tempo e modo per vendicarmi.

«Se questo è ciò che volete, mi atterrò ai vostri desideri, e mi accerterò di attendere in modo diligente ai miei nuovi compiti così trasversali» dissi.

Mi inchinai di fronte a mio padre con grazia, poi uscii, lasciando la grande sala degli dei, dove ciascuno di essi mormorava alle mie spalle e gongolava, pensando che la mia alterigia fosse stata finalmente punita.

Decisi di raggiungere subito Uruk, la mia nuova casa.

Ne avrei fatto il centro del mondo, la città più potente di tutte.

URUK

Una piana stepposa, bruciata dal caldo e corrosa dalla polvere, ai margini di un deserto: il peggior posto al mondo per pensare di fondare un insediamento, o peggio ancora un'intera civiltà. Questa era la terra di Uruk, dove invece gli uomini avevano deciso di creare la loro prima città.

Siete testardi e imprevedibili, ve l'ho detto.

In tanta desolazione, le acque del fiume erano all'inizio l'unico sollievo: scorrevano pigre in anse e meandri, formando paludi di canne e stagni, rifugio di stormi di uccelli e altri animali.

Erano piccoli angoli di paradiso, ma instabili. Bastava una pioggia improvvisa, la furia di una piena perché tutto venisse spazzato via dalle acque: quando queste defluivano, il paesaggio emergeva di nuovo, sì, ma stravolto e ridisegnato dalla natura. La geografia e le possibilità di vita lungo il fiume erano legate al capriccio della sorte.

Ci erano voluti secoli perché i piccoli villaggi sumeri vicino all'Eufrate imparassero a dominare le sue variazioni, a tenere sotto controllo la sua portata. Generazioni di umani avevano osservato con attenzione ogni piccolo cambiamento, letto i segni in cielo per prevedere le piogge, riconosciuto la conformazione dei terreni, calcolato le altezze necessarie per gli argini, la profondità dei canali, gli angoli esatti per le loro intersezioni. Un lavorio pignolo, silenzioso, a volte frustrante, perché fatto di errori, fallimenti, tentativi andati a vuoto e rari successi.

Li avevo seguiti fin dal principio, affascinata dai loro faticosi esperimenti.

Mi avevano invocato per patrocinare il loro sforzo e sostenerlo, e qualche volta mi avevano rivolto delle bestemmie quando non era andato a buon fine. I sacerdoti e le sacerdotesse mi avevano pregato perché dessi loro la giusta ispirazione, e tenuto meticoloso conto negli archivi dei miei templi delle ipotesi, delle pratiche, dei metodi che portavano risultati. Ero stata non solo una dea, ma la loro memoria collettiva.

Pian piano quelle formichine testarde avevano avuto la meglio su tutto: avevano drenato la terra con i canali, bonificato le aree paludose, creato argini e chiuse.

Era nato così un vasto agglomerato, con le sue case di mattoni essiccati, e i templi *ziggurat* svettanti verso il cielo come piccole montagne create per venerare sì le divinità, ma anche per ricordare loro che gli umani erano in grado ormai di costruire colline artificiali ed edifici e strade, ridisegnare le anse di fiumi e navigare sui mari, vincendo quei limiti che gli dei stessi credevano di aver fissato per sempre.

Mi avevano dedicato un quartiere intero di Uruk come mio tempio, che alla fine, per via della mia costante protezione e del mio favore, era divenuto più esteso e più ricco di quello attorno al tempio dello stesso An, sull'altra riva del fiume.

Per questo avevo deciso di abitare in mezzo a loro.

L'ARRIVO DI INANNA

Caddi dal cielo in una notte stellata. Un uovo traslucido di madreperla, immenso, piovve dall'alto e si sciolse nelle acque dell'Eufrate. Uno stormo di colombe ha accompagnato la mia comparsa, e i pesci si sono riuniti per scortarmi in corteo fino alla riva.

È stata quella la prima volta nei millenni che ho stupito gli uomini con il mio arrivo. Li spiazza ogni volta che io giunga in mezzo a loro, all'improvviso. Le discese delle altre divinità hanno sempre una causa precisa: una guerra, o la passione per una o un mortale, e una durata brevissima, legata al soddisfacimento del loro desiderio, che sia una conquista militare o di alcova. Ma la verità è che gli altri dei, in fondo, vi schifano. Si lagnano di quanto siete imperfetti, incapaci, incostanti. Vi giudicano indegni di essere ammessi alla loro presenza, vi rinfacciano la vostra pochezza, vi mortificano con regole assurde, pretendono che vi umiliate dinanzi a loro.

Io no. Il mio non è solo un manifestarsi, è un restare.

Con voi mi diverto, anche se non sempre siete capaci di comprendere i miei piani o i miei desideri. Per quanto trovi spesso i vostri sforzi assurdi e le vostre angosce esagerate, e talvolta ne sorrida, guardo ammirata la vostra incrollabile determinazione. Mi affascina la straordinaria gamma di azioni che riuscite a compiere, e che sono spesso in contrasto fra loro. Siete capaci di atti di incredibile eroismo e di abissale meschinità. Siete tenaci e volubili, pavidi e coraggiosi, accorti e sventati, sottili e grezzi, intelligenti e subito dopo incredibilmente stupidi, capaci di resistere stoicamente alle tentazioni e poi abbandonarsi senza ritegno ai desideri più autodistruttivi. Ma per chi come me proviene dal Caos primigenio in cui gli opposti convivono e si bilanciano, questo non è una pecca.

Persino io, che sono in grado di suscitare ogni tipo di brama, non sono sempre certa delle vostre reazioni. Per chi, come me, è eterno, la noia è il peggior nemico, forse l'unico che davvero teme.

Con voi non ci si annoia mai.

Per questo mi sono unita a voi umani. Ho percorso i vicoli stretti di case addossate le une alle altre, i magazzini eretti lungo i canali del porto fluviale, ho conosciuto i mercati dove le spezie venivano scambiate a caro prezzo, dove le stoffe di colori variopinti erano esposte per essere accarezzate dalla luce del sole, dove i profumi e i peggiori lezzi si mischiavano, come la polvere si mischia all'acqua nelle pozzanghere fangose.

Non vi siete resi conto di chi avevate accanto quando entravo nelle taverne di malaffare e sentivo gli avvinazzati rivolgermi bestemmie e intonare canzonacce. Vi seguivo quando entravate nei bordelli, dove le prostitute aspettavano i clienti distese su letti di piume o su ruvidi paglericci da due soldi. Ho assistito alle contrattazioni frenetiche dei clienti nelle botteghe degli artigiani, ascoltato i patti stretti fra uomini di affari, mi sono persa a guardare i bambini giocare negli spiazzi e nei cortili inseguendo una palla, ho assistito ai parti, pianto ai funerali.

Vi ho guidato in guerra e in battaglia, contro i vostri nemici, per farvi trionfare su di essi e impedire loro di recarvi danno. Non ho esitato a vestire le armi e scagliare la lancia, a scatenare la mia ira, a incitarvi a lanciare i vostri carri contro i soldati degli schieramenti avversi, e ho esultato con voi, ferocemente, nel momento della vittoria.

Ho trasformato la vostra terra in un faro per tutte le altre, facendo sorgere edifici maestosi, e palazzi, e strade trafficate, e porti dove attraccano navi di ogni paese. Ho istruito le mie sacerdotesse perché con la nuova invenzione della scrittura mischiassero le parole nei modi più originali per creare inni e poesie da declamare, e componessero musiche per i giorni di festa. Ho protetto gli scienziati perché indagassero i misteri del cielo e inventassero calendari per identificare i giorni più adatti alle semine e al raccolto.

Sono stata con voi nella gioia e nel dolore, vi ho regalato l'immenso dono dell'innamoramento, dell'amore, del sesso, la serenità della famiglia. Ho indagato la vita umana in ogni suo aspetto.

Grazie a ciò, al mio impulso, alla mia protezione e allo sforzo umano, Uruk è fiorita, divenendo qualcosa di mai visto in precedenza: una città, e poi un impero, il più potente che la storia avesse visto fino a quel momento.

Ma gli dei, che chiamano ingrati gli umani e li accusano di ogni vizio, si sono dimostrati allora per ciò che sono realmente: esseri meschini e invidiosi.

Invece di gioire per i nostri successi, hanno tramato per la nostra caduta.

LA PALMA DELLA DEA

I miei templi sono sempre stati giardini.

Per chi vive a Uruk accerchiata dal deserto, alberi e fiori non sono soltanto piante, sono miracoli. Vanno curati con attenzioni infinite, protetti dalle tempeste di sabbia che sommerge ogni cosa, dal respiro di fuoco della calura, dalla siccità e dalle inondazioni improvvise che possono fare danni.

I giardini sono quel meraviglioso punto in cui l'ingegno umano e la potenza divina si incontrano, ma sono anche lo spazio protetto dei ritrovi furtivi tra innamorati o amanti, il luogo della calma, della meditazione, del riposo, dove lo studioso può riordinare le proprie idee, i fanciulli e le fanciulle giocare, gli adulti trovare scampo alle preoccupazioni della loro esistenza quotidiana. Sono la sintesi di ciò che sono io per gli esseri umani: riposo, pace, ma anche stordimento dei sensi, appagamento del corpo e della mente. Sono l'insieme di necessità e bellezza, cura pignola e rigogliosa indisciplina, ordine e caos. In una parola, vita.

A Uruk avevo creato i più meravigliosi giardini mai visti fino ad allora al mondo: ogni varietà di alberi e fiori vi era ospitata e vi cresceva rigogliosa. Avevo esemplari di ogni pianta conosciuta ed esistente, e ne ero fiera.

È stata questa mia vanità che mi ha tradito. L'ho pagata a caro prezzo.

Un giorno, infatti, mi giunse notizia che Enki, nel suo palazzo, aveva creato una nuova specie: una pianta di alto fusto, che non solo era bella, ma era la più utile di tutte. Le sue foglie erano ampie e potevano essere usate per spazzare i pavimenti nelle case, dal suo fusto si ricavavano corde; infine il suo frutto dolcissimo, il dattero, poteva essere mangiato da solo, ridotto in farina, usato per addolcire pietanze e fare dolci. L'aveva chiamata palma.

Doveva essere mia. Non potevo permettere che mi sottraesse la fama che avevo conquistato e favorisse la ricchezza e la potenza di altre città, dando loro da coltivare la nuova pianta, a scapito della mia Uruk. Ed era intollerabile che quell'arrogante tentasse di sottrarre a me il primato sulla natura, che era sempre stata mia, con una sua invenzione.

Radunai dunque i miei servi più leali: Ninšubur, la mia fida ancella, la dea cui raccontavo tutti i miei segreti, la compagna che sempre mi era accanto come confidente e amica, e Kurgarra e Galaturra, i miei guardarobieri. Dopo averli riuniti in corteo, raggiunsi l'abitazione di Enki, ai confini del mondo, sul margine dell'abisso infinito delle acque profonde.

Avere a che fare con lui dopo l'onta arrecatami nella ridistribuzione dei *Me* non mi rendeva certo entusiasta. Enki inoltre godeva di fama sinistra. Si vociferava che avesse avuto una serie di relazioni e innumerevoli figli, alcuni dei quali nati addirittura da rapporti incestuosi con le figlie già adulte, e che ormai persino An lo guardasse con sospetto perché temeva che volesse impadronirsi del potere assoluto.

Arrivata nei pressi della sua abitazione, presi da parte Kurgarra e Galaturra, famosi per essere in grado di spettegolare con chiunque e ottenere informazioni persino dai sassi dei sentieri, affinché scoprissero ogni particolare utile a facilitare la mia missione. Indagarono a fondo, mischiandosi con il personale della casa di Enki. Scoprirono così che la palma, per quanto meravigliosamente progettata da lui e fatta nascere da infiniti innesti e incroci, non riusciva però a crescere rigogliosa. Nessuno capiva perché. Enki da mesi si arrovellava sul problema, senza trovare una soluzione.

Scoppiai a ridere. Come al solito, ai grandi solutori sfuggono i dettagli più semplici, e i maschi sono sempre abituati a sottovalutarci. Enki, per quanto divino, è un maschio e un artefice: poteva essere un geniale inventore di nuovi oggetti, ma non aveva alcun potere sulla crescita degli organismi viventi. Per quello gli servivo io.

Così all'alba mi presentai alla porta del suo palazzo, più luminosa persino del sole che sorge.

«Cosa ti porta da me, vergine Inanna?» chiese, stupito del mio arrivo.

«Ti porto la cosa più preziosa al mondo: la risposta a una domanda che ti assilla a cui non trovi soluzione. Fammi entrare e l'avrai.»

La palma era tenuta nel cortile centrale della casa. Era un albero magnifico, elegante, slanciato, ma la sua sofferenza era evidente. Le foglie erano deboli e giallastre, le radici troppo sottili.

«Una pianta è come un essere umano, Enki. Non è un oggetto, che puoi tenere chiuso dentro le tue mura. Ha bisogno di sole, di aria, di libertà, di amore. Cose che solo io posso dargli. Regalamela, e io la renderò la pianta più bella di tutte. Sarà scelta per fare ombra ai re quando organizzeranno i banchetti a corte, e sfamerà il popolo con i suoi frutti. Se invece sarai egoista e la terrai presso di te, morirà, e nessuno potrà goderne o ringraziarti per averla creata.»

Per dargli una dimostrazione tangibile del mio potere, sfiorai lievemente il fusto della palma con la mano. L'albero, come percorso da un brivido, si risvegliò immediatamente: le foglie assunsero di nuovo un bel colore verde, teneri germogli sbocciarono sulla cima. Ma appena ritrassi la mano, i germogli si inaridirono e le foglie virarono nuovamente verso il giallo.

Enki mi guardò torvo: «Ho capito, ho capito. Non ho scelta, dunque. Se voglio che il mio sforzo non sia stato inutile mi devo separare dalla mia creatura».

«Sopravviverai. In fondo è quello che spesso viene chiesto di sopportare a noi donne, quando i nostri figli crescono e diventano adulti» risposi, sferzante.

«Già, e le donne come te li convincono a lasciare la casa paterna per unirsi a loro!» commentò lui, acido.

Non gli diedi soddisfazione.

«Accetti di cedermi la palma?»

Enki annuì: «Prendila. Ma – aggiunse – a una condizione. Uno dei miei adepti verrà a Uruk con te, si prenderà cura della pianta e sarà il suo custode».

Non mi fidavo di Enki, ma in fondo mi sembrava un patto accettabile. Dissi di sì.

Non lo sapevo, allora. Ma in quel momento stavo commettendo l'errore più grave di tutta la mia vita.

IL GIARDINIERE

A uno schiocco di dita di Enki, una delle porte di bronzo del palazzo si aprì ed entrò quello che allora pensai fosse un servo, anche se la barba era pettinata con cura maniacale e l'abito che indossava era troppo elegante per essere quello di un semplice giardiniere.

Si inchinò profondamente di fronte a me: «Mia signora, sono onorato di poterti finalmente incontrare e venire in tuo aiuto...» iniziò a dire con il tono pomposo di chi sta iniziando un lungo discorso.

«Va bene, va bene – tagliai corto, annoiata – prendi posto fra gli altri, in fondo. Ti diranno loro dove metterti.»

Lui piegò le labbra sottili all'ingiù, piccato, come se stesse per replicare, ma infine non ebbe il coraggio di dire nulla, e si avviò verso la coda del corteo, come gli era stato ordinato.

Confesso che, almeno per un po', non gli dedicai più un solo pensiero. Per tutto il viaggio più volte cercò di avvicinarsi a me per parlarmi con qualche scusa, ma io stroncai sul nascere ogni tentativo. Non era brutto, anzi aveva tutto ciò che di solito viene considerato affascinante in un uomo: era alto, con le spalle ben tornite, il corpo scattante e muscoloso, l'aspetto curato. Ma c'era qualcosa in lui di respingente, un che di opaco e viscido che si intuiva nei suoi sguardi che si abbassavano troppo repentinamente, nella sua voce melliflua e impostata, come se avesse provato e riprovato mille volte ogni singola frase e l'avesse pensata solo in funzione del risultato che voleva ottenere: sedurre. Persino un'adolescente, come ero io allora, era in grado riconoscere la palese falsità di quell'approccio. Così evitai a bella posta di intrattenermi con lui e non gli diedi occasione di farlo. Del resto, perché avrei dovuto consentirglielo? Era solo uno dei tanti inservienti ai miei ordini, per giunta impostomi da Enki, che odiavo. Avevo ben altro a cui pensare. La palma era mia, e la stavo portando a casa.

Nei giardini del tempio feci costruire una terrazza speciale solo per lei. Attorno le aiuole fiorivano, i fiori sbocciavano, l'erba cresceva. Avevo creato l'ambiente ideale perché potesse svilupparsi al meglio.

«Occupati di lei» ordinai dunque a Shukaletuda, l'uomo di Enki, convocandolo.

«Mia signora, pensavo che ce ne saremmo occupati insieme...» disse lui, sorridendo con il suo solito fare che evidentemente reputava affascinante, ma che a me sembrò soltanto viscido.

«Non vedo perché. È per questo che Enki ha preteso che io ti portassi con me a Uruk» replicai, fredda.

«Perché sarebbe una magnifica occasione per conoscerci meglio. Ho lavorato a lungo per Enki, come suo uomo di fiducia. Una graziosa fanciulla come te non è fatta per occuparsi di un tempio così grande, e di una intera città: troppe preoccupazioni per una testolina così bella. Lascia che ti venga in aiuto con la mia esperienza, e ti sollevi da un compito tanto gravoso. Scoprirai che ho molti talenti, e sono in grado di rendere felici le fanciulle come te in molti modi...»

Mentre parlava, le sue mani tentarono di prendere una delle mie e di portarla alla sua bocca, per baciarla.

La ritrassi schifata e lo folgorai con lo sguardo: «Umano, non ho bisogno del tuo aiuto per reggere i miei giardini o la mia città, e non mi interessano i tuoi "altri" talenti. Dunque, fai quello per cui sei venuto e cura la palma, se ne sei capace. Il resto compete a me e a nessun altro».

Me ne andai.

Per quanto mi riguardava, la faccenda era conclusa. Se do un ordine, mi aspetto che venga eseguito. A questo servono gli umani, dopotutto.

Ma mi illudevo.

I giorni passavano e il giardiniere non combinava nulla. Era abulico, lamentoso, inetto. La palma soffriva per la sua incuria, e ciononostante lui aveva sempre pronta una scusa per giustificarsi. Una volta era la sabbia del deserto che soffocava la terrazza e gli bruciava gli occhi, un'altra la zappa che non funzionava bene, e poi il sole, le erbacce, il caldo, il freddo.

Ero furibonda. Ciò che più mi indispettiva era l'atteggiamento di Shukaletuda. La sua non era indolenza, quanto piuttosto presunzione. Più lo convocavo per rimbrottarlo, più lui a bella posta trascurava i suoi doveri. Non obbediva agli ordini, i richiami cadevano nel vuoto o venivano accolti con indifferenza. Andava dicendo che Enki era il suo signore, e io non avevo l'autorità per comandare su di lui.

Passava ore a parlare con gli inservienti del tempio e con i sacerdoti e gli adepti, in apparenza scherzando e spettegolando senza un fine preciso, in realtà magnificando le doti di Enki e sminuendo le mie: «Enki è un grande Dio, che sa cosa è meglio per gli uomini. Inanna è una dea, dovrebbe occuparsi di cose da femmine: l'amore, i figli, la casa. Voi siete forse femmine, che le obbedite? Una dea può rendere grande Uruk? Non è meglio un dio bellicoso, potente e ingegnoso, come Enki?».

Lo diceva con un tono leggero, pronto a giustificarsi affermando che erano solo battute, se qualcuno gliene avesse chiesto conto. Io però sentivo crescere nei miei confronti il sospetto e la sfiducia, perché agli occhi dei miei seguaci non ero più una dea: ero diventata una femmina. Ciò che un tempo mi aveva reso potente ora mi rendeva debole, inaffidabile. Non sapevo come reagire, perché rispondere pubblicamente avrebbe significato dare peso a quelle maldicenze sussurrate e in qualche modo riconoscerne a lui; ma non farlo significava lasciare che nell'ombra esse lavorassero contro di me, erodendo la mia autorevolezza.

E non era nemmeno quella la cosa peggiore. Shukaletuda, ormai, passava la gran parte del suo tempo nei giardini, ciondolando e chiacchierando. Ogni volta che ci incrociavamo per caso, sentivo i suoi occhi su di me, che mi seguivano di nascosto, senza perdere una mossa. So l'effetto che provoco nei maschi: attirarli fa parte della mia natura, non mi imbarazza, semmai mi diverte. Ma non c'era nulla di gioioso in quello sguardo. Anziché lusingarmi, mi sentivo sporca. Come se quell'essere avesse il potere di rovinare ogni cosa con cui entrasse in contatto.

Chiamai Ninšubur, che come sempre mi era vicina e di cui mi fidavo come di me stessa: «Voglio mandarlo via. – affermai – Digli di andarsene prima del tramonto dal mio tempio e dalla mia città!».

«Mia signora, non è una buona idea. Enki non la prenderà bene.»

«Gli spiegherò che il suo umano non è all'altezza del compito, e che mi mandi un altro servo al suo posto!»

«Mia signora, ma Shukaletuda non è un umano qualsiasi. È figlio di Enki, non un suo servo. Va dicendo che è qui perché presto o tardi diverrà il vostro sposo.»

Di colpo tutto fu chiaro.

L'indolenza, le maldicenze, la sua convinzione di impunità, il suo modo viscido di comportarsi non erano un caso. Si sentiva già padrone in casa mia. Enki mi aveva costretto a portarlo con me perché dava per scontato che sarebbe riuscito a sedurmi o, in alternativa, a esautorarmi. La sua presunzione gli faceva credere che prima o poi io, che ero sola, non avrei rifiutato l'occasione di sposarmi o sarei stata costretta a farlo perché mi aveva messo contro i miei stessi adepti a furia di calunnie.

Quel viscido personaggio era un infiltrato, un traditore inviato per sottrarmi il mio potere, la mia città, tutto ciò che avevo costruito. Per trasformare me, la luce splendente, nell'ombra di un maschio.

Mi precipitai nel giardino, furiosa. No, non l'avrebbe avuta vinta, l'avrei cacciato io stessa, quel verme.

Percorsi a uno a uno i vialetti adornati di fiori, i sentieri ombreggiati dall'intreccio dei rampicanti. Di Shukaletuda nessuna traccia. Sembrava essersi dissolto nell'aria. Continuai a perlustrare ogni terrazza, ogni anfratto. Il tramonto ormai era passato, il buio si stendeva come una coperta scura sulla città. L'ultimo angolo del giardino che non avevo esplorato era il boschetto dei pioppi. I fusti alti si stagliavano come lance infisse nel terreno al chiarore biancastro della luna. Non un rumore, non un sospiro. L'aria umida morsicava le mie carni a stento riparate dal sottile velo della veste.

È fuggito, il traditore!, pensai dopo aver scrutato per un lungo istante fra gli alberi. Mi voltai, decisa a tornare al mio tempio, e l'indomani recarmi subito da Enki per rinfacciargli la sua scorrettezza.

Fu allora che accadde. Sentii qualcosa, forse un ramo, una fronda, che mi si attorcigliava attorno al bacino, trattenendomi. Non ebbi il tempo di sottrarmi, che una forza mi sbatté contro il tronco di un albero, bloccandomi. Non era un ramo, erano le braccia di Shukaletuda. Mi ritrovai schiacciata fra il fusto e il suo corpo, le mani che serravano i miei polsi, il suo volto a un soffio dal mio, il suo respiro sulla mia faccia.

«E allora, divina Inanna, non ti hanno insegnato che è pericoloso andare nei giardini, di notte? Le donne devono stare a casa, è quello il loro posto. A girare da sole si rischiano brutti incontri.

E tu non hai nemmeno un marito a proteggerti o a insegnarti il pudore. Toccherà farlo a me, una volta per tutte!»

Avvicinò la sua bocca alla mia, forzandomi ad accettare il suo bacio. Con il petto mi spingeva sempre più verso il tronco, quasi senza lasciarmi respiro, mentre la sua gamba premeva per costringermi ad aprire le mie.

Sono la dea del desiderio, so riconoscerlo in tutte le sue forme. Ma non vi era desiderio in lui, solo rabbia e disprezzo. Venni annichilita dall'orrore, come se quell'odio illogico, incomprensibile per la mia essenza, avesse reso nulli i miei divini poteri. Non desiderava possedermi: voleva punirmi e ridurmi in suo potere. Non era amore, era prepotenza. Era violenza che esercitava su di me perché si credeva autorizzato a farlo, in quanto superiore. E superiore in quanto maschio, su me che ero sì una divinità, ma femmina.

Fino a quel momento, non avevo mai conosciuto il disprezzo o la ferocia. Gli dei sono abituati a essere adorati, o temuti, o dimenticati, ma disprezzati mai. Mi sentii per la prima volta nella mia vita impotente, come svuotata. Il mio potere pareva essersi affievolito, come la fiamma di una candela smorzata dal vento.

Ma non potevo arrendermi, dovevo reagire. Provai a divincolarmi, in un disperato tentativo di fuga, e quando cercò di nuovo di baciarmi gli morsi il labbro.

«Non ti vorrò mai!» gridai.

Lui sputò il sangue: «Una volta che non sarai più vergine, nessuno più ti vorrà e sarai costretta a sposarmi!» replicò.

Alzò una mano, mi colpì feroce con un manrovescio.

Caddi.

Non sentii più nulla.

VENDETTA

Sanguinavo.

Quando rinvenni ai piedi del pioppo, questa fu la prima cosa di cui mi accorsi: la macchia rossa che sporcava la mia tunica.

Non vi era altro, per me, che quella macchia, incomprensibile, estranea. Gli dei non sanguinano. Ma io sì. Perché non ero più per gli umani una vera divinità: ero una femmina.

Il mio tempio, me ne resi conto solo in quel momento, era vuoto. Non c'erano più gli inservienti, i sacerdoti. Erano fuggiti via, come era fuggito Shukaletuda, il traditore.

Chiamai aiuto. Solo la mia fidata Ninšubur era rimasta. Mi accarezzò il capo, ravviandomi i capelli. Mi cullò fra le sue braccia, perché pensava di dovermi calmare.

Ma io ero calma. Era come se la violenza di Shukaletuda avesse dissipato la nebbia che aveva ottenebrato la mia mente fin da quando avevo accettato il mio ruolo di dea fra i tanti della Mesopotamia. Come avevo potuto ridurmi a ciò? Come avevo permesso loro di ingannarmi, imbrigliare la mia forza, mutilare la più potente spinta del cosmo per ridurla a un simulacro vuoto, un essere che persino un umano poteva offendere e violare?

Avevo accettato le loro regole, e gli dei mesopotamici avevano pensato che fossero diventate le mie. Che senza i *Me* e senza una precisa assegnazione di An io sarei divenuta una entità divina debole, sepolta nel suo angolo di terra, a occuparsi di beghe locali finché qualcuno di più potente non fosse riuscito a scacciarla.

Ma non era così. Non avevo bisogno di loro, non ne avevo mai avuto. La fiamma dell'antica dea bruciava in me, ed era pronta a esplodere per bruciare tutti loro e l'intero mondo, se necessario.

Sentivo montare in me non la rabbia, ma il desiderio di giustizia. Per me, e per tutte le donne che vedevo attorno a me ora come mie sorelle, violate, costrette a forza a subire violenza o a sposare chi non volevano, forzate a vivere vite non loro, da tutti gli Shukaletuda che incrociavano nel loro cammino. Uomini che non le amavano, ma le consideravano mezzi per garantirsi una discendenza, e affermare il loro dominio. Uomini che io non potevo stimare, o proteggere, perché violavano e offendevano la mia essenza, il principio per cui amore e desiderio devono essere lasciati liberi di essere ciò che sono, e non possono essere costretti o irregimentati perché uno solo dei due ottenga potere, o vantaggio.

Toccai la terra con una mano ancora sporca del mio sangue. Un brivido percorse il suolo, un tremito si diffuse fino alle più remote profondità. I pozzi, le fonti cominciarono a ribollire. L'acqua che dona la vita, l'acqua dolce che Enki governava, cambiò consistenza, colore. Divenne sangue, il mio.

«I pozzi! I pozzi sono avvelenati! Il fiume è rosso!»

Per tutta la piana di Uruk e poi per la Mesopotamia intera gli umani alzarono grida di disperazione e terrore. Gli echi dei loro pianti giunsero fino alla casa di Enki, ai confini del mondo, presso l'abisso delle acque, dove si era rifugiato Shukaletuda, il traditore.

«Padre, proteggimi!» piangeva il vigliacco, nascosto dietro al trono di suo padre.

Enki era infuriato. Le acque che erano il suo regno ora erano contaminate, inservibili. Invece che ottenere il mio potere, aveva perso il suo.

Quello sciocco del figlio aveva rovinato con la violenza ogni suo piano. Mortali, non puoi dare loro un semplice lavoro da portare a termine che sbagliano ogni cosa.

«Zitto, cercherò di guadagnare tempo!»

No, non gli volevo dare tempo, io. Il mio violentatore non doveva trovare scampo in nessun luogo. Chiamai a raccolta le nuvole sopra di me. Stavolta sarebbero state loro il mio esercito. Con un gesto feci scontrare i nembi, per produrre il vento più forte che la Mesopotamia avesse mai avvertito. Volò la sabbia, la terra, furono rapite dalle correnti le coperture degli ovili, i tetti di paglia e di legno dei fienili, si librarono nell'aria le stoffe appese nei banchi dei mercati. I turbini sollevarono i vasi dei vasai, rovesciarono le lunghe file dei mattoni stesi a essiccare, rivoltarono le tende dei mercanti accampati nei deserti, spensero i fuochi per cucinare, le torce per segnalare le vie, squassarono le file degli alberi nei frutteti, distrussero i giardini, fecero crollare le case delle città, mentre io venivo trasportata dalla furia della tempesta fino alla casa di Enki.

Shukaletuda, come un topo, corse a nascondersi nei dedali più intricati delle strade, si coprì con i teli che il vento faceva agitare, si calò negli anfratti dei canali di scolo, nel fango.

«Voglio il mio stupratore! – gridai – Ho diritto ad avere giustizia!»

Enki tentò di mediare: «Non puoi punire tutti per la colpa di uno solo! La tua reazione è esagerata. Calmati e affidati alla mia giustizia, troveremo un compromesso!».

«Non vi è alcun compromesso possibile, fra me e te, che hai tramato alle mie spalle e ora proteggi un mostro. Come è facile per te ritenere esagerata la reazione per una violenza che non ti tocca. Consegnami il colpevole, o me lo prenderò da sola!»

Poggiai di nuovo la mia mano per terra, richiamando le forze cosmiche di cui un tempo ero stata unica signora. La terra si scosse, come se si fosse destata da un sonno profondo, lo stesso in cui ero caduta io. Crollarono le montagne, le cime degli *ziggurat* che erano i templi degli altri dei. Le strade della grande mezzaluna furono interrotte dalle frane, i massi rotolavano bloccando i sentieri di montagna, le piste che solcavano la pianura.

«Consegnami il colpevole!» gridai nuovamente, così forte che le pietre ancora non cadute dalle cime dei monti si staccarono e precipitarono.

Enki divenne terreo: persino i pilastri della sua casa tremavano squassati dalla mia ira. Un'altra scossa e tutto sarebbe crollato: le acque sotterranee di cui era signore, non più contenute dalla diga del suo palazzo, sarebbero risalite in superficie, rompendo ogni argine. La terra sarebbe stata sommersa, e lui, come divinità, pur se destinato a sopravvivere a un così immenso disastro, avrebbe dovuto risponderne ad An, nostro padre e signore.

Di scatto alzò una mano: dalla terra, dalla sabbia, dai muri delle case cominciarono a trasudare piccole gocce di acqua che si unirono formando prima un rigagnolo, poi un torrente, poi un fiume in piena. L'acqua percorse le strade delle città, i vicoli, i viali, spazzando via ogni cosa si frapponesse alla sua furia, fino a che giunse al canale dove si era nascosto Shukaletuda, lo sollevò dal suo nascondiglio di canne mentre lui, annaspando, cercava di fuggire e lo avvolse in un gorgo che, alzatosi nel cielo, lo sputò ai miei piedi.

«Prendilo, e fanne ciò che vuoi!»

L'uomo che aveva osato violentarmi era carponi di fronte a me, bagnato, pallido, tremante, terrorizzato. Singhiozzava così forte da non riuscire ad articolare le parole, che uscivano dalla sua bocca spezzate in suoni gutturali e incomprensibili.

«Io non volevo, divina Inanna, non volevo! Sono solo un uomo, abbi pietà di me!»

«Ah, ora non sei più il maschio che deve rimettermi al mio posto? Ora ti ricordi che sono una dea, e non solo una giovane donna di cui puoi approfittare a tuo piacimento? Pagherai per la tua colpa. Neppure tuo padre può salvarti da questo destino» dissi, fredda.

Enki distolse lo sguardo dal figlio, e con un rapido cenno ordinò alle guardie del palazzo di prenderlo. Shukaletuda tentò di divincolarsi, ma invano. Lo sentimmo gridare per qualche attimo ancora, mentre veniva trascinato verso il cortile delle esecuzioni. Poi cadde il silenzio.

«Ora che hai avuto la tua vendetta, poni fine a tutto ciò» sospirò Enki, sprofondando nel suo trono come se non avesse più forze.

«Non ho avuto vendetta, ho avuto giustizia. – precisai – E no, non è ancora finita. Tuo figlio ha pensato di potermi offendere perché ai suoi occhi ero divenuta debole e indifesa. E lo sembravo, perché quando tu hai ridistribuito i poteri degli dei, non ne ho avuto nessuno di specifico. Tu, con la complicità di An, hai tentato di togliermi tutto. È tempo che tu mi renda ciò che è mio.»

Enki scosse la testa: «Anche se ti dessi i poteri di tutti gli dei, tu sai che non potresti gestirli. Possono essere conservati solo all'interno dell'*Eanna*, il sacro scrigno che si trova vicino a lui! Nessuno può prenderlo!».

«Tu credi?»

Congiunsi le mani, alzandole verso il cielo. I venti che avevano squassato fino a un attimo prima la terra formarono un solo turbine, alto fino a toccare il cielo. Sfondarono con la loro forza impetuosa lo strato di nubi, mentre dalla terra si propagava una potente scossa di terremoto, forte come l'eruzione di un vulcano. Enki si riparò il capo con le mani, terrorizzato. Pareva che il cielo stesso fosse sul punto di spezzarsi a metà e crollare sopra di noi. Ma quando disgiunsi i palmi, il turbine di vento e la scossa si placarono, di colpo, e dall'alto cadde uno scrigno scintillante, che si poggiò delicatamente fra le mie mani.

«Ecco l'*Eanna*. – dissi – Verrà con me, a Uruk, nel mio tempio. Ora puoi ridarmi tutti i miei poteri.»

Enki alzò timidamente lo sguardo verso il cielo, forse sperando che da lì venisse un qualche segno di An. Ma il cielo era terso come dopo un temporale. An concordava o non era turbato da quanto stava accadendo. O forse, come sospettavo da tempo, era in realtà indifferente alle sorti di un cosmo che non aveva davvero creato, e sconfiggeva la noia dell'eternità guardando divertito noi dei che ci scontravamo l'uno contro l'altro.

Enki abbozzò. Non poteva fare altro. Cominciò a mormorare una strana litania fatta di formule incomprensibili. Sulla sala prima cadde una tenebra oscura, poi, a poco a poco, come lucciole, comparvero delle piccole sfere di luce, brillanti come fiammelle. Erano i *Me*, i poteri divini, che evocati apparivano attorno all'*Eanna*.

«Inanna, vergine divina, figlia di An, che tu possa indossare la conocchia e il fuso, e rendere dritti i fili intricati, tessere le vesti più belle di tutte e rendere giustizia a chi ha subito un torto!» disse Enki, e subito due piccoli *Me* splendenti si poggiarono sulle mie mani, rendendole brillanti come fiaccole.

«Inanna, vergine divina, figlia di An, che tu sia la regina delle parole di speranza, ma che tu possa anche pronunciare le oscure formule della maledizione!»

Il *Me* della parola si poggiò delicatamente sulle mie labbra, illuminandole.

«Inanna, vergine divina, figlia di An, che tu possa ammassare teste umane come sabbia e spargerle come seme. Che tu possa distruggere ciò che va distrutto, preservare ciò che va preservato, compiere azioni eroiche come il migliore dei guerrieri, creare la pace quando tu lo voglia, che tu sia la regina del desiderio e di ogni delizia, gli uomini e le donne e gli animali a te si rivolgano per i loro desideri più profondi e tu possa soddisfarli a tuo capriccio e per tua decisione. E il tuo nome sia lodato in tutta la Mesopotamia, che grazie a te ritrovi il suo stato primigenio e possa prosperare per sempre.»

Sentii che i *Me* a uno a uno entravano in me e si fondevano con la mia essenza, mi rinvigorivano, mi facevano tornare ciò che ero stata in un tempo lontano. Avvertii un'ondata di calore, di incontenibile gioia nascermi dentro e propagarsi fuori da me, come una inarrestabile luce.

Ero tornata davvero me stessa.

Ero di nuovo la Signora.

L'AMORE DELLA DEA

Riccioli neri, fitti, lucenti come la seta, morbidi da accarezzare. Occhi di cerbiatto, caldi e scuri, coronati da folte ciglia. Labbra piene come acini d'uva, che chiedono baci infiniti e ne danno infiniti in cambio. Pelle d'ambra tesa su muscoli guizzanti, sempre pronti a scattare. Braccia forti, adatte a cingermi fino a togliermi il respiro.

Questo era Dumuzi, il mio amore mortale.

Dopo l'aggressione di Shukaletuda, avevo fuggito gli uomini. Sì, vivevo fra loro, ma non permettevo ad alcun mortale di avvicinarsi a me. Le mie sacerdotesse tenevano i rapporti con i questuanti e i pellegrini, si occupavano della gestione del tempio e delle richieste. Nemmeno i più alti dignitari della corte o gli stessi re erano autorizzati a interagire direttamente con me, entrare nei recessi della mia casa, pregarmi o evocarmi. Ero la dea, l'unica e sola, nel più letterale dei sensi.

In quel periodo divenni più famosa per il mio potere in battaglia che per la mia capacità di suscitare l'amore. Temibile il mio nome risuonava in tutto l'Oriente. Inanna o Ishtar, come avevano iniziato a chiamarmi, era la dea guerriera, costruttrice dell'impero di Accad e distruttrice implacabile di nemici. L'odio e l'amore, del resto, sono sentimenti più simili di quanto non si pensi: solo chi è stato tradito è in grado di sondare la profondità e la ferocia della rabbia, capire la voglia di rivalsa, comprendere come la violenza sia una risposta alla frustrazione e al dolore delle ferite. La mia natura era capace, come quella di ogni divinità, di incredibili eccessi, nel bene e nel male. Conoscendo quanto posso diventare tremenda se sono infuriata, avevo però deciso di pormi da sola un freno, evitando ogni interazione con gli umani, o almeno limitandole il più possibile.

Voi umani scuoterete la testa, dicendo che non si può essere davvero felici isolandosi da tutto e da tutti. Ma la felicità è un concetto umano, non divino. Noi divinità siamo sempre in grado di bastare a noi stesse. Per cui l'essermi isolata non mi pesava: fra noi e i mortali vi è sempre una barriera, io mi limitavo a non infrangerla, mentre prima mi dilettavo a renderla il più sottile possibile.

Anche con gli altri dei mesopotamici avevo chiuso ogni contatto. Non violavo quelle regole tacite che loro stessi si erano dati: tenere a distanza gli umani, e interagire con loro soltanto se questo fa parte di un qualche nostro piano, o risponde a una qualche nostra esigenza. Io però non avevo piani, e non avevo esigenze. Ero potente, brillavo come una gemma solitaria e isolata, e pensavo che sarei rimasta così per sempre, immobile e intoccabile dal tempo e dagli eventi.

Per millenni, del resto, ero stata una forza del cosmo che non si era mischiata con l'umanità. Pensavo di poter tornare a esserlo.

E invece mi accadde lui.

Lo conobbi un giorno, per caso, vedendolo pascolare il suo gregge sulle alture. Seguiva i ghirigori delle nuvole nell'azzurro, masticando fra i bei denti di perla un filo d'erba verde.

Non mi interessava chi fosse, o chi fossero i suoi antenati. Uno dei privilegi di essere dea è che per me le origini dei mortali non hanno importanza: di fronte a me, re o popolani sono comunque nulla. Anzi, più magnificano il loro potere e le loro ricchezze, o si vantano di quanto possono offrirmi, più diventano ridicoli ai miei occhi. Ciò che mi intriga è invece il brillio che intravedo nello sguardo, la piega sensuale del labbro quando si stende in un sorriso, l'elegante naturalezza di un gesto fatto per caso con la mano. I mortali mi seducono quando non pensano a farlo, quando emerge in loro quel guizzo di bellezza che li rende pari agli dei. Dumuzi era così: inconsapevole del suo fascino.

Lo volli.

Quando mi incontrò non capì che ero una dea, forse non se lo domandò neppure. Vidi nei suoi occhi la genuina e schietta ammirazione che un uomo prova verso una donna che lo colpisce. Fu dolce, rispettoso, ma al tempo stesso deciso, senza però prevaricare. Non mi fece mai sentire in pericolo.

Mi trattò come una mortale, e io, come una mortale, mi innamorai.

Non fu una conquista, fra noi fu una reciproca intesa. Non eravamo una dea e un mortale, eravamo due ragazzi presi l'uno dell'altra, avvolti dall'incoscienza perfetta della gioventù e dell'amore. Io finalmente seppi quanto era travolgente quel desiderio che scatenavo negli altri, e prima non avevo mai sperimentato. Fui vittima del mio stesso potere, e al contempo finalmente compresi davvero quanto esso fosse inarrestabile, sconvolgente e meraviglioso. La mia ira evaporò, i miei desideri di conquiste militari e di rivalsa si sciolsero come la brina all'arrivo dei primi raggi di sole del mattino. La Splendente non brillava più per se stessa e per la sua gloria, ma per dare di nuovo all'universo la sua luce e il suo calore.

Portai Dumuzi nel mio tempio, a vivere con me. Volevo che avesse ogni cosa, e che la nostra vita fosse un susseguirsi di piaceri senza fine. Desideravo riversare su di lui la bellezza e l'amore dell'universo intero, perché in lui la mia natura trovava un perfetto compimento, un fine e uno scopo, ma non un limite.

Adoravo svegliarmi la mattina sentendo accanto a me il tepore delle sue membra, scompigliargli i capelli con una carezza veloce, baciarlo all'improvviso, mordergli il collo fino a farlo scoppiare in una risata d'argento, vederlo indossare candide tuniche leggere che facevano risaltare le forme perfette del suo corpo, armarsi di frecce e faretra per andare a caccia nei boschi, sentire pulsare nelle sue vene quell'energia vitale che è la stessa che io avevo profuso nell'universo alla creazione. Ogni nostro amplesso era insieme guerra e pace, conquista e fusione, attacco e resa. Ci ritrovavamo avvinghiati in abbracci che abbattevano ogni confine fra umano e divino, fra me e lui: una cosa sola pur restando, sempre, due entità distinte e persino in competizione.

Un mistero che io stessa, che sono dea, non riesco a comprendere, e che pure è il nucleo della mia stessa natura divina. Vederlo allontanarsi da me anche di poco mi bloccava il respiro: sentivo la mente oscurarsi come se fosse calata una nebbia improvvisa. Sperimentavo l'ansia, l'incertezza, la fragilità. Avrei dovuto odiarlo per questo, e invece lo amavo, perché creava l'imperfezione che manca al divino e dà senso a tutto.

Finalmente capivo davvero, per la prima volta, le creature mortali: la loro testardaggine, la loro ossessione per vivere ogni momento, il loro terrore di essere abbandonate e perdere ciò che possiedono. Solo quando sai che ogni cosa può venirti strappata comprendi cosa significhi essere vivo.

La mia scelta scatenò l'indignazione delle altre divinità, e la loro riprovazione assoluta. Me ne sfuggiva il motivo: da sempre gli dei maschi si univano a umani. Ah, già, io ero una femmina.

Non so cosa li indispettisse di più nel mio agire: che io avessi scelto un mortale come amante, trascurando tutti gli dei maschi che si ritenevano partiti migliori, che lo tenessi al mio fianco come compagno, sì, ma senza legarmi a lui definitivamente in matrimonio, che non fossimo interessati ad avere una discendenza e dei figli, o che fossimo scandalosamente felici così, liberi entrambi e comunque uniti.

Ma per quanto fossero infastiditi, non potevano fare nulla: io ero la Splendente, la padrona assoluta di tutti i *Me*, la mia volontà era legge. Non ero tenuta a conformarmi alle loro regole: ero io a scriverle. E a loro rimaneva solo il potere di spettegolare, nascosti nell'ombra.

O almeno così credevo.

Mi sbagliavo, ancora una volta.

INVITO AGLI INFERI

«Ereškigal ti invita agli inferi, mia signora. Un messaggero è giunto stanotte. La tua presenza è richiesta nel Kur» mi avvertì una mattina la fedele Ninšubur, mia ancella, pettinandomi i capelli.

«E per quale motivo?» chiesi stupita. Le frequentazioni con gli altri dei erano ormai ridotte a poche occasioni: io li ignoravo e loro ignoravano me. I rapporti con Ereškigal, poi, erano sempre stati particolarmente freddi. Del resto, dalla dea dell'Oltretomba non ci si poteva attendere altro.

«È morto suo marito, Gugalanna, e si celebrerà il suo funerale alla presenza di tutti gli dei.»

«È morto il marito della dea dei morti? È possibile?»

La cosa, più che strana, mi pareva incredibilmente buffa.

«Così dice, mia signora. E tu devi andare a omaggiare la sua memoria nel palazzo delle Tenebre, Ganzir. È un dovere di famiglia.»

Sbuffai. Recarmi ai confini del mondo e scendere fra le ombre non era per nulla allettante. Come dea della vita, rifuggo tutto quello che è desolazione e puzza di morte. Lasciare Dumuzi da solo, poi, mi straziava il cuore. Ma era un mortale e non potevo rischiare di portarlo con me: dal regno dei morti nessuno della sua specie può tornare.

«Hai ragione, Ninšubur, non posso sottrarmi. Ma questo invito non mi piace, per cui ascoltami bene. Partirò portando con me tutti i *Me*, sotto forma di vesti e gioielli, per usarli per difendermi dall'oscurità se ve ne fosse bisogno. E se dopo tre giorni non dovessi più avere mie notizie e non fossi ancora tornata, tu vai da An ed Enki e avvertili che mi è successo qualcosa di grave e che Ereškigal ha tramato alle mie spalle.»

Ninšubur annuì: potevo fidarmi ciecamente di lei, della sua intelligenza e del suo giudizio.

«Signora – disse – se devi scendere agli inferi, lascia che almeno possiamo fornirti delle più adeguate protezioni.»

Con un gesto imperioso convocò Galaturra e Kurgarra, i miei valletti personali, addetti al mio guardaroba. Si consultarono freneticamente sottovoce. Quindi Ninšubur prese l'*Eanna*, la aprì e, con la consulenza dei valletti, trasformò i sette *Me* in mio possesso, le piccole sfere di luce, in preziosi gioielli: orecchini, diadema, collana, cinta di perle, anelli e in una veste elegante. Io li indossai, mi acconciai i capelli, mi profumai il corpo, baciai Dumuzi affidandogli Uruk e il mio palazzo perché li governasse come re fino al mio ritorno, e, scintillante e bellissima, mi materializzai davanti alle porte del regno infernale, il temibile Kur di cui Ereškigal era signora e padrona.

LA PORTA DEGLI INFERI

Ereškigal: la mia rivale, il mio doppio.

Questo dicevano di noi gli abitanti della Mesopotamia. In quel primo momento in cui il cosmo era stato creato, sostenevano che per un attimo c'eravamo state solo io e lei, sorelle e nemiche. In realtà sia io che lei eravamo state un tempo una cosa sola, volti della stessa dea che comprendeva il Tutto. Lo squarcio che aveva dato inizio al mondo ci aveva separate e reso estranee.

Nella grande bilancia universale io ero la luce e lei la tenebra, io il cielo e lei la regina dei recessi più impenetrabili della terra: gli inferi. Io la primavera che risveglia la natura e procrea, lei l'inverno freddo e la morte. Una diarchia di donne, in cui però la solidarietà femminile non aveva trovato posto.

Come due facce della stessa medaglia, eravamo legate indissolubilmente, ma destinate a ignorarci.

Lei, come me, serbava ricordo del passato, ma aveva sposato questa nuova visione del mondo. Vi si era adattata compiutamente, forse perché si era separata da esso nascondendosi in un'altra dimensione, dove poteva rimanere signora incontrastata ed esercitare il suo potere senza vincoli, come un tempo faceva la dea del Tutto. Ma lei era una dea del Tutto indurita e incattivita, tetra e spietata come il luogo di cui era sovrana.

Nel suo regno di ombre, chiuso come un fortilizio, accoglieva le anime di coloro che morivano; anime che avevo creato io, spingendo gli umani a unirsi. Un cerchio perfetto e concluso, un equilibrio universale che non poteva essere incrinato, pena la rovina del tutto.

Per questo il suo invito a raggiungerla mi metteva in allarme. Non rispettava l'ordine del cosmo, scardinava i principi più antichi persino di An e degli altri dei e, soprattutto, non si confaceva al suo carattere.

Le porte del palazzo di Ganzir erano oscure e immense. Bussai, attendendo un segnale.

«Chi si presenta alla casa delle Tenebre?» chiese una voce dall'interno.

«Inanna, la Splendente, chiede di entrare per salutare sua sorella.»

Le enormi ante di bronzo scuro si aprirono scricchiolando sinistre. Varcai la soglia titubante, sentendomi rabbrividire e al contempo venir meno. Persino la mia luce non riusciva a sconfiggere l'opacità in cui mi trovai avvolta.

Voi mortali immaginate gli inferi come paurosi e terribili, un orrido buio pieno di latrati e paura. Ma non è così.

Gli inferi sono vuoti, come il nulla. Un niente che ti avvolge e ti fagocita. Troppo leggero per essere nebbia, troppo chiaro per essere oscurità, troppo denso per essere fumo: gli inferi sono quello che non è, e che la mente non percepisce o immagina. Non è paura, non è ombra: non è e basta.

Entrarvi è perdere ogni riferimento concreto: occhi ciechi, orecchie sorde, voce muta. Qualsiasi punto fisso sbiadisce, si offusca, scompare. Il tempo non esiste, lo spazio non si misura, e a poco a poco i sensi si spengono e tu stessa smarrisci la concezione di te. I colori non hanno più alcuna vivacità, come quelli dei panni lavati troppe volte. I suoni non sono suoni, ma echi rifratti all'infinito. Le parole giungono smozzicate, incomprensibili, nonostante tu le ascolti con disperata attenzione: si sfilacciano e perdono senso. La confusione, lo smarrimento ottundono la mente, la fanno vacillare. Diventi nulla, un nulla indistinto che non ti permette più di riconoscerti, e non sai se sei fuori, dentro, se esisti ancora. Gli inferi sono un eterno presente, ma opaco e lattiginoso: per certi versi sono la cosa più vicina all'essere un dio. Ma sono, appunto, il suo perfetto opposto: un dio senza luce.

Attorno sentivo delle presenze, ma non riuscivo a identificarle. Gli inferi mi stordivano. Mi affidai ai poteri dei *Me* come a uno scudo: sentivo confusamente che erano la mia unica protezione nei confronti di quel nulla che pareva volermi assorbire.

La voce che mi aveva accolto all'entrata rimbombava, piovendomi addosso da ogni dove: «Se vuoi entrare, dovrai abbandonare tutto ciò che hai portato da fuori: nel regno dei morti ciò che proviene da quello dei vivi non può passare!».

Mi sentii investire da quelle che pensai fossero folate di vento gelido, precise come stilettate. Ma dopo un attimo capii che erano le mani degli Anunnaki, i demoni infernali, che mi toccavano con le loro dita di ghiaccio. Il collo, la testa, i polsi: era come venire trafitta da mille spilloni. Solo quando avvertii uno strappo alla veste compresi cosa stava succedendo: i demoni, quei maledetti, mi stavano togliendo di dosso la corona, i bracciali, la collana, gli orecchini e il vestito. Stavano portandomi via i *Me* con cui mi ero adornata per difendermi! Volevano avermi in loro balia. Cercai di respingerli, ma erano troppi: ero circondata. Colpita dalle invisibili sferzate, crollai a terra, tentando di rischiarare la nebbia per vedere i miei nemici, ma i miei poteri erano in difficoltà come me. Fu un attimo: nel baluginio incerto prodotto dal mio ultimo sforzo, indovinai la massa nera di Neti, il guardiano dell'Oltretomba, che raccoglieva i *Me* in una piccola arca e li porgeva in dono a Ereškigal, sua signora, assisa sul trono degli inferi.

«Ora che sono miei, posso andare alla conquista del regno dei vivi!» disse soddisfatta.

«No, non puoi. – replicai con quel po' di flebile voce che ancora possedevo – Tu sei la signora dei morti, non puoi diventare padrona del mondo dei vivi. Sovvertiresti ogni ordine divino!»

«Come hai fatto tu, prendendoti tutti i *Me*?»

«Quei *Me* sono compatibili con la mia natura, appartenevano a me in origine, prima di tutto ciò. Io sono la dea della luce, dell'amore, della vita!» le ricordai.

«No, tu non sei più nulla. Quando sei entrata nel mio regno, hai perso ogni diritto. Gli dei rivolevano i *Me* che tu hai sottratto loro. E ora pagherai con la vita la tua insubordinazione. Resterai per sempre qui, come cadavere, e sarai un monito per tutti coloro che si ribelleranno in futuro!»

Dalla terra su cui poggiavo improvvisamente sorsero delle spire rampicanti: mi sentii avvinghiare il collo come da un laccio che stringeva, stringeva sempre più, togliendomi la voce e il respiro. Tentai di divincolarmi ma fu tutto inutile; non avevo più la forza di reagire.

Un velo nero mi oscurò gli occhi.

Ero morta.

NINŠUBUR NON SI PERDE D'ANIMO

Ninšubur, mia roccia, mia amica. L'amicizia forse è l'unica cosa che noi dei invidiamo davvero agli uomini. Per noi esseri divini è difficile trovare qualcuno simile a noi di cui fidarci: bastiamo a noi stessi e siamo in competizione con gli altri dei per il potere. Ninšubur era l'eccezione alla regola. Non era una mia ancella o una mia sottoposta, era un'altra me stessa. Poco prima di cadere nel buio del nulla, a lei era volato il mio ultimo pensiero. Le avevo lasciato precise istruzioni se non avesse ricevuto mie notizie. Ero certa che le avrebbe seguite.

Difatti, come mi disse poi, attenendosi ai miei ordini attese tre giorni. La mattina del quarto, non vedendomi tornare, decise di agire, e si presentò al cospetto di An, il signore dei cieli. Non voglio nemmeno sapere quanto le sia stato difficile ottenere l'udienza: affidare un compito a Ninšubur significava vederlo portato a termine, a qualunque costo.

«Signore del cielo – disse entrando nella grande sala di mio padre – tua figlia è dispersa negli inferi. Non ho idea di cosa le sia successo. Ho bisogno del tuo aiuto perché temo per la sua vita.»

«Mia figlia ha violato tutte le leggi del cielo, si è appropriata dei *Me* e mi ha sottratto l'*Eanna*. Ha oltrepassato i limiti che erano stati assegnati al suo potere, e ora ne paga le conseguenze. La signora dell'Oltretomba, Ereškigal, l'ha condannata a morte: il suo cadavere pende impiccato nella reggia di Ganzir. È una faccenda fra loro due, io non posso intervenire. E non voglio. Ciascuno semina ciò che raccoglie.»

Ninšubur fece appello a tutto il suo sangue freddo per vincere il groppo che le serrava la gola: non era il momento di piangere e disperarsi, bisognava controbattere e convincere An a intervenire.

«Mio signore, capisco la tua ira. Ma la mia signora è giovane, impulsiva, ed era stata oggetto di una tremenda violenza. La sua reazione è stata dura, ma comprensibile. Inoltre, tu stesso ammetterai che ha reso Uruk e la Mesopotamia tutta una terra ricca e potente. Il tuo nome è venerato in ogni angolo del paese, e Inanna ha garantito agli esseri umani pace, ordine e giustizia.»

«Te lo concedo.»

«Che succederà, invece, ora che lei non c'è più? Guarda, mio signore, gli effetti della sua scomparsa già si vedono. Inanna è l'impulso alla vita, quello che spinge le piante a fiorire, gli animali e gli uomini a riprodursi. Vedi che oggi non sono nati sulla terra nuovi fiori, sbocciate gemme? Vedi che nei campi i semi non attecchiscono e i germogli non bucano il terreno? Vedi che il toro nella stalla non feconda la vacca, l'ariete si tiene distante dalla sua femmina, il gallo dalla gallina? Vedi che nelle case il marito non cerca la moglie, e i giovani per strada non si scambiano sguardi pieni di desiderio e di curiosità? Se Inanna è morta, il mondo morirà presto con lei. Ereškigal non può sostituirla: è la dea della morte, non della vita. Tutto ciò che tocca si trasforma in cenere fredda e grigia. Inoltre, si è impadronita di tutti i *Me* della mia signora. Ora che ha i poteri, chi potrà opporsi a lei se deciderà di trascinarvi nel suo regno oscuro e uccidervi tutti? Devi fermarla, mio signore, e ristabilire il giusto equilibrio. O sarai sempre il signore del cielo, ma guarderai sotto di te una terra fredda, vuota e sterile. O, peggio ancora, sarai trascinato negli inferi e diverrai un cadavere freddo appeso nell'atrio di Ganzir.»

An si carezzò la barba, meditabondo: «Nelle tue parole c'è molta verità, Ninšubur, e io non posso ignorarle. Mia figlia Inanna può essere impulsiva, testarda e ribelle, ma governa forze del cosmo necessarie alla sua sopravvivenza e alla nostra. Sarà Enki a trovare una soluzione, visto che indirettamente è stato causa di tutto ciò».

Un gesto imperioso, ed Enki piovve nel bel mezzo della sala. Aveva lo sguardo stordito di chi non capisce dove si trovi: uno degli inconvenienti di quando si viene evocati all'improvviso dal re degli dei.

«Inanna è prigioniera negli inferi, morta. Trova una soluzione!» fu l'ordine perentorio di An.

Enki non era certo mio amico, ma non ha mai saputo resistere alla sfida di un problema da risolvere: deve dimostrare di essere sempre il più intelligente di tutti. Si concentrò dunque per qualche attimo, poi disse: «La morte è morte, e di solito è definitiva. Ma come signore delle acque profonde, io posseggo anche la fonte dell'acqua della vita. Per risvegliare Inanna sarebbe sufficiente che alcune gocce di questa le fossero fatte bere».

«Bene – disse An, sbuffando – allora inviamo negli inferi un messo, e salviamola.»

«Potrebbe non essere così semplice, mio signore. – aggiunse subito Enki – Purtroppo gli inferi sono piuttosto precisi su chi può entrare nell'Oltretomba, se non si è invitati da Ereškigal in persona. Bisogna essere morti, tanto per cominciare. E non è facile trovare un morto, perché stanno già tutti lì.»

«Be', mandate un demone. È uno spirito, quindi non è né vivo né morto.»

«Già, ma anche un demone potrebbe avere dei problemi a entrare. Perché se non si è morti, non basta essere spiriti. Bisogna essere anche né maschi né femmine. E noi non abbiamo simili demoni al nostro servizio, mio signore.»

Ninšubur, che fino a quel momento aveva ascoltato in silenzio, si illuminò improvvisamente: «Non vi preoccupate, ho io le persone adatte per tutto ciò» disse, convinta.

GLI ANDROGINI

«Non lo so, e se l'Oltretomba ci risucchiasse?»

«Sarebbe terribile!»

«E poi gli inferi! Sembrano così... definitivi! E se non riuscissimo a tornare? Noi abbiamo degli impegni!»

«Eh, già! Molti impegni! E poi negli inferi come ci si veste?»

Dopo ore di recriminazioni, Ninšubur, le braccia incrociate, il piede che batteva nervoso per terra, gli occhi rivolti al cielo, era arrivata allo stremo.

Galaturra e Kurgarra erano adorabili, ma potevano divenire esasperanti.

Siamo stati insieme dall'inizio dei tempi, da quando ancora tutto era un magma indistinto, e non esisteva nulla di definito. Erano spiriti androgini senza genere, più leggeri dell'aria. Si muovevano veloci come fringuelli, e come i fringuelli potevano diventare altrettanto garruli. Avevo dato loro il compito di guardarobieri perché nessuno meglio di loro sapeva tenere in ordine e abbinare le mie vesti, i miei gioielli, i mantelli, acconciarmi le chiome con magnifici pettini e spilloni, suggerirmi i profumi. Purtroppo, erano tanto decisi quando si trattava di scegliere un accostamento quanto dispersivi quando dovevano prendere qualsiasi altro tipo di decisione. Come questa, appunto.

«Basta! – sbottò infatti esasperata Ninšubur – Ascoltate attentamente, voi due! Qui c'è poco da discutere. Chi è che ha trasformato i *Me* in gioielli e vestiti, per farli indossare a Inanna?»

«Noi!» risposero i due, all'unisono, con evidente orgoglio.

«E chi sono i responsabili delle vesti e dei gioielli di Inanna da sempre?»

«Noi!» confermarono i due.

«E dunque, come potete ora permettere che un'altra dea, Ereškigal, si prenda le vesti e i gioielli che voi avete creato per la vostra padrona e li usi per sé, senza il vostro permesso, nell'Oltretomba per giunta, dove nessuno potrà apprezzarli davvero, mentre Inanna è morta?»

I due per un attimo si guardarono negli occhi, poi scossero la testa di nuovo all'unisono: «Non esiste! Andremo a riprendere i *Me* e Inanna. Solo lei può rendere giustizia al nostro lavoro».

Due folate di vento: fu un attimo per loro trasformarsi e arrivare a Ganzir.

Il silenzio in quell'antro oscuro era quasi pari al buio.

«Non c'è nessuno?» chiese Galaturra

«Sento un lamento, di là!» disse Kurgarra, indicando un grande drappo nero sospeso sopra un enorme letto. Da sotto un grumo di coperte e lenzuola grigie, emergeva il volto esangue di Ereškigal.

«È pallida persino per essere la dea della morte!» commentò Kurgarra sottovoce.

«Sta male?» chiese Galaturra rivolgendosi a uno dei demoni infernali lì attorno.

«Da quando ha preso i *Me* di Inanna, la nostra signora ha perso la salute – rispose quello, sospirando affranto – e nessuno capisce come guarirla.»

«Chi siete, voi?» domandò Ereškigal, con voce flebilissima.

I due spiriti fecero un inchino: «Siamo Galaturra e Kurgarra, i due valletti di Inanna, per servirti, mia signora. E guarirti dal tuo male».

«Non mentite, nessuno sa quale sia il mio male. E poi vi conosco, voi non siete medici o guaritori, siete i suoi guardarobieri!»

I due spiriti ridacchiarono: «Oh, mai sottovalutare i guardarobieri, i parrucchieri, i sarti! Siamo noi i migliori amici delle donne, spesso, quelli a cui confidano i loro segreti, e che capiscono meglio di chiunque i mali del loro animo! Per questo Inanna ci tiene con sé. Mia signora, la tua malattia può essere agevolmente guarita da noi, se lo vuoi. Ma ci dovrai dare il giusto compenso».

«Posso darvi la possibilità di avere cibo infinito dal frumento che germoglia dalla terra.»

«Signora, noi siamo spiriti, non mangiamo. Non sapremmo cosa farcene del frumento!» disse Kurgarra.

«Allora posso darvi orzo per fare birra a volontà.»

«Signora, siamo spiriti, non beviamo. Per noi la birra è inutile» disse Galaturra.

«E allora oro, o pietre preziose, o quello che desiderate!»

«Signora, noi siamo fatti della stessa sostanza del vento, non possiamo adornarci di ori o gioielli. Però effettivamente c'è una cosa che vorremmo: Inanna» dissero i due, indicando il corpo della dea che era stato appeso a una delle pareti, a un chiodo, come un ornamento.

«E che ve ne farete? È un cadavere.»

«Dopo tanti anni in cui ci ha tenuto a suo servizio, per vendetta lo useremo per decorare la nostra casa, come tu lo usi per decorare la tua.»

«E sia, allora. Prendetelo, è vostro. Ora però guaritemi, se ne siete davvero capaci!»

Galaturra fece cenno a Kurgarra di prendere il corpo, mentre lui si chinava su Ereškigal.

«Signora, tu sei la dea della morte. I *Me* che hai sottratto a Inanna sono tutti portatori di vita. Finché terrai sul tuo corpo i suoi gioielli, le sue vesti, per te saranno come veleno.»

Ereškigal d'istinto toccò la corona di Inanna, gli orecchini, i bracciali, la collana, la veste splendente che aveva indossato: «No, sono bellissimi, e ora appartengono a me: non voglio separarmene!».

Galaturra le sorrise, benevolo: «Signora, c'è una regola non scritta, nella vita come nell'abbigliamento: ogni donna deve indossare ciò che è fatto per lei, non per un'altra. Ciò che non è fatto per lei la imbruttisce e le reca danno. Lascia che noi ti regaliamo una nuova forma per i tuoi *Me*, con i poteri delle ombre. Questi saranno adattissimi a te e non ti faranno male».

Con un rapido gesto della mano, Galaturra tolse a Ereškigal la corona, gli orecchini, i bracciali, la collana e la veste splendente, mentre veloce Kurgarra li metteva addosso al mio cadavere. Poi Galaturra recitò una formula sottovoce. Dal corpo di Ereškigal uscirono delle piccole sfere, come quelle che aveva ricevuto Inanna in dono: solo che queste non erano splendenti di luce. Erano nere come la notte. Galaturra le attirò a sé e le manipolò tenendole sospese nell'aria. Si trasformarono anche loro in braccialetti, collana, diadema, orecchini, fatti di una materia oscura e lucidissima, e in un abito del colore della notte profonda. Ereškigal li indossò: improvvisamente si sentì di nuovo in salute e, per la prima volta nella sua esistenza, bellissima.

Intanto Galaturra e Kurgarra avevano recuperato il mio corpo.

«Dalle da bere l'acqua della vita!» sussurrò Galaturra al compagno.

«E tu falle indossare di nuovo i suoi *Me*!»

Io intanto giacevo a terra, come una bambola rotta. I due valletti mi adornarono con i gioielli e la veste splendente, poi Kurgarra fece scendere da una borraccia alcune gocce di acqua della vita sulle mie labbra. Un brivido mi scosse, aprii gli occhi, come se mi stessi risvegliando da un lungo torpore: «Mi avete salvato!» balbettai, riconoscendoli.

«Non ancora del tutto, mia signora! Dobbiamo portarti fuori di qui!»

Kurgarra e Galaturra si trasformarono veloci in due mulinelli di vento, e mi sollevarono in aria. Volammo fino alla porta dell'inferno, e stavamo per attraversarla, quando qualcosa mi fermò. Mentre Kurgarra e Galaturra passavano facilmente attraverso il varco, io rimasi bloccata. Una barriera scura e vischiosa come miele nero mi fece rimbalzare indietro. Non potevo attraversarla in nessun modo.

«Che trucco è mai questo, Ereškigal? – brontolarono i miei due salvatori – Avevi promesso di darci il corpo di Inanna!»

«Il corpo infatti è vostro. – la voce di Ereškigal riecheggiò tonante lungo le pareti scoscese della caverna infernale – Ma voi l'avete fatta risuscitare! Niente di ciò che è entrato negli inferi può uscirne vivo. Se vuoi uscire di qui, Inanna, dovrai trovare un sostituto, vivo, che resti al posto tuo. Prometti di consegnarcelo?»

Regole, quanto le odio. Eppure da divinità lo sapevo bene, le regole sono funzionali all'equilibrio dell'universo e alcune, come questa, non possono essere violate senza compromettere il suo funzionamento. Sono più antiche degli dei, e persino noi le dobbiamo rispettare.

«Prometto. – dissi dunque – Troverò un sostituto che rimanga negli inferi al posto mio.»

Un lucore incerto comparve al centro del varco. La barriera si sciolse come la cera si scioglie al calore. Potei uscire. Fuori la luce del sole era abbagliante. Respirai a pieni polmoni l'aria fresca. Gli uccelli cantavano, i fiori salutavano il giorno con i loro colori più brillanti.

Ero viva.

Di nuovo.

Ma per restarlo, dovevo trovare qualcuno che andasse negli inferi al posto mio.

Dovevo trovare un sostituto.

IL SOSTITUTO

«Signora, manda me. Sai che sono disposta a sacrificare tutto pur di salvarti!»

Ninšubur, mio cuore, mia amica fedelissima. La sincerità del suo amore per me non poteva essere messa in dubbio: era davvero disposta a morire perché io potessi vivere. Ma era proprio per questo che non potevo permettere lo scambio, o privarmi di lei.

«Signora, noi ci offriremmo...» balbettò Kurgarra, titubante.

«Davvero, ci offriremmo...» ribadì Galaturra.

«Ma siete puri spiriti – completai io – e per morire bisogna avere un corpo, divino o mortale.»

«Dumuzi ha un corpo» disse Ninšubur, in un soffio.

Il grande assente. Presa dal vortice delle mie preoccupazioni, non vi avevo fatto caso. Ma Dumuzi, il mio amatissimo, il mio compagno, il mio tutto, colui che io avevo reso pari agli dei e a cui avevo affidato il mio tempio e la mia casa, dov'era? Perché non si era preoccupato per la mia assenza? Perché non aveva pianto la mia morte? Perché non era qui, al mio fianco, per festeggiare il mio ritorno? Perché mi aveva lasciata sola, e ora, che ero uscita dalle porte degli inferi, e mi stavo riprendendo nel mezzo di una pianura arroventata dal sole, non era con me, ad abbracciarmi, a confortarmi?

Cercai con lo sguardo Ninšubur, per avere una risposta che in realtà già sospettavo, ma non volevo sentire.

Ninšubur scosse la testa: «Quando ha saputo della tua morte, mia signora, Dumuzi è andato al tempio di An, ha conferito con i sacerdoti e si è proclamato re. Ha aperto il palazzo, concesso udienze al popolo, organizzato festeggiamenti per la sua incoronazione. Dal tempio gli sono state inviate le più belle fanciulle del regno, per prenderle come concubine: i sacerdoti hanno confermato che il suo destino è fondare una dinastia e ha bisogno in fretta di un erede. Vive con loro, ora, in quella che era la vostra casa, e regna».

Nulla, nemmeno la morte, mi aveva fatto così male.

Così mi ripagava di tutto ciò che gli avevo dato, quell'ingrato mortale!

«E dunque mi ha dimenticato…»

Ninšubur annuì, silenziosamente.

«Ma è il candidato perfetto per sostituirti negli inferi, mia signora!» disse Kurgarra, con un tono pratico.

«Così tu sarai finalmente libera, e lui verrà punito!» confermò Galaturra.

«Ma non accetterà mai di rinunciare alla vita per me, visto che non mi ama.»

«Non sarà necessario che lui sia d'accordo. Lo manderemo a prendere dai demoni infernali» disse Ninšubur, spiccia.

Non chiedetemi dove trovai la forza per mettermi in viaggio e arrivare alle porte di Uruk: non lo so. A ogni passo, rimpiangevo il tempo in cui ero un cadavere senza alcuna coscienza di sé. Abbiamo tutti paura della morte, ma perché? Rispetto alla vita che ci condanna alla continua consapevolezza di ciò che ci accade, la morte è la quiete assoluta. Il non esistere comporta una pace infinita: l'incoscienza perfetta.

Ora invece io ero stata di nuovo gettata in mezzo alla vita, e al dolore. Quando giunsi nella mia città, la sentii per la prima volta estranea. Le case, le strade erano le stesse in cui avevo vissuto e regnato, ma ero cambiata io. Il tradimento del mio amore aveva ridisegnato la percezione di ogni cosa. Se prima trovavo gli esseri umani divertenti e buffi, ora mi apparivano per ciò che erano: meschini, ambiziosi, profittatori. Era come se il mondo si fosse ingrigito di colpo, e io con lui. Non avevo più voglia di nulla, nemmeno di lottare, forse nemmeno di vendicarmi su Dumuzi.

Avrei voluto solo che una nube d'oblio coprisse ogni cosa, cancellasse le città, gli esseri umani, me stessa, riportasse tutto l'universo a quel magma primordiale in cui i confini non esistevano, e pertanto nemmeno le cose. Forse la distinzione, quel taglio nell'universo da cui avevo avuto origine, e il mio desiderio di emanare entità che fossero distinte fra loro erano stati l'origine vera del male e della sofferenza. Quando l'uno viene definito e separato dall'altro, la pace è finita: coscienza di sé e dolore sono le due facce di quell'equilibrio cosmico che io garantisco con il mio impulso creatore. Non posso fare a meno di creare esseri senzienti, e di essere senziente io stessa, ma come essere senziente non posso evitare di soffrire. Una condanna, un ciclo infinito da cui nessuno può sottrarsi, nemmeno una dea.

Quando entrai, il palazzo era pieno di musica e di risate. Nei cortili fanciulle ed efebi si rincorrevano giocando a nascondino, mentre ancelle e servi portavano cesti e vassoi pieni di frutta. Percorsi le sale senza che nessuno badasse a me. Perché avrebbero dovuto? Io ero una delle tante persone che si aggiravano nelle stanze, cercando piaceri e divertimento. In altri momenti, mi sarei anche io unita ai giochi, stesa sui divani per godere di coppe di vino e baci. Avrei gioito con loro, e schernito chi come me avesse il volto rabbuiato dalla tristezza. Ma ora no. Le risate mi ferivano come un dardo; i canti e le parole allegre mi sembravano un'offesa.

Arrivai alla sala del trono, e rimasi sulla soglia senza togliermi il velo dal capo. Al centro, sotto un baldacchino ricoperto di tessuti preziosi, stava Dumuzi, in apparenza distratto, quasi assente, circondato da giovani donne e uomini, stesi attorno a lui. La bellezza del suo corpo come sempre mi tolse il fiato. Non potevo distogliere lo sguardo dalle sue labbra sensuali, e dai suoi riccioli neri, che una ragazza accanto a lui stava carezzando come un tempo facevo io. Sentii una rabbia improvvisa e incontenibile montare dentro di me, togliermi il respiro. Mai avevo provato nulla di simile.

«Ti sei ben presto consolato della mia morte, traditore!» esclamai furente, palesandomi.

Lui mi fissò per un lungo attimo, come se non mi riconoscesse. E forse ero davvero irriconoscibile, perché mai aveva visto il mio lato terribile, l'ira divina. Impallidì. Cercò di farfugliare qualcosa.

«Ereškigal... An... Enki...» iniziò a dire.

Ma io non volevo sentire da lui nemmeno una parola: «Demoni degli inferi, a me. Ecco il mio sostituto!» dissi.

Fu un attimo. Le risate di gioia si trasformarono in urla di terrore. Una ridda di demoni, potenti come folate di vento, entrò dentro alla sala, rovesciando i tavoli, il baldacchino, facendo tremare i muri. I giovani e le giovani cercarono di scappare spingendosi gli uni contro gli altri, travolgendo chi non si fermava, rovinando a terra nel tentativo di mettersi in salvo. Fu il caos. Dumuzi, al centro di un vortice di spiriti che lo avvolgeva come una tempesta di sabbia, cadde in ginocchio, gridando: «Non ti ho tradita, mia signora, obbedivo agli ordini di An! Credimi!».

Ma non riuscì a finire la frase. I demoni lo risucchiarono nel loro gorgo di oscurità. Quando fu dissolto, di lui non restava più nulla.

«Cosa voleva dire?» chiesi, e le mie parole rimbombarono nel silenzio di una sala ormai vuota.

Un ghigno assai familiare risuonò alle mie spalle. Mi voltai. Ereškigal, la cupa signora degli inferi, era lì, e vicino a lei vi era mio padre, An. E dietro vi era l'intero concilio degli dei al gran completo.

«Davvero non lo hai capito, sciocca? – disse Ereškigal – Credevi davvero che io avrei architettato questo piano da sola, senza avere l'appoggio di tutte le divinità? Era tempo che tu fossi punita per la tua insubordinazione, Inanna. Ti sei creduta migliore di tutti noi. Ma non lo sei. Avevi bisogno di venire rimessa a posto. L'ordine cosmico non ammette che tu possa avere più potere delle divinità maschili, ed essere onnipotente e sola, venerata dagli esseri umani. Noi femmine siamo deboli, abbiamo bisogno di venire guidate dai nostri padri e dai nostri sposi. L'universo ha bisogno di una mano salda che tenga le redini e stabilisca le regole. Io e le altre dee lo abbiamo capito e accettato, perché tu no? Hai sfidato gli dei e ora hai perso colui che ti era più caro. Dumuzi non ti ha tradito: siamo stati noi a ordinargli di festeggiare, e a inviargli giovani e ragazze per farlo. Era un ordine di An, non poteva sottrarsi. E ora tu lo hai ucciso in un eccesso di rabbia. I *Me* che hai rubato torneranno ad An, nella sua casa: non possono restare con te, che sei colpevole.»

An, che fino allora era stato in disparte, alzò la mano. I miei gioielli e la mia veste iniziarono a fremere, come se fossero stati percorsi da un alito di vita. Si trasformarono in piccole sfere di luce e a uno a uno abbandonarono il mio corpo, per andare verso An, che li racchiuse nell'*Eanna*, il loro scrigno originario.

Io ero nuda, al centro della sala, di fronte agli dei, stordita. Perché mi stavano facendo tutto questo? Ero stata io la prima vittima, la prima ad aver ricevuto un'offesa. La mia colpa era stata quindi reagire? Non chiedere giustizia, ma prendermela da sola?

Non voler essere debole, ma forte? Era questo che non poteva essermi perdonato?

Ereškigal lesse nei miei occhi lo smarrimento, e decise che era il momento di approfittarne: «Noi non vogliamo umiliarti, Inanna. Siamo certi che tutto questo ti farà riflettere e tornare sulla retta via. Resterai una dea, e resterai signora di Uruk. Ma dovrai accettare di obbedire da ora in poi alle nostre regole e alle nostre leggi. Siamo buoni, noi dei, non vogliamo renderti infelice. Così abbiamo deciso che potrai riavere anche il tuo amato Dumuzi. Lo sposerai, e diventerai la più devota delle mogli, obbedendogli e dandogli dei figli. Ma non abiterai con lui sempre: solo per sei mesi all'anno. Gli altri mesi resterà con me, nel regno degli inferi. Se non starai ai patti o cercherai di ribellarti, Dumuzi non risorgerà più, e a te verrà tolto ogni potere».

Di colpo, per convincermi, fecero apparire di fronte a me l'immagine di Dumuzi. Dormiva il sonno della morte in una bara di cedro, a Ganzir. La sua pelle di ambra era solo un po' più pallida del solito, le palpebre dalle lunghe ciglia nere coprivano i suoi magnifici occhi di cerbiatto. Era bellissimo, così abbandonato al nulla e incosciente. Mi resi conto allora che niente avrebbe dovuto turbare il suo riposo: era al di là del dolore e delle preoccupazioni, finalmente in pace. Nemmeno gli dei potevano togliergli ciò. Nemmeno io dovevo.

Alzai lo sguardo, dritto verso An, e poi verso Ereškigal, fiera: «No, non accetterò il vostro patto, né ora né mai. Il vostro ordine è vostro, non mio. Il mio potere non deriva dai vostri *Me*. Esistevo prima di voi, esisterò anche lontano da voi. Vi lascio ogni cosa: Dumuzi, Uruk, l'intera Mesopotamia. Ci sono altre terre, ci sono altri esseri umani, ci sono altri luoghi che mi riconosceranno come dea e venereranno il mio nome. Restate se volete qui, è il vostro destino. Il mio è altrove».

Ninšubur, Galaturra e Kurgarra chinarono il capo, nascondendo una lacrima: mi conoscevano bene e sapevano che questo era un addio: una volta che ho preso una decisione, non vi è più nulla che possa smuovere la mia volontà.

Volsi le spalle agli dei e uscii dal palazzo, nuda e splendente, ricoperta solo dalla mia luce.

Le strade di Uruk e dell'Oriente tutto si riempirono di pianti. Le donne, ricoperte di veli neri e vesti a lutto, si lamentavano invocando il nome di Dumuzi, così prematuramente strappato alla vita e a me. Le loro urla riecheggiavano ovunque. Gridavano: «*Adon, Adon!*» ovvero "signore", perché era morto il loro principe, il loro figlio, il loro amato, e confusamente sentivano che non solo lui era scomparso, ma anche io stavo per lasciarle.

Soffiai sulla mia terra un'ultima benedizione. Ero in pace: la mia città era ormai potente e rispettata; niente e nessuno, nemmeno gli dei, avrebbe potuto impedirle di continuare a prosperare. Le mie sacerdotesse e i miei sacerdoti avrebbero vegliato affinché non le capitasse alcun male e la sua fortuna potesse durare per secoli e secoli.

Sentivo da lontano il richiamo di qualcosa che non vedevo più da troppo tempo, dell'immensità azzurra percorsa dai venti, che mai non riposa, di cui ero stata signora nella lontana epoca in cui ero la dea del Tutto, le mie vesti erano reti da pesca, la mia pelle bianca come spuma dell'onda: il mare.

E scelsi Pafo, la mia nuova casa.

PARTE TERZA

AFRODITE

Efesto la guardò come se a stento l'avesse riconosciuta:
«Atena, non ti preoccupare, non parlavo di te.
– la rassicurò – Ho il piacere di presentarvi
la mia fidanzata, Afrodite».
Con un gesto teatrale indicò me, che proprio
in quel momento avevo varcato la soglia della sala.
Fu così che mi ritrovai, per la prima volta, gli occhi
degli Olimpi tutti addosso.

LA DEA DI PAFO

Cipride nata dall'onda, candida spuma che corona le acque cristalline, soffice come la neve, taglio bianco di luce caduto dall'oscurità della notte: questa ero io nella mia nuova incarnazione.

Le sconfinate pianure della Mesopotamia e le limacciose acque del Tigri e dell'Eufrate non potevano competere con la nitida bellezza dell'isola che era diventata mia.

Il mare, come avevo potuto farne a meno per così tanto tempo? Quella distesa immensa in sé conteneva tutti i colori del mondo: la profondità del nero violaceo degli abissi, l'azzurro profondo degli oceani, il turchese della superficie scintillante al sole, il grigio corrucciato delle onde percosse dal vento, il giallo ocra delle sabbie, il fango verdastro delle lagune, il bianco degli scogli lucidi, il rosso che cola dal cielo nei tramonti infuocati, il rosa delle albe, l'indaco delle sere estive che accolgono il blu della notte.

Pafo era la mia sede e il mio rifugio, mi aveva accolta come sua signora e sua figlia. Anche qui il mio tempio era cinto di meravigliosi giardini, che digradavano verso il porto: una serie di terrazze e balconi fioriti erano la mia finestra sul mondo. Affacciata, potevo seguire con lo sguardo le vele bianche delle navi andare incontro all'orizzonte, o controllare il loro avvicinarsi alla riva. Ognuna di esse arrivava carica di merci preziose che venivano sbarcate e rivendute dagli operosi abitanti dell'isola. Cipro era una terra di genti miste, pronte a mischiarsi fra loro ancora di più. Levantini, Fenici, Frigi, Aramei, Libi, Egizi, Micenei, ogni popolo che sapesse navigare prima o dopo toccava i suoi porti e veniva a rendermi omaggio.

Ero tornata a essere semplicemente la Dea. Così mi invocavano nei riti gli abitanti, così si rivolgevano a me gli stranieri. Pafo era un crocevia di conoscenza e il fulcro di ogni attività allora conosciuta. Attorno al mio santuario fervevano le opere. Cipro, ricca di metalli, estraeva dalle sue miniere il rame che veniva fuso con lo stagno e trasformato nella nuovissima lega: il bronzo. Io che nelle mie vite passate ero stata anche signora della guerra, non potevo che guardare con ammirazione questo prodigio della tecnica. Le armi e gli attrezzi fatti con il nuovo materiale erano più resistenti e duttili. Accordai la mia protezione agli artigiani e ai fabbri, e mi beai nel seguire le loro scoperte e invenzioni. Gli esseri umani con la loro inesausta curiosità avevano riconquistato il mio favore.

Pafo era una terra accogliente, senza pregiudizi. Lì nel mio tempio potevo assumere fattezze femminili, ma anche maschili: venivo ritratta con i seni ma anche con la barba, e un peplo a ricoprire i genitali, tanto per lasciare il mistero di come fossero davvero. Dicevano le leggende che, quando ero emersa dal mare come spuma creata dai genitali di Urano, io li avessi inglobati in me, e avessi dunque una doppia natura. Per questo potevo proteggere e capire nel profondo ogni essere, qualunque fossero il suo sesso o il suo corpo.

La realtà è che per me i corpi, i sessi da cui gli umani sono spesso così ossessionati, non sono altro che aspetti di quel tutto che io rappresento e contengo, e travalico. Ciò che per gli umani è fondante per me è un particolare, interessante sì, ma secondario. Posso essere femmina, maschio, nessuno dei due o entrambi, e altro ancora che va al di là della loro comprensione, e persino della loro immaginazione. Siete voi a essere finiti e limitati, non io.

Anche a Pafo, purtroppo, la società si era strutturata su una piramide di sopraffazione, in cui il più forte aveva il diritto o addirittura il dovere di comandare il debole: e infatti il potere lo avevano i maschi e i guerrieri, che controllavano tutto tramite la forza fisica. Le regole e le leggi, al di là del loro nome altisonante e sacro, perpetuavano questa violenza di fondo. Erano pensate per continuare a tenere i sottoposti in uno stato di perenne soggezione. Così si era creata la gerarchia, del maschio guerriero sugli altri maschi, e dei maschi sulle femmine, e dei vecchi sui più giovani, sugli adolescenti e sui bambini. L'abilità di ciascuno in guerra, la sua utilità e la sua forza, il suo sesso e la sua età determinavano il suo valore e la sua posizione, senza appello e senza scampo. Era un mondo apparentemente in perfetto ordine, schierato come se dovesse sempre andare in battaglia: nulla sfuggiva al controllo e tutti obbedivano al potere.

Ma non io.

A Pafo trovai il modo di fare quello che nemmeno in Mesopotamia mi era stato permesso: consentire a tutti di vivere l'amore in maniera libera, a loro scelta e decisione.

La chiamarono "prostituzione sacra": così nei secoli successivi gli uomini l'avrebbero raccontata. Ma era ben altro il dono che offrivo a chi mi venerava.

Di tutti i misteri che gli umani si ritrovano ad affrontare, il desiderio è quello che li spaventa di più, perché sfugge per sua stessa natura alle regole che gli uomini si sono dati. Non si può imporre a nessuno chi desiderare, o quando. Per questo io sono sempre stata la più anarchica e incontenibile delle divinità.

Nata dal mare, sono ed ero il granello di sabbia in grado di ingrippare il funzionamento perfetto del meccanismo che muoveva le società. I miei nomi erano molteplici, come le mie abilità: ero *colei che sussurra* ai cuori e agli animi, e la *tessitrice di inganni*. Mi chiamavano anche *androphonos*, assassina: non tanto perché uccidevo i corpi, ma perché ero in grado di sottomettere e schiacciare ogni volontà e opposizione negli umani.

Suscitavo desideri e brame, violando ogni possibile confine. E così il re perdeva la testa per la schiava, il ricco per la popolana, la principessa per il paggio, il guerriero fiero della sua mascolinità si innamorava perdutamente di un efebo, la saggia madre di famiglia di una fanciulla o di un'amica, la fanciulla per l'uomo maturo o poco attraente, il giovane aitante per la donna più anziana di lui.

Questo terrorizzava i guerrieri ora a capo delle società, perché era qualcosa che non potevano in alcun modo controllare, imbrigliare, e da cui non potevano difendersi. La loro forza era vana contro il batticuore che genera il desiderio: un'occhiata furtiva, il socchiudersi di due labbra in un sospiro, e la più impenetrabile armatura perdeva ogni potere. Ordini e comandi cadevano nel vuoto, le leggi venivano disobbedite, le consuetudini e le tradizioni violate senza alcun rimorso o rimpianto. Di fronte al desiderio cadono le città e i troni, e la violenza bruta si annulla, perché nessuno, nemmeno il re più potente del mondo, può costringere qualcuno ad amare ciò che non vuole, o a non volere ciò che desidera.

Io, allora come oggi, sono ciò che crea continui vortici imprevedibili che possono sovvertire le famiglie, i regni, le amministrazioni e gli Stati. Mischio l'alto e il basso, il bello e il brutto, secondo percorsi che non seguono la logica umana e forse nessun'altra se non quella dell'evoluzione naturale. Formo coppie nuove, ne disfo di consolidate, mino le solide basi delle abitudini consentendo però alle società di rimanere vive, di muoversi e di reinventarsi. Solo ciò che è morto rimane fermo e uguale a se stesso: la vita è un continuo fluire.

Il mio tempio era la casa di tutto questo, un'oasi di libertà nella gabbia del mondo. Le mie adepte e i miei adepti non erano prostitute o prostituti. Erano agenti di questo cambiamento continuo, di questo rimescolamento cosmico di cui io ero e sono la patrona. Io consentivo ai marinai di ogni razza di venire e unirsi alle donne locali e a queste di conoscere uomini che mai avrebbero potuto incontrare; alle donne maritate di frequentare altri oltre ai mariti noiosi cui le famiglie le avevano destinate. Le giovani vergini entravano nel mio tempio e conoscevano lì per la prima volta l'amore, con uno sconosciuto che forse non avrebbero mai più rivisto, imparando così che il sesso poteva essere anche un gioco, un incontro slegato da ogni altra considerazione e svincolato dalle necessità della stirpe o dalle decisioni della famiglia. Una lezione che le rendeva più consapevoli, meno manipolabili, e più preparate ad affrontare la vita. I fanciulli e le fanciulle potevano scoprire fra loro il piacere, senza i vincoli del moralismo imposto da genitori, parenti, adulti intorno, senza le costrizioni della società e la violenza delle tradizioni, perché io proteggevo le loro azioni, e le rendevo sacre e inattaccabili.

Insieme ai corpi si mischiavano le idee, le lingue, le diverse visioni della vita, le razze, le civiltà. L'intrecciarsi delle membra corrispondeva all'intrecciarsi di conoscenze e di esperienze, perché nell'universo nulla può entrare in contatto con qualcosa di nuovo e rimanere uguale a prima. Ciò che i vostri fisici hanno messo millenni a scoprire e condensare in una equazione, io lo pratico dall'inizio del mondo attraverso di voi, miei emissari inconsapevoli.

Io amavo quel caos ribollente di novità, quelle possibilità infinite che si creavano al riparo della mia protezione. Non governavo, favorivo: ero solo uno spunto che lasciava poi assoluta libertà agli umani di sviluppare il loro carattere e il loro destino. Il mio tempio non era senza regole, era un luogo in cui ognuno poteva definire le proprie. Ciò che a me era stato in parte impedito nelle mie precedenti incarnazioni, io lo consentivo agli altri: era questo il mio dono per un mondo migliore.

Sembrava così semplice, sia da fare che da accettare. Invece non lo era, scoprii. La mia natura in qualche modo ha il potere di irritare le altre forze dell'universo.

E fu così che mi trovai a scontrarmi con gli Olimpi, gli dei della Grecia.

EFESTO

Conoscerlo fu un'impresa: era schivo. Furono gli artigiani che frequentavano il mio tempio a parlarmi per la prima volta di lui, Efesto, il loro dio.

Nei giorni di festa i fabbri della comunità venivano in corteo alla mia casa, trascinati dalle loro mogli, oppure perché ne cercavano una. Erano buffi, quei ragazzi muscolosi eppure timidi, abituati ad avere a che fare con forge e martelli e quasi incapaci di rapportarsi con gli altri esseri umani, perché sempre chiusi nelle loro officine, avvolti dal fumo e dalle vampate di calore. Ripuliti e pettinati non sembravano più loro, e si sentivano quasi a disagio. Li riconoscevi perché entravano guardinghi, come chi teme di essere cacciato, e restavano a bocca aperta ad ammirare le decorazioni del tempio, di cui apprezzavano meglio di tutti la raffinata fattura, i giardini e soprattutto la bellezza delle mie accolite. Erano impacciati, educatissimi, per timore di risultare goffi si muovevano con circospezione. Ma, abituati alla precisione che il loro lavoro richiede, avevano anche una certa grazia. Per essere coloro che forgiavano le armi e gli strumenti di guerra, erano gli esseri più pacifici e sensibili che mai mi capitasse di incontrare.

Mi piaceva conversare con loro, farmi spiegare le loro più recenti invenzioni. Così, fra una parola e l'altra, venni a sapere che nell'isola arrivava talvolta in visita il loro patrono e signore, Efesto, dio della metallurgia e fabbro divino.

Mi stupii di non averlo mai incontrato prima: ero pur sempre la padrona di casa, e avrei dovuto essere a conoscenza di queste visite, se non altro per accoglierlo come si conveniva.

«Efesto è fatto così – mi dissero – non ama avere contatti con nessuno, nemmeno con gli altri dei suoi simili.»

Be', io sono sì una dea, mi dissi, ma non sono paragonabile a nessun'altra. E quindi decisi che dovevo conoscerlo, che lo volesse o no.

L'interno di Pafo è una grande foresta, in cui lo smeraldo dei laghetti e dei torrenti risplende nel verde cupo della selva. Avevo indicazioni vaghe su dove dirigermi. I fabbri avevano parlato di uno specchio d'acqua interno, profondo e quieto, circondato da alture in cui si aprivano grotte.

Avevo deciso che l'incontro con Efesto avrebbe dovuto essere soltanto fra me e lui. Non volli nessuno come scorta. Non ne avevo bisogno: era la mia casa, l'isola, e lui l'intruso che vi si nascondeva; io la signora, e lui l'ospite. Era lui che mi doveva spiegazioni, o che doveva temere la mia ira. Io ero la Dea, lui un semplice artefice divino.

Ammetto però che più che irritata o offesa, ero curiosa. Gli dei sono di solito portati a mettersi in mostra, persino quando non conviene loro: sono pavoni costantemente impegnati a fare la ruota. Noi dee sappiamo anche eclissarci nell'ombra per tessere le nostre tele; loro no, sentono il bisogno di essere in piena luce, e circondati da stuoli di ammiratori entusiasti.

Un dio che invece si nascondeva e cercava la solitudine era una anomalia che valeva la pena incontrare.

Camminai, non so nemmeno per quanto. Mi piacciono i boschi: in quanto dea della natura selvaggia, amo lo stormire delle fronde pesanti agli aliti di vento, riconosco i canti degli uccelli e i loro richiami. Non mi fanno paura neppure le belve. Mantengo il potere di calmare con un solo cenno le fiere più selvagge. Gli animali riconoscono in me l'istinto che li spinge a cercarsi, riprodursi, vivere in branco, e mi rispettano per questo. La superbia fa credere agli uomini di essere i soli a provare l'amore e ne parlano come se fosse una loro esclusiva. Sbagliano: il desiderio è universale. Tutti i loro canti e le loro poesie non sono che un riflesso di questo istinto naturale che io domino.

La spelonca di cui mi avevano parlato si apriva a picco su un lago. Apprezzai la scelta del luogo: offriva il paesaggio migliore delle vicinanze, sintomo che chi aveva scelto quel rifugio aveva buon occhio e un certo istinto per la bellezza. L'entrata, tuttavia, era poco incoraggiante: non vi era nessun segno che la grotta fosse abitata. Le pareti erano nude, scure. Non vi erano decorazioni fatte con le pitture, o scolpite. Pareva un luogo adatto agli orsi, non agli dei. Mi inoltrai, titubante, chiedendomi se non mi avessero ingannato. La caverna era un lungo budello che scendeva nelle viscere della terra. I miei sandali sdrucciolavano sul terreno scosceso, il mio peplo si impigliava nelle protuberanze delle rocce. Ma pian piano che avanzavo, il sentiero diventava più ampio e, cosa incredibile, più luminoso. Mi resi conto che dalle volte della galleria pendevano dei globi di metallo che all'interno contenevano lo scintillio di mille lucciole e si accendevano come se presagissero i miei movimenti. Scendendo lo stretto cammino, mi affacciai a un parapetto che si apriva su una immensa sala interna, dove un gigantesco fuoco alimentava una serie di enormi camini, e strani macchinari pieni di ingranaggi si muovevano, forgiando in contemporanea centinaia di spade e di oggetti disparati, mentre incudini e martelli mossi da altri meccanismi battevano lastre dei metalli più disparati.

D'improvviso qualcosa mi fece inciampare: un laccio invisibile teso in mezzo al sentiero. Rovinai a terra mentre un trillo di mille campanellini risuonava attorno: era un allarme.

«Detesto i visitatori a sorpresa.»

Alzai gli occhi. Seminascosto da uno sperone di roccia c'era qualcuno. Indovinai nella penombra un volto dai lineamenti forti, nascosto per gran parte da una barba folta e scura, resa ancora più nera dalla fuliggine. Sotto due sopracciglia cispose, gli occhi scuri erano però incredibilmente vivaci, resi brillanti dalla luce dell'intelligenza e da un guizzo di sottile ironia. Anche il tono della voce, in apparenza brusco, lasciava però filtrare una curiosità inesausta, e una timidezza estrema, che cercava di mascherarsi dietro al cipiglio rude. Il corpo era massiccio, persino tozzo, per via dei muscoli sviluppati da anni e anni di lavoro indefesso sull'incudine. Non era snello, e neppure del tutto armonioso, con le spalle troppo larghe e le braccia troppo possenti, ma spandeva attorno a sé l'idea di una forza controllata da una infinita pazienza e soprattutto da una inesauribile determinazione.

«Ti avrei avvisato del mio arrivo. Ma non è facile trovarti. Per cui non mi è restato altro che sorprenderti» replicai, sorridendogli per nulla intimorita, e gli porsi la mano perché mi aiutasse a rialzarmi.

Lui la guardò per un attimo, perplesso, come se non capisse bene cosa gli chiedessi di fare. Non era maleducazione, la sua:

era impacciato come se anni di vita in solitudine lo avessero del tutto disabituato a ogni interazione con gli altri.

Infine fece un passo avanti, per soccorrermi.

Fu allora che capii il perché della sua titubanza.

Era zoppo.

GLI OLIMPI

«Ti ha scaraventato giù dall'Olimpo? Appena nato?»

Non mi ero accorta di aver gridato: me ne ero resa conto solo quando avevo sentito risuonare la mia voce fra le balze e la selva.

Eravamo distesi sulla riva del piccolo lago, nudi. Dopo aver fatto l'amore, probabilmente per la prima volta in vita sua, Efesto, tenendomi stretta fra le braccia, aveva iniziato a raccontarmi della sua vita e soprattutto della sua complicata famiglia: gli dei della Grecia.

«Mia madre Hera è fatta così. E poi non so darle torto: sono deforme e brutto.»

Non so cosa mi fece più infuriare: se l'idea che qualcuno potesse provare così poco amore da scaraventare via come un rifiuto il figlio appena nato perché imperfetto ai suoi occhi, o il tono di rassegnazione, quasi di giustificazione, con cui Efesto commentava quel gesto assurdo.

«Cosa importa se non sei perfetto? Quello che ha fatto Hera è crudele, Zeus non glielo avrebbe mai dovuto permettere!»

Efesto scosse la testa: «Per noi Greci non funziona così. Noi siamo convinti che il bello sia anche buono: se hai una qualche deformità, devi avere in te qualcosa di cattivo e di sbagliato. L'armonia è ciò che cerchiamo in ogni cosa: nella natura, nei manufatti che creiamo, nel cosmo. Io non sono armonioso, ho il torso tozzo, le braccia troppo muscolose, i capelli ruspi, la pelle spessa, non sono slanciato, le mie gambe non hanno la stessa lunghezza. La caduta dall'Olimpo ha solo peggiorato quello che già non andava. I miei fratellastri e sorellastre sono bellissimi, degni di essere delle divinità. Io no».

«Per questo ti nascondi in grotte e caverne? Per questo non vuoi nessuno vicino a te?»

«Io non so trattare le persone.»

Appoggiai il mio mento sul suo petto: «E non ti sei mai innamorato di nessuna?».

Arrossì. Gli stuzzicai le labbra con un bacio: «Parla, non sono gelosa...».

«Io... ecco... una volta... ho provato a seguire Atena. Credevo di piacerle, lei è la dea della guerra, degli stratagemmi militari, spesso mi chiedeva nuove armi e scudi per gli dei, e si fermava a parlare con me. Pensavo potessimo avere qualcosa in comune. Avrei voluto chiederle di unirsi a me: ero convinto che avremmo potuto essere felici. Così quando la vidi in riva al mare, seduta su uno scoglio, mi avvicinai, le toccai la mano, provai a baciarla. Era così bella! In fondo mio padre Zeus e i miei zii così si comportano con le altre dee o mortali, se le vogliono: le seguono, le baciano, le portano in qualche luogo tranquillo dove fare l'amore. Ma Atena non la prese bene. Si infuriò, mi respinse.»

«E tu cosa hai fatto?» chiesi, memore di come si era comportato con me Shukaletuda.

Efesto abbassò gli occhi e, dopo qualche secondo di silenzio titubante, iniziò a parlare balbettando: «N-nulla. Ero così mortificato di averla offesa che mi limitai a scappare. Gli altri dei, quando l'ho raccontato, mi hanno preso in giro. Mi hanno detto che avrei dovuto prenderla con la forza, perché in fondo alle donne piace e loro lo fanno tutti continuamente, e poi sarebbe stata mia per sempre, perché non essendo più vergine avrebbe dovuto accettarmi per forza come marito. Così Ade aveva fatto con Persefone. Ma io non posso costringere nessuno a voler stare con me. Desidero qualcuno che mi voglia davvero e mi ami. Altrimenti preferisco restare da solo, per sempre».

Mi fissò per un lungo istante.

Era evidente che avrebbe voluto chiedere a me di restare con lui, ma non lo avrebbe fatto perché temeva una risposta negativa. Aveva lo sguardo basso e le lacrime trattenute a stento. Sembrava un bambino ferito e allo stesso tempo orgoglioso, che non voleva la pietà di nessuno, ma reclamava di essere rispettato e trattato con dignità.

E a me capitò qualcosa che non credevo più possibile, dopo che il mio cuore si era spezzato per Dumuzi: mi innamorai. Efesto mi apparve in quel momento bellissimo, e più affascinante di qualsiasi eroe, principe, dio o guerriero sulla faccia della terra. Amai il suo sguardo profondo e vivace, la sua ingenuità, la gentilezza d'animo che intuivo dietro alle sue movenze goffe, la sua intelligenza sottile e pratica al tempo stesso, e soprattutto sentii di poter colmare quell'immenso vuoto di affetto che avvertivo dentro di lui.

Lo baciai d'impulso.

«Non sarai mai più solo – gli promisi – e se Atena è stata così sciocca da non volerti, peggio per lei. Ti sposo io.»

«Non credo che gli dei approveranno questa cosa... dovrei chiedere il permesso a Zeus e a mia madre, ma non so se vorrà vedermi e farmi salire sull'Olimpo.» Dalla voce titubante si capiva che piuttosto che essere umiliato nuovamente da Hera avrebbe preferito sprofondare nel Tartaro[1] una volta per tutte.

«Faremo in modo che la cara mamma non possa dirti di no. Ho una mezza idea. – lo rassicurai con un sorriso malizioso – Potrebbe non piacerle all'inizio, e il mio piano per riuscire richiederà tutto il tuo ingegno e la tua bravura tecnica, ma sono sicura che alla fine sarà costretta ad approvare le nostre nozze.»

Il suo volto si illuminò: «Considerami ai tuoi ordini» disse.

Mi baciò, con inaspettata passione.

Io mi preparai a partire: era ora che conoscessi gli Olimpi e i Greci che li veneravano.

---

[1] Parte dell'Oltretomba greco, corrispondente alla nostra idea di Inferno, in cui venivano puniti coloro che avevano osato sfidare gli dei. Le altre parti dell'Ade erano i Campi Elisi, corrispettivo del Paradiso, dove finivano le anime giudicate buone, e il Prato degli Asfodeli, dove erano inviate le anime ritenute ordinarie.

I GRECI

Io non amavo i Greci, e nemmeno i loro dei. Si meritavano a vicenda. Si facevano chiamare Elleni. Ma io me li ricordo quando hanno cominciato a bazzicare il Mediterraneo e ancora non avevano nemmeno un nome: erano degli ometti ammantati di una incredibile prosopopea. Si ritenevano i più belli, i più furbi, i più svegli dell'intero universo conosciuto.

Avevo sospettato fin da subito che fossero subdoli, da quando li avevo visti arrivare nei ricchi porti delle mie città, a Cipro. Si erano infiltrati in poco tempo in ogni insenatura, in ogni caletta, come certi molluschi infestanti: dove c'era un approdo, c'era un greco.

All'inizio nessuno li prendeva in considerazione. Sembravano innocui e buffi, con le loro navi raccogliticce, gusci di noce rispetto a quelle delle potenti flotte egizie o alle rapide barche commerciali dei Fenici, o ai navigli imponenti dei Cretesi. Venivano da una terra al di là del mare, misera, brulla. Era formata da costellazioni di isolette pietrose e un continente ancora meno fecondo, dove a stento cresceva qualche erba e le capre campavano saltellando sugli strapiombi a picco sulle onde. Ogni volta che sbarcavano, sentivi aleggiare intorno a loro il puzzo della miseria, leggevi la fame nel fondo dei loro occhi sempre in cerca di qualcosa da vendere, da comprare o da rubare, se capitava l'occasione.

Raccontavano delle loro città, descrivendole come rocche imponenti. Si vantavano della imprendibile Micene, signora di popoli dalle alte mura, di Argo e di Pilo sabbiosa, comandate da dinastie di re biondi, guerrieri e pieni di coraggio, capaci di governare saggiamente e punire le offese dei nemici. In realtà però la loro era una landa disseminata di cittadelle in perenne lotta fra loro, che si contendevano i pochi spiazzi di pianura coltivabile come se fossero un immenso tesoro, anche se con i raccolti riuscivano a nutrire a stento un paio di villaggi.

I loro valorosi signori erano poco più di capitribù, alla guida di famiglie in cui figli, padri, fratelli, mogli, cognati si uccidevano vicendevolmente nelle maniere più efferate, e trascinavano le loro vendette private per generazioni: mai conosciuto un popolo che riuscisse a serbare rancore così a lungo.

Quando ripetevano convinti le proprie storie negli angiporti e nelle taverne si rideva delle loro vanterie come si ride alle parole dei bambini.

Eppure, bisogna riconoscerlo, con le parole ci sapevano fare. Solo loro erano in grado di trasformare in racconti il nulla da cui provenivano, i villaggi aggrappati alle rocce, il mare crudele pronto a fagocitare chiunque si avventurasse a solcarlo, i fazzoletti di terra dove niente cresceva se non con immensa fatica, in luoghi affascinanti e meravigliosi, abitati da dei capricciosi, ninfe compiacenti, satiri, eroi, indovini, re. L'odio atavico era trasfigurato in complessi piani del Fato per dirigere i destini del mondo, le liti fra consanguinei per futili motivi, le stragi, gli incesti più ributtanti narrati come storie esemplari da cui trarre insegnamenti morali.

Erano dei magnifici bugiardi.

Anche su di me si erano inventati parecchio. Bazzicando i porti dell'Oriente, si erano fatti raccontare alcuni miti, così li avevano riadattati e ora li spacciavano come propri. In Siria, in Palestina e sulle coste del Mediterraneo avevano visto i lunghi cortei delle donne vestite di nero che piangevano la morte di Dumuzi, il mio antico amante, chiamandolo *Adon*, signore. Così si erano inventati una storia piuttosto confusa, in cui il piccolo Adone era un bimbo nato da un incesto e da me adottato nella culla, e di cui mi ero innamorata perdutamente una volta diventato fanciullo.

La trama già così pareva frutto di una fantasia perversa, ma poi si complicava ancor di più. Il giovane Adone, per motivi non chiari, moriva ucciso da un cinghiale e scendeva agli inferi, dove io lo seguivo e litigavo furiosamente con Persefone, moglie del loro re dell'Oltretomba, Ade. Per dirimere la zuffa, Calliope, la ninfa della poesia, incaricata da Zeus, signore dei loro dei, di fare da giudice, decideva che Adone avrebbe passato mezzo anno con me e mezzo con Persefone, mia rivale divenuta sua amante.

A raccontarmi questa bislacca storia fu un imbarazzatissimo Efesto, che prima di sposarci mi chiese di giurargli che non avrei rivisto più "Adone". Lo rassicurai: Dumuzi non sarebbe mai tornato, né per sei mesi né per un solo giorno, dal cupo regno di Ereškigal. Mi ero per sempre lasciata alle spalle quel periodo della mia vita, e non volevo rivangarlo mai più.

Talvolta, tuttavia, in autunno, quando vedevo le donne vestite di nero formare cortei e piangere in ricordo della sua scomparsa, un groppo mi saliva alla gola, ricordando la sua bellezza perfetta, il guizzo del suo sorriso.

Avrei dovuto accettare il patto con gli dei e salvarlo? No. Cedere al loro ricatto non sarebbe stata una soluzione, per nessuno dei due. Che senso avrebbe avuto per lui venire strappato alla morte per poi tornarvi, vivere come su una perpetua altalena, essere ridotto a un giocattolo nelle mani di noi divinità?

Il nostro amore era nato dall'assoluta libertà di entrambi: ci eravamo scelti, eravamo stati insieme senza vincoli e costrizioni.

Così, invece, lui non avrebbe avuto scelta. Lo avrei riportato in vita per renderlo un mio schiavo. Non avrei mai potuto accettare un amante che fosse costretto a rassegnarsi a me per poter sopravvivere. E nemmeno lui sarebbe stato felice di questa sorta di dorata condanna. La mia scelta poteva sembrare crudele o egoista agli occhi di alcuni: per me era stata invece motivata dal rispetto nei confronti di Dumuzi. Era stato il mio compagno, non avrei mai potuto trasformarlo in un mio prigioniero o in un mio cicisbeo.

Grazie al buffo racconto di Efesto scoprii che i Greci mi avevano adottata nel loro pantheon. Senza informarmi, ovviamente, e dando per scontato che la cosa mi lusingasse. Mi avevano chiamata nella loro lingua Afrodite, da *aphros*, spuma di mare. Sapevano che abitavo a Pafo, e infatti mi appellavano *cipride*. Sulla mia natura non avevano indagato più di tanto: visto che ero una dea, ed ero bella, mi adoravano come divinità dell'amore. Se pure confusamente sentivano che rappresentavo qualcosa di potente e di ancestrale che non si poteva tenere sotto controllo, preferivano far finta che la mia sfera di influenza fossero le sbandate effimere e il sesso, specie se praticato da prostitute o efebi. Mi chiamavano *pandémia*, colei che è per tutto il popolo, cioè adatta al divertimento spicciolo e volgare delle masse, ma poi si contraddicevano appellandomi come *urania*, figlia del loro primo dio del cielo, Urano, più antico dello stesso Zeus, e riconoscendomi quindi lo status di dea antichissima, che gli stessi Olimpi dovevano trattare con rispetto e cautela.

Su di me, era palese, non avevano le idee ben chiare.

Non avrei permesso loro di calpestarmi, o di costringermi a stare alle loro regole. Era venuto il momento di presentarmi dunque ufficialmente a queste divinità, e far capire chi fossi davvero.

UN REGALO PER HERA

«Un trono? Un trono d'oro? Per me?». La voce di Hera era insieme lusingata e diffidente.

Scintillante al centro della grande sala dell'Olimpo, il seggio brillava come un gioiello. Atena, Artemide e tutti gli dei gli erano attorno, guardandolo ammirati. Persino il grande Zeus, che pure cercava di rimanere impassibile, era colpito.

Non si era mai visto niente di simile, nemmeno fra gli dei.

«Sì, madre. Il mio regalo per te.»

Efesto zompettava attorno al manufatto con la sua andatura buffa e scalcagnata. Era rosso in volto e agitatissimo, perché non era abituato a parlare in pubblico e farlo davanti agli Olimpi, poi, lo metteva in grande soggezione. Lo vidi mentre, prima di iniziare a parlare, prendeva un respiro profondo.

«Madre, so che i rapporti fra noi sono stati difficili in passato – disse, glissando sul fatto che era stata lei a scagliarlo giù dall'Olimpo – e che non ci siamo frequentati molto, ma ora vorrei recuperare. Sono certo che le mie abilità di fabbro e di artefice potrebbero essere utili a voi, cari fratelli e sorelle.»

Le altre divinità, che fino a quel momento non avevano degnato Efesto di silenzio e attenzione, si decisero finalmente a tacere. Efesto, più tranquillo e sicuro di sé, continuò a parlare a

Hera: «Per dimostrarvi i miei talenti e le mie buone intenzioni ho deciso di fare a te, madre, questo dono, costruito appositamente per celebrarti».

Era un oggetto meraviglioso: la struttura era in oro luccicante, ricoperta lungo i bordi di pietre preziose intervallate da scene cesellate che raccontavano la storia di Hera dalla nascita, quando suo padre Crono, terrorizzato che qualcuno dei suoi figli potesse fare a lui quello che lui stesso aveva fatto a Urano, l'aveva ingoiata insieme ai fratelli, fino alla fuoriuscita dal ventre del padre, quando Zeus lo aveva ferito, al matrimonio con Zeus, e poi alla sua incoronazione come regina degli dei. Ogni spazio era riempito da piccole figure di ninfe, satiri, animali fantastici, fiori meravigliosi. Su tutti, proprio sopra la seduta, svettava un magnifico pavone, uccello sacro a Hera, decorato con smeraldi e lapislazzuli, che grazie a un meccanismo segreto, era in grado di muovere la testa e aprire la coda a ventaglio, proprio come il pavone nella realtà: le piume artificiali producevano sfregando l'aria un meraviglioso suono, come corde d'arpa pizzicate dal vento.

Hera, per quanto cercasse di trattenere la curiosità e fingesse un freddo distacco, era fremente. Carezzò i braccioli, osservando i particolari finemente istoriati di ogni minuscola figura, valutò lo splendore delle gemme che Efesto aveva scelto a una a una e incastonato perfettamente; poi disse, con aria di grande degnazione, come se stesse facendo lei un favore al figlio: «Bene, accetterò il tuo dono in segno di pace».

Efesto si inchinò per ringraziarla, e con un gesto un po' goffo le porse la mano per aiutarla a salire i tre gradini che portavano alla seduta. Hera guardò schifata le sue dita tozze e le unghie nere di fuliggine, e con un gesto regale decise di accomodarsi senza alcun aiuto.

Si poggiò sul morbido cuscino di porpora, guardò sorridendo gli altri dei attorno, benevola come la regina dell'universo deve essere verso le creature inferiori, poi si spostò leggermente con l'intenzione di chinarsi verso il marito per sussurrargli qualche parola all'orecchio.

Fu allora che capì che qualcosa non andava: non riusciva a muoversi.

D'istinto pensò che il suo peplo si fosse impigliato in una delle decorazioni, e cercò di tirare su l'orlo della gonna. Si rese conto però che la veste e l'intero suo corpo erano come incollati alla seduta, perché mille piccoli tentacoli d'oro, più fini di capelli ma molto più resistenti, si erano avvinghiati attorno a lei, immobilizzandola. Le gambe, il busto, le braccia erano imprigionate da un reticolo di fili, preziosissimi e sottili, ma tenaci più di qualsiasi morsa.

«Maledetto sciancato!» gridò, furente.

«Efesto! Come hai osato legare tua madre? Traditore!» tuonò Zeus. Come per un riflesso condizionato prese in mano la folgore, ma poi rimase incerto su come usarla. Cosa doveva colpire? Se l'avesse scagliata contro il trono, avrebbe rischiato di uccidere la moglie, perché non c'era modo di bruciare i lacci che la tenevano prigioniera senza toccarla. E per quanto il loro matrimonio fosse burrascoso, non si sentiva pronto a diventare vedovo. Se l'avesse scagliata contro Efesto, avrebbe rischiato di uccidere l'unico in grado di liberare Hera.

Anche gli altri dei, stupefatti, non sapevano bene come comportarsi: se portare aiuto a Hera che si divincolava invano, come un animale preso in trappola, o mettersi a ridere, perché la scena era incredibilmente buffa. Nel dubbio rimanevano fermi, senza riuscire però a mantenersi del tutto seri.

Efesto si dipinse in volto l'espressione più bonaria che gli riuscì, e pacato rispose al padre: «Ma no, miei amati genitori, diciamo che, visti i nostri precedenti, ho pensato che fosse meglio avere una garanzia che sareste stati a sentirmi. Hera resterà bloccata sul trono finché noi tutti non avremo trovato un accordo che da ora in poi regoli i nostri rapporti con reciproca soddisfazione».

Zeus stava per rispondere in malo modo, ma Hermes, intuendo che dalla situazione non si poteva uscire con un atto di violenza, si mise in mezzo.

Con il suo fare sicuro, proprio dei grandi mediatori, dei diplomatici di razza e dei farabutti matricolati, invitò tutti alla calma e alla moderazione, e si offrì come mediatore per la trattativa: «Dicci cosa vuoi, fratello. In fondo siamo gli dei, governiamo l'universo. Siamo certamente in grado di trovare fra noi un punto d'incontro».

Efesto si schiarì la voce: «Diciamo che per prima cosa voglio che da oggi in poi io venga considerato in tutto e per tutto pari a voi, uno degli Olimpi, e che abbia tutte le vostre prerogative. Non voglio più essere un figlio zoppo di cui ci si vergogna. Sarò onorato e rispettato in tutta la Grecia, verrò convocato nei concili in cui si decidono le sorti degli esseri umani, e mi porterete rispetto. Sono disposto a offrire i miei servigi, a voi e ai vostri protetti: in cambio, si intende, di adeguate ricompense».

Hermes, dopo un rapido cenno d'intesa con Zeus, annuì: «Mi sembra accettabile. E anche corretto: fai parte della nostra grande famiglia e i tuoi fabbri sono fondamentali per le nostre comunità. È giusto che il loro protettore sia venerato liberamente e ne venga riconosciuta la potenza».

«E poi voglio sposarmi. Con una dea adatta al mio nuovo rango: bella, potente e di nobili natali.»

«Io non lo sposo! – sbottò Atena con tono acido, rivolta verso Zeus – Padre, sia ben chiaro: non accetterò mai che quel mostro mi metta di nuovo le mani addosso. E poi ho fatto voto di rimanere vergine per seguire i miei protetti e i miei interessi!»

Efesto la guardò come se a stento l'avesse riconosciuta: «Atena, non ti preoccupare, non parlavo di te. – la rassicurò – Ho il piacere di presentarvi la mia fidanzata, Afrodite».

Con un gesto teatrale indicò me, che proprio in quel momento avevo varcato la soglia della sala.

Fu così che mi ritrovai, per la prima volta, gli occhi degli Olimpi tutti addosso.

«Accetta. Possiamo sempre dire che gliel'hai offerta tu in moglie, come se fosse un tuo dono generoso dargli una femmina così bella» sentii sibilare Hera all'orecchio del marito.

Trattata come se fossi un oggetto, prima ancora che potessi presentarmi.

Capii da questo che i miei rapporti con quella famiglia sarebbero stati difficili.

UNA FAMIGLIA COMPLICATA

L'Olimpo, se devo essere sincera, mi aveva deluso fin da subito. Da come me ne avevano parlato, mi aspettavo qualcosa di meglio. Del resto, ve l'ho detto che i Greci con le parole sono impareggiabili.

Per me che venivo dall'Oriente, e ricordavo l'ampia magnificenza delle catene montuose ai confini con la lontana India, in cui le nevi sono perenni e il cielo è davvero così vicino alla vetta da poterlo toccare allungando un dito, quel monte dal nome pomposo sembrava a mala pena una collina brulla, il cui unico fascino risiedeva nell'essere abbastanza vicino al mare.

Non era la casa degli dei, perché ciascuno di essi aveva una sua residenza privilegiata, come per me era Pafo. L'Olimpo serviva più che altro per le riunioni comuni, perché i Greci avevano questa idea, a mio avviso condivisibile e così simile a quanto facevano le mie prime comunità di raccoglitori e cacciatori, che le decisioni dovessero essere discusse e approvate in assemblea. Peccato che poi fossero quasi sempre disattese dai singoli in nome dei loro interessi specifici e particolari.

La prassi valeva anche fra le loro divinità. E infatti, a ogni ordine di Zeus, seguivano una serie infinita di inganni, sotterfugi e cavilli nell'interpretazione, per cui alla fine ognuno dei figli, fratelli e sottoposti faceva quello che voleva. Credo che in questo modo d'agire vi fosse qualcosa di davvero profondamente greco: avevano una incredibile capacità speculativa per intuire le regole più adatte a organizzare la vita e le comunità, e a fissarle nella teoria; ma poi in pratica prevaleva in loro il bisogno di sentirsi sempre più intelligenti, più smaliziati, più furbi degli altri, e finivano per distruggere quello che loro stessi avevano in precedenza creato.

Penso che fosse per questo che nella loro lingua avevano inventato una parola strana, di cui non avevo ancora trovato in altri idiomi il corrispettivo: *hybris*, la tracotanza. Indicava proprio questa incapacità di contenersi o di fermarsi prima di valicare il limite assegnato. Era come se sapessero di sbagliare, ma trovassero troppo gratificante per il loro ego farlo comunque.

Se Efesto non avesse insistito a presentarmi alla sua famiglia, di certo sull'Olimpo non sarei mai andata. Lo avevo assecondato perché capivo che per lui era importante. Dopo esser stato negletto e sbeffeggiato così a lungo, presentarsi con me al suo fianco e costringere suo padre e sua madre ad accettarlo come un loro pari e approvare le sue nozze rappresentava per lui una rivincita su tutto e tutti. Volevo farlo felice.

Mi bastò però entrare nella grande sala del concilio e conoscerli per intuire che fra me e loro non ci sarebbe mai potuta essere alcuna sintonia.

Dei! Erano dei, quelli? Del grande Zeus ricordo solo lo sguardo laido che si posò sulle mie forme appena varcai la soglia. Incurante che fossi la compagna del figlio, mi valutò con una occhiata simile a quella di un sensale che valuta una vacca al mercato. Fu l'unico barlume di interesse che notai in lui: una volta che Hera fu liberata, tornò ad assumere la sua posa che non si capiva se fosse indifferente o annoiata. Non so nemmeno dargli torto, perché avere a che fare con quella famiglia avrebbe messo a seria prova qualsiasi pazienza divina.

Di Poseidone non rammento quasi nulla. Apollo invece mi colpì esclusivamente perché mi parve un giovane bellissimo, ma concentrato solo su se stesso e indifferente a qualsiasi altra cosa: si fosse proposto, lo avrei scartato subito come amante perché mi pareva di una noia mortale.

Mi dissero che esisteva un altro fratello, Dioniso, dio del vino e dell'ebbrezza. Ma non era presente: la Grecia gli stava stretta, amava viaggiare, e sostare a lungo ai confini del mondo, soprattutto in India. Lo invidiai, e pensai che fosse un peccato: avremmo potuto divertirci molto, assieme.

Gli altri due figli di Zeus, invece, mi intrigarono. Ares, il dio della guerra, spiccava per la sua maschia bellezza sfacciata. Mi gettò un'occhiata diretta ed esplicita, che non lasciava adito a nessun possibile fraintendimento: mi voleva. E sarebbe stato disposto a passare sopra a qualsiasi legame familiare e violare qualsiasi precetto morale per avermi.

Lo scambio di sguardi fra noi non era sfuggito a Hermes, che sorrise con una sorta di maliziosa bonomia e poi annuì, confermando che anche lui mi ammirava assai, ma era meno rozzo del fratello, e disposto ad aspettare un eventuale mio assenso con discrezione. Apprezzai: adoro gli uomini intelligenti.

Le divinità femminili presenti mi accolsero invece con manifesta freddezza.

Hera, che pure doveva essere ancora scossa per l'umiliazione subita, nascondeva la cosa magnificamente, e sedeva accanto al marito, altera e compunta. Possedeva una di quelle bellezze algide fatte di lineamenti perfetti ma duri, e uno sguardo in cui invano avresti cercato una qualche traccia di pietà o di comprensione. Era, mi dissero, la patrona dei matrimoni, ma intuivo che la sua materia fossero quei matrimoni dove la passione, se mai c'era stata, e l'amore si erano ormai consumati e restava solo la necessità di preservare le forme e lo status acquisito.

All'altro lato di Zeus stava Atena, la primogenita, nata dal primo matrimonio del padre con Metis, dea dell'intelligenza. Dalla madre – che il padre aveva inghiottito facendo poi nascere lei direttamente dalla sua testa – aveva ereditato la capacità di ragionare, calcolare, impostare piani efficaci e stratagemmi, sia in guerra che in pace. Come mi aveva anticipato Efesto, era bellissima, eppure in qualche modo respingente. I suoi occhi cerulei attraversavano persone e oggetti come armi da taglio, le sezionavano, le analizzavano nei minimi particolari, le valutavano sotto ogni punto di vista prevedendo ogni possibile ricaduta e conseguenza. Ma la sua capacità di comprendere finiva lì: osservandola meglio, sentivi che il mondo reale le era in qualche modo ignoto, e del tutto indifferente. Era come se per ottenere l'approvazione del padre, che l'aveva letteralmente partorita, si fosse privata di ogni forma di istinto o di intuizione femminile. Si era chiusa in una sua dimensione del tutto razionale e organizzata, di cui era indiscussa signora, ma anche prigioniera, e teneva a distanza l'umanità e la realtà, che le risultavano fastidiose e intollerabili.

Artemide, elegante fanciulla dal corto peplo, che portava a tracolla arco e faretra, stava seduta dietro alle prime due. Efesto mi aveva spiegato che di rado veniva sull'Olimpo, perché preferiva la caccia e le selve, dove viveva libera con il suo corteggio di ninfe. Il suo disagio si intuiva dalle continue occhiate insofferenti che gettava verso la porta della sala, come se cercasse una via di fuga o si volesse assicurare di averla. Si intuiva che non amava le regole, e questo me la fece sentire vicina. Avvertii in lei qualcosa di oscuro, di selvaggio e incontenibile, che non poteva essere tenuto a freno, e anche questo mi piacque. Ma era chiaro che quelle potenzialità restavano inespresse, schiacciate. Artemide era silenziosa e imbronciata. Ogni tanto scambiava un timido cenno con il gemello Apollo. Invece di far emergere la sua indole, la teneva a freno, almeno sull'Olimpo, come se l'approvazione del padre e del fratello fossero più importanti dei suoi desideri e delle sue aspirazioni, e fosse scontato che lei dovesse sacrificarli per compiacere i maschi di famiglia.

Le altre due figlie di Hera, Ebe ed Estia, erano invece figure pallide e sbiadite: Ebe era una ragazzina senza altre particolari doti se non quella di essere giovane e ubbidiente, e infatti restava in silenzio e in disparte, come se desse per scontato di essere troppo stupida per poter partecipare davvero a qualcosa. Estia invece era una donna fatta dal piglio severo, custode della casa e delle opere domestiche: per quanto molto bella ed elegante, sembrava anche lei rinchiusa nel suo personaggio di matrona inappuntabile, che ha solo una sequela infinita di doveri da ottemperare per gli altri e nemmeno un momento per se stessa.

Di fianco a loro stava Demetra, la dea delle messi e dell'agricoltura. Il suo profilo perfetto era velato di una enorme tristezza. Efesto mi aveva raccontato che la figlia, Persefone, avuta da Zeus, era stata rapita dall'altro suo fratello, Ade, e costretta a sposarlo. A nulla erano valse le sue rimostranze: Zeus, che dapprima aveva fatto finta di nulla per proteggere il fratello, solo a seguito della minaccia di far seccare la terra era intervenuto di malavoglia e debolmente. Persefone era rimasta legata ad Ade, pur ottenendo di poter trascorrere metà dell'anno con la madre. Lo stesso patto che avevano offerto a me con Dumuzi. Demetra però aveva accettato il verdetto, senza ribattere.

«Ma sei la dea dell'agricoltura, senza di te gli uomini sarebbero morti di fame, lo stesso Zeus avrebbe perso il suo potere! Non dovevi cedere finché non avesse punito quello stupratore di Ade!» le dissi più tardi, ricordando quando in Mesopotamia avevo reso inutilizzabili i pozzi e minacciato il disastro su tutta la regione per ottenere che mi venisse consegnato Shukaletuda.

«Ciò che Zeus decide non può essere mutato. È lui il nostro re, e a lui e ai nostri figli e fratelli dobbiamo obbedienza e rispetto, perché loro sanno cosa vuole il Fato e cosa sia meglio per noi. Queste sono le regole dell'Olimpo» si limitò a rispondere, rassegnata.

Mi morsi la lingua per non replicare piccata.

Dell'Olimpo, forse.

Ma non le mie, pensai. Non le mie.

SCENE DA UN MATRIMONIO

Non ero mai stata sposata. Quando divenni moglie, capii perché.

Fra tutti i tipi di legami d'amore il matrimonio era quello più estraneo alla mia natura e al mio temperamento. Per quanto mi sforzassi, non riuscivo a vederne i vantaggi.

Amavo Efesto. Non nel modo passionale e incosciente con cui avevo amato Dumuzi. Il nostro, mi dicevo, era un rapporto più maturo, appagante, sereno, per questo mi ero decisa a sposarlo.

All'inizio era stato meraviglioso convivere, svegliarsi accanto ogni mattina, coccolarsi fra le lenzuola mentre i raggi del sole carezzavano le onde del mare, le città si svegliavano pigre, nelle officine dei fabbri sfrigolavano i crogioli e le incudini percosse dai martelli sprigionavano scintille. Lo baciavo quando usciva, poi lo attendevo profumata di balsami alla sera, quando tornava dal lavoro. Adoravo l'idea che la sua mente fosse in perpetuo movimento, si muovesse agile fra un progetto e l'altro, volesse risolvere ogni problema e vincere ogni sfida. Era bello avere accanto un uomo pieno di inventiva, che aveva obiettivi e impegni e desiderava lasciare un suo segno nel mondo. Dumuzi non aveva mai avuto ambizioni: viveva per l'attimo, non per il futuro. Era bellissimo e leggero come un soffio di vento di primavera. Efesto era solido, quadrato, alle volte persino ingombrante con la sua caparbia determinazione, ma al suo fianco mi sentii sulle prime utile perché rappresentavo la quiete che gli consentiva di riposare la mente per raggiungere nuovi traguardi, la sua oasi di calma, la sua certezza e il suo appoggio. Indossavo per lui le vesti più eleganti, pronta a toglierle per eccitarlo, a inventare nuovi giochi maliziosi per intrigarlo, ridevo ai suoi racconti quotidiani, mi interessavo ai suoi innumerevoli progetti.

Ma finii per annoiarmi.

Terribilmente.

Tentai di nasconderlo con tutte le mie forze, di convincermi che non fosse così. Ma negare l'evidenza non è mai un gioco che si possa reggere a lungo. Non si può essere stata la suprema divinità creatrice dell'universo e assoggettarsi a diventare una mogliettina che gode della sua casa e dei ritagli di attenzione di un marito distratto.

Efesto sì, mi amava. Ma dopo un po' fu chiaro che pensava ad altro.

Ora che mi aveva sposata, ero diventata per lui un progetto concluso: ero sua moglie, basta. La sua mente veloce aveva bisogno di nuove prove, io ero un enigma che aveva risolto. Un oggetto che aveva acquisito e ora tornava ogni tanto a guardare, chiuso nella bacheca magnifica che aveva costruito per conservarlo. Non ero la sua compagna, ero una perla della sua collezione.

Gli dei dell'Olimpo ci misero del loro per creare problemi fra noi. Se per un tempo immemorabile avevano trattato Efesto come un paria, d'improvviso decisero che lo volevano sempre accanto. Era tutto un chiamarlo, affidargli nuovi lavori, chiedergli consulenze e dargli commesse per le armi di questo o di quell'eroe, la nave per questa o quella impresa, il meccanismo per questo o quel nuovo tempio. Non aveva più un momento per me.

Il suo orizzonte era diventato all'improvviso più ampio, infinito; il mio si era ristretto.

Io giravo annoiata per i giardini del tempio di Pafo, attorniata dalle mie ninfe e dalle mie ancelle. Le mie vesti, i miei unguenti, i miei gioielli cominciavano a irritarmi: a che pro essere bella se chi avrebbe dovuto gioire con me di quella bellezza non c'era mai? E poi, io cos'ero? Una cosa che esisteva solo per essere vista da qualcun altro?

Mi pareva di soffocare. E no, non era il caldo estivo. Avevo bisogno d'aria, di vita.

«Basta! – sbottai un giorno, inviperita – Usciamo di qui, voglio fare una passeggiata fuori dal tempio!»

«Ma mia signora, la città è pericolosa! È frequentata da gente poco raccomandabile, marinai, truffatori, prostitute!» si spaventò subito Aglaia, la mia ancella.

«È la mia gente, quella!» dissi, fulminandola con un'occhiataccia: era la più bella delle tre sorelle, le Grazie, figlie di Zeus e dell'oceanina Eurinome, famose in tutto l'Olimpo per la loro avvenenza ed eleganza. Hera le aveva messe al mio servizio come dono nuziale. Rimpiangevo ogni giorno la mia fida Ninšubur, l'unica persona che davvero mi mancasse della Mesopotamia. Aglaia era piacevole d'aspetto, ma gli dei non le avevano donato davvero altro: non aveva un briciolo di intraprendenza, o di carattere, e per giunta era querula e lamentosa come sanno esserlo solo gli umani privi di spirito.

Uscimmo. Il profumo delle strade mi riempì le narici, rinvigorendomi. Amavo quel misto di salsedine, fragranza di spezie, puzzo di alghe e molluschi, legno di chiglie consumate dalle onde.

È l'odore delle città di mare, del caos da cui nascono le cose, della vita. Nel brulicare di gente di Pafo, ripresi a respirare.

Molti, lo indovinai dal loro accento, erano Greci, provenienti da Micene. Avevano fatto strada, quegli intriganti. Quando Creta, l'Egitto e la Siria e i regni d'Oriente avevano passato un momento buio di instabilità, i Micenei, come al solito, si erano intrufolati nel caos. Erano avventurieri, pirati alla bisogna: avevano conquistato Creta, fondato basi in Oriente e persino in Egitto, si erano sostituiti dove avevano potuto alle dinastie locali. E ora erano diventati ricchi e potenti nel Mediterraneo, anche se, litigiosi come al solito, non erano riusciti a riunirsi in uno Stato, ma erano rimasti divisi fra loro e in competizione. La Micene degli Atridi, una dinastia di spregevoli assassini impegnati in sanguinose lotte intestine, era la città più potente, ma le altre attorno scalpitavano per accumulare ricchezza e prestigio. Presto o tardi, per sete di denaro, si sarebbero di certo volte alla conquista di qualche terra straniera, oppure si sarebbero scannate fra loro. O entrambe le cose.

«Signora, attenzione!» il grido di Aglaia mi strappò alle mie meditazioni. Un enorme cane, forse un molosso, con le fauci spalancate e la bocca sozza di sangue uscì di corsa, all'improvviso, da un vicolo, ringhiando. Non ero io il suo obiettivo, ma un mendicante vestito di stracci, zoppicante e con un moncherino al posto di una mano, che tentava maldestramente di fuggire correndo a perdifiato, mentre un nugolo di scansafatiche incitava la belva fra le risate.

«Fermati!» ordinai all'animale. Sentendo istintivamente il mio potere, il molosso si quietò all'istante, stendendosi come un cucciolotto ai miei piedi.

Mi volsi verso gli inseguitori, furente: «Ma non vi vergognate, vigliacchi, ad aizzare una belva simile contro un povero storpio? – poi fissai dritto negli occhi quello che era il capo di tutti loro e il padrone della belva, un giovane moro e prestante che teneva fra le mani un guinzaglio di cuoio – E tu, Ares, non hai niente di meglio da fare che divertirti con questi stupidi passatempi?».

«Vedo che mi hai riconosciuto. – sorrise, congedando con un cenno imperioso e inappellabile il suo corteggio di attaccabrighe – Come io ho riconosciuto te, Afrodite. Hai ragione, è un passatempo stupido. Ma noi dei ci annoiamo, talvolta. Anche tu, immagino, visto che lasci la casa di Efesto per girare nei vicoli del porto da sola.»

Si avvicinò fin quasi a sfiorarmi il volto. Mi alzò il mento fino a portarlo a un soffio dalle sue labbra: «Perché non troviamo un modo migliore per ingannare il tempo, noi due?».

AMORI E AMANTI

Ares era grezzo, sbrigativo ma efficiente. Del resto, quando ti prendi un amante come lui non è certo perché vuoi essere ammaliata dalla sua conversazione o affascinata dalle mille sfumature della sua personalità. Molti pensavano che fosse cattivo. No. La cattiveria richiede livelli di malizia e di intelligenza superiori a quelli che Ares era in grado di mettere in campo. Ares, semplicemente, godeva del conflitto, delle liti, dei dispetti perché era troppo stupido per riuscire a godere di qualcos'altro. Le sue azioni rispondevano solo a spinte elementari. Qualcuno lo infastidiva, lui lo attaccava; voleva una cosa o una donna, se la prendeva. Calcolare rischi, valutare effetti, predisporre piani complicati non faceva per lui. Era istinto, non pensiero.

Non ci cercavamo, ci trovavamo. Quando Efesto mi lasciava sola, io lo mandavo a chiamare e lui arrivava. Quando avevamo finito, se ne andava via. Nulla di più, nulla di meno: un equo e soddisfacente scambio che consentiva a entrambi di divertirsi e passare il tempo.

«Ma, mia signora, non puoi venir meno ai tuoi doveri coniugali! E poi Ares si serve di te senza prometterti nemmeno di sposarti!» frignò Aglaia, scandalizzata, quando scoprì che lo ricevevo nel mio letto.

Io sbottai, infastidita: «Si serve di me? E cosa sono, un oggetto che si consuma?».

Avevo sposato Efesto, sì, ma mai gli avevo promesso che sarei divenuta una sua proprietà esclusiva, un suo gingillo. Visto che ormai gli interessavo poco, non mi era chiaro perché avrei dovuto rimanere ad aspettare che si ricordasse di me, e mi facesse visita. Se lui si divertiva nella sua officina a temprare metalli e inventare aggeggi, che si aspettava che facesse la dea dell'amore? Filasse la lana? Se voleva qualcuna che custodisse la sua casa, e sopportasse la sua indifferenza pur di mantenere il titolo di moglie, avrebbe dovuto sposarsi Estia, o sua madre.

E Ares, perché mai avrebbe dovuto promettermi di sposarmi? Dovevo per forza essere sempre dipinta come una femmina bisognosa di appoggio, facile da ingannare e di cui ci si può "approfittare" estorcendole con qualche vaga promessa un po' di sesso? Che poi, ma cosa era mai il sesso? Un piacere, una scelta, o una sordida moneta di scambio per assicurarsi un posto rispettabile nella società in qualità di moglie? Chi mai aveva creato una visione tanto perversa del mondo e delle interazioni umane? Ma sarebbe stato inutile spiegare ad Aglaia queste cose: non avrebbe mai potuto capirle, come del resto non capiva me.

Ogni volta che parlavo con una dea greca, mi rendevo conto che fra me e loro vi era una totale incapacità di trovare un sentire comune. Loro erano felici del mondo in cui vivevano, io no. Si ritenevano fortunate di quei brandelli di autonomia e di potere che Zeus lasciava loro da esercitare. Proprio perché li consideravano una graziosa concessione e non un loro diritto, erano terrorizzate che qualcun'altra glieli portasse via. Erano quindi sospettose e gelose le une delle altre, bloccate in una sotterranea ma incessante competizione per primeggiare. Così Hera non tollerava nessuna rivale nel letto di Zeus, non tanto perché lo amasse, ma perché temeva che la nuova venuta la sostituisse come regina. Atena scodinzolava attorno al padre, terrorizzata che una nuova figlia o qualche altro componente della famiglia insidiasse il suo ruolo di preferita, e nonostante fosse più intelligente di gran lunga di lui, finiva per essere una sua ancella. Artemide aveva risolto il suo conflitto interiore rimanendo lontana, fra le selve, protetta, ma anche relegata, in un circolo di donne cacciatrici come lei, che avevano creato una sorta di civiltà alternativa, chiusa però al mondo.

Io intuivo che stavo correndo lo stesso pericolo, per me fatale. I Greci mi onoravano per le mie infinite competenze: potevo salvare i naufraghi, far nascere passione e amore in ogni essere vivente, proteggere nei miei templi amanti, prostitute, emarginati, far fiorire i giardini, placare i flutti. In talune lande si ricordavano di me come potente guerriera, e a Sparta mi adoravano come dea delle armi. Fra tutte le divinità io ero quella che aveva più epiteti e mansioni, quasi che ancora fosse rimasta memoria in loro che io ero la dea ancestrale più antica e potente di tutte, la Grande Madre che governava ogni cosa.

Però sentivo che piano piano tutto ciò si affievoliva in me: con il ricordo sparivano i miei poteri, e forse anche la mia volontà di preservarli. Sarebbe stato più semplice cedere all'abbandono, arrendersi a ciò che tutti si aspettavano da me: scivolare pian piano in un oblio dorato in cui mi sarei occupata solo di tresche, amori, pettegolezzi. Una sorta di agiata sinecura, divertente persino, come seguire i capitoli di un infinito romanzo d'amore. Non mi sarei certo annoiata, anzi, ogni giorno sarebbe stato un nuovo capitolo da scrivere e inventare, seguendo le vicende di uomini, donne, fanciulli, giovinette e giovinetti tutti presi dai loro palpiti, dai loro dubbi, dai loro inganni e dagli scherzi del destino. E io sarei potuta vivere per sempre e occuparmi di tutto questo arazzo di vite intrecciate, più appassionante di qualsiasi rappresentazione teatrale, essendo allo stesso tempo regista, sceneggiatrice e pubblico.

A salvarmi però da questo destino piacevole ma superficiale intervenne la più potente delle forze del creato. La mano del Fato?

No. La maldicenza.

IL MAGNIFICO CORNUTO

«Starò via, per qualche giorno.»

«Ah, e dove vai?»

«A Lemno, nelle mie fucine. Ho bisogno di controllare alcuni lavori urgenti per Zeus.»

Il tono di Efesto era vago, il mio ancora di più. A questo ormai erano ridotte le nostre conversazioni: scambi di parole vuote, dette per fingere che fra noi vi fosse un legame, o almeno un qualche blando interesse per ciò che l'altro faceva. Come dea dell'amore, mi sarebbe stato facilissimo suscitare ancora in lui il desiderio, farlo impazzire, renderlo mio schiavo. Ma non mi interessava più. Gli umani credono che la cosa peggiore sia un amore che finisce in tragedia: no, il peggio è quando si sfalda e resta lì, una cosa vuota e morta, che nessuno riconosce come propria e ciascuno dei due cerca di ignorare.

Efesto partì. Mise una strana enfasi nel preparare i bagagli, nello scegliere il carro, nell'organizzare il corteo di accompagnatori, come se fosse una recita. La cosa avrebbe dovuto insospettirmi, forse, ma ero troppo disinteressata a lui per porre una qualche reale attenzione a ciò che faceva.

Come al solito, non appena si fu allontanato, feci sapere ad Ares che ero libera. Quando entrò nella mia alcova, colsi appena lo sguardo di riprovazione di Aglaia; o meglio, quello che lei credeva fosse riprovazione, e al mio occhio esperto invece appariva più come inconsapevole invidia.

Ares, come suo solito, mi travolse. La sua braccia potenti erano perfette per maneggiare spade ma soprattutto per stringermi fino a togliermi il fiato, la sua bocca era insaziabile, e percorreva il mio corpo come le avanguardie in perlustrazione percorrono palmo a palmo il territorio nemico, mappando ogni sentiero. Da bravo soldato, era instancabile, inarrestabile, meticoloso: mi voleva conquistata, vinta, ma allo stesso tempo mai completamente doma, perché la sfida era ciò che lo eccitava e lo costringeva a non abbassare mai la guardia. Fra le lenzuola si consumava una lotta infinita, perché nessuno dei due accettava una sconfitta o una resa, solo tregue momentanee che erano prodromi di nuove battaglie. Fra noi non c'era tenerezza, o complicità: ciò che ci attraeva l'uno verso l'altra era invece la tensione, il brivido, il contrasto; nell'attimo in cui ci compenetravamo, eravamo già pronti a sfuggirci, in una caccia infinita. Non c'era altro che ci unisse, ma era più che sufficiente per legarci. Il desiderio, che con Efesto era affievolito e scomparso, con Ares invece era come una brace: in apparenza sopita, covava sotto la cenere pronta a riaccendersi. Io del desiderio sono la dea: è la mia linfa vitale, la mia ragione di vita. Posso controllarlo, indirizzarlo, ma ignorarlo mai. Impedire a me stessa di seguirlo sarebbe negare la mia più profonda essenza.

E così, io e Ares, nudi e senza respiro, consumavamo i nostri incontri nel letto mio e di Efesto, dimentichi di tutto quello che non erano i nostri corpi, il nostro istinto, il nostro volere.

Anche quel giorno andò così. Dopo un tempo che ci parve infinito, mentre Ares dormiva ormai esausto, io feci per alzarmi e andare a pettinarmi i capelli. Ma non ci riuscii. Tentai di sollevarmi dal cuscino, ma un velo leggero come una ragnatela e fitto come la maglia di una corazza mi avviluppò. Pareva caduto dal nulla. Scossi il mio amante con la mano, svegliandolo di soprassalto. Ares bofonchiò qualcosa, si riebbe, anche lui cercò di mettersi a sedere. Ma ricadde, risucchiato dall'invisibile viluppo.

«Efesto!» esclamai, ricordandomi del trono di Era.

Non finii neppure di pronunciare il suo nome, che la porta della camera si spalancò. Ad aprirla era stata Aglaia, che fece strada a un corteo formato da Efesto, Apollo, Zeus e Hermes e una frotta di altre divinità minori che nemmeno seppi distinguere, o che forse non avevo nemmeno mai visto prima.

«Ecco, caro padre e fratelli, e voi tutti, guardate come la mia sposa fedele mi attende quando io sono lontano, per rispondere alle vostre chiamate. E quanto è preoccupato per me il mio caro fratello, Ares, che non vuole lasciarla sola!» disse mio marito, sarcastico.

I volti curiosi e pettegoli dei tre Olimpi e del corteggio confuso di dei minori si sporsero a rimirare Ares e me che, nudi e impossibilitati a muoverci, non potevamo sfuggire ai loro sguardi indiscreti.

Ares, rosso in volto, tentò più volte di raggiungere la sua spada ai piedi del letto, per tagliare la rete; sbraitò, minacciò il padre, i fratelli e il resto del pubblico. Io sapevo che ribellarsi era inutile: se c'è una cosa in cui Efesto è un insuperabile maestro sono le trappole.

Non tentai nemmeno di sfuggire alle occhiate, o di coprire maldestramente il mio corpo. Alzai il volto verso i convenuti, sfidandoli. A bella posta mi sistemai in maniera che fosse per loro più facile rimirarmi. Volevano divertirsi osservando Afrodite la fedifraga? L'avrebbero vista nuda, ma umiliata mai.

«Padre Zeus, – continuò Efesto – vista l'offesa che questi due mi hanno arrecato, ti chiedo di sciogliere subito questo matrimonio e di cacciare questa traditrice. Inoltre, ti prego di concedermi al suo posto la mano di Aglaia, che non solo è bellissima, ma mi ha anche informato della tresca e ora è giusto che venga ricompensata divenendo mia sposa.»

Piccola infida traditrice, ipocrita come poche, pensai. Ecco a cosa mirava con tutti i sorrisetti fintamente imbarazzati e le moine con cui salutava Efesto quando mi raggiungeva in camera! Bene, che si prendesse pure il mio posto come moglie, se tanto ci teneva. Le lasciavo volentieri un marito noioso e una vita inutile, immaginavo che lei fosse in grado di apprezzarli senza capire che si trattava di una trappola. Stupida io ad aver voluto continuare quella farsa di matrimonio per un uomo che poi era pronto a sostituirmi con un'ancella ottusa.

Zeus annuì, ieratico, al figlio.

Sarebbe stata una scena non priva di solennità se, mentre Efesto e Aglaia congiungevano le mani per la promessa di fidanzamento, il resto degli dei non fosse ancora tutto preso a godersi la scena di me e Ares a letto, e a commentarla a voce alta sghignazzando. C'era chi valutava il mio sedere o il mio seno, chi additava i muscoli di Ares: più che un consesso divino sembrava un crocchio davanti al banco di un macellaio al mercato.

Apollo, con la sua solita aria di superiorità, si volse verso Hermes con un sorrisetto a mezza bocca, dicendo a voce alta, in maniera che tutti potessero sentire: «Incredibile come nostro fratello Ares sia così stupido! Finire umiliato per una femmina!».

Fu allora che mi tolsi una soddisfazione. Hermes, infatti, lo fissò per un attimo guardandolo come si guarda un pazzo, e poi replicò, senza pensarci un attimo: «Be' puoi dargli torto? Pure io rischierei di essere preso prigioniero e restare per sempre in catene pur di andare a letto anche solo una volta con Afrodite!».

Non dico che l'espressione basita di Apollo mi abbia ripagato di tutte le umiliazioni della giornata, ma quasi.

Efesto, intanto, si degnò finalmente di alzare le reti e liberarci. Ares, furente, sgusciò via senza nemmeno preoccuparsi di chiedermi come stessi. Io mi alzai lentamente dal giaciglio, come se quello fosse un normale risveglio. Nuda e indifferente, attraversai la stanza, senza degnare di un'occhiata Efesto, Aglaia e nemmeno il grande Zeus. Presi la mia vestaglia, abbandonata su una sedia, la indossai con calma assoluta, poi mi volsi e dissi: «Se questa farsa è finita, io me ne torno al mio tempio. Chi ha bisogno di me, sa dove trovarmi».

E uscii dalla sala, come la dea che sono, lanciando un solo sguardo di saluto. A Hermes, che da dio intelligente qual era, ero certa che avrebbe recepito il messaggio.

IL FATO DI TROIA

«Non è stata certo Aglaia a fare la spia. Lei è una pedina, ed è troppo stupida per pensare a un piano più complesso che sospirare. Quindi chi è stato ad avvertire Efesto? Hera? Zeus?»

Distesa su un nuovo letto che avevo fatto costruire per sostituire quello manomesso da Efesto, nel mio tempio a Pafo, non riuscivo a smettere di pensare a quello che era successo e arrovellarmi per trovare risposte.

«Me lo chiedi come se io potessi saperlo» bofonchiò il mio compagno.

«Hermes, sei il dio dei lestofanti, delle spie e di ogni genere di imbroglioni. Sai sempre tutto, anche se spesso fingi di no per non aver grane. Non cercare di ingannarmi. Ti conosco.»

Rise. Ridemmo insieme. Il bello di Hermes era che con lui mi divertivo come con nessun altro. Per quanto l'offesa subita mi bruciasse, devo dire che alla fine a essermi liberata in un colpo solo di Efesto e di Ares e aver preso lui come nuovo amante ci avevo guadagnato. Hermes era bello come lo era stato Dumuzi un tempo, ma era anche intelligente, sveglio, e assolutamente privo di scrupoli, il che lo rendeva imprevedibile ed eccitante. Con la sua famiglia d'origine aveva un rapporto scanzonato: aveva accettato di essere il loro messaggero solo per poter venire a conoscenza di tutti i retroscena più segreti e sconci dei loro maneggi, ma per il resto degli Olimpi non provava il minimo rispetto, considerandoli quasi sempre ridicoli, altezzosi e inutilmente pieni di boria. E quando poteva, adorava creare loro guai, a patto che riuscisse a restare impunito.

«Diciamo che potrebbe essere stato Zeus» disse, mentre cercava di baciarmi.

«Perché?»

«Zeus fa sempre cose insensate – rispose vago – per dimostrare che è il signore dell'universo...»

«Hermes!» lo minacciai con un dito, ritraendomi dal suo abbraccio.

Sbuffò: «Diciamo che potrebbe avere a che fare con qualche evento immutabile che deve accadere necessariamente. Ma è inutile che mi minacci, perché ne so quanto te. So solo che in qualche modo, Afrodite, tu sei coinvolta in una vicenda centrale per lo sviluppo della storia umana, che persino Zeus deve trattare con la massima cautela. È qualcosa che è scritto nel Fato».

«Il Fato?» chiesi dubbiosa. Avevo già sentito questo termine da Efesto, ma non mi era molto chiaro cosa fosse.

Hermes con una mossa a sorpresa mi cinse e mi rovesciò sul letto, e iniziò a baciarmi il collo ridendo: «Il Fato, amore mio, è l'unica cosa che anche noi dei dobbiamo trattare con rispetto. Lui decide e noi, come soldatini, dobbiamo volenti o nolenti obbedire. Persino il grande Zeus e la sua adorabile mogliettina Hera, o la mia altezzosissima sorella Atena, e persino quel bellimbusto di Apollo.

La cosa divertente è che quasi sempre non abbiamo la più pallida idea del perché decida alcuni eventi, o ci imponga di fare o non fare qualcosa. E nella maggioranza dei casi, anche se tentiamo di opporci, alla fine comunque succede quello che ha deciso. Perché i suoi disegni sono oscuri, ma ineludibili. Per cui, perché preoccuparcene? Facciamo l'amore, piuttosto, io e te, e lasciamo che il Fato disponga il resto...».

«Ma tu di sicuro hai scoperto qualcosa di più... – dissi accarezzandogli il petto mentre lo guardavo maliziosamente – e sai che io posso essere molto dolce con chi mi dice quello che voglio sapere... quindi parla!»

Hermes sospirò: «So solo che è qualcosa che ha a che fare con la città di Troia. La rocca, in Anatolia, da cui si controlla l'entrata nel Ponto Eussino».

«La conosco. Mi venerano con grande fervore. E sono anche un popolo bellissimo. Mi sono persino divertita a far innamorare Zeus di uno dei loro principini più giovani, Ganimede. Lo ha rapito con la sua aquila per tenerselo accanto come coppiere. Credo che gli strilli di Hera si siano sentiti per tutto il Mediterraneo. Vedere il marito perdere la testa per un ragazzino e metterla in disparte l'ha fatta letteralmente impazzire. Così hanno imparato entrambi cosa vuol dire irritarmi: nemmeno gli dei sfuggono al mio potere...»

Hermes sospirò: anche lui era ben conscio di essere una delle mie vittime.

«Sono ricchissimi, i Troiani, – continuò – e anche parecchio spregiudicati. Grandi commercianti, furbi come i demoni quando si tratta di fare affari... mi sono simpatici. Da qualche tempo stanno diventando persino più potenti dei Greci del continente, e agli Olimpi questa cosa non piace granché. Soprattutto ad Apollo e Poseidone.»

«Perché?»

«Uh, per una vecchia storia... il re di Troia, Laomedonte, li aveva assoldati per far costruire loro le mura della città, ma era un farabutto e quei due idioti non si erano fatti firmare un vero e proprio contratto, così alla fine lui si è rifiutato di pagarli. Pensa che due stupidi. Loro si sono infuriati, hanno minacciato disastri, mandato un mostro che voleva essere placato con un sacrificio umano. Le solite cose che fanno quei babbioni. Alla fine, Laomedonte ha chiamato in aiuto quell'ammasso di muscoli del mio fratellastro Eracle, che quando c'è da fare l'eroe e menare le mani non si tira mai indietro. Ha salvato sua figlia, la principessa Esione, che era stata esposta per essere sacrificata al mostro. Ma indovina? Laomedonte si è rifiutato di pagare anche lui!»

«Era mica tuo figlio, Laomedonte, per caso?»

Hermes scoppiò a ridere: «No, ma lo adoravo. Comunque, alla fine Eracle lo ha detronizzato e Priamo, il fratello di Esione, è diventato re. Pare una brava persona. Sta tranquillo e fa buoni affari».

«E io cosa c'entro in tutto questo?»

«Non lo so. Zeus ha solo accennato di sfuggita che tu sarai coinvolta in qualcosa che determinerà il destino di Troia e del mondo intero: su tutto questo c'è stato persino un consulto frenetico con le Muse, segno che è un evento di cui si parlerà poi per secoli in poemi e canti. Per tale motivo, a quanto pare, non potevi rimanere moglie di Efesto. Però, davvero, più di questo non so.»

Lo fissai, perplessa. Nella mia testa, improvvisamente, si accavallavano domande su domande. Perché il Fato, un'entità più potente degli stessi Olimpi, mi voleva libera da Efesto? Ed esisteva davvero una forza cosmica superiore persino agli stessi dei, e superiore a me, che brigava per determinare il mio destino? Io stessa, erede della Grande Dea, ero forse nient'altro che una pedina inconsapevole di un disegno altrui?

«Forse dovrei andare a Troia. Per capire di più su questa faccenda...» mormorai, pensierosa, più che altro rivolta a me stessa.

Era un lampo di sollievo quello che intravidi nello sguardo di Hermes? Sì, anche se lui fu abilissimo a dissimularlo.

«Mi sembra una buona idea. – si limitò infatti a lasciar cadere, come se la cosa lo interessasse solo superficialmente – In fondo qui a Pafo ti annoi, e poi né tu né io siamo adatti a sposarci e a mettere su famiglia, no? Vai in Anatolia e vedi cosa puoi scoprire. Per altro, mi dicono che i Troiani siano anche considerati gli uomini più belli del mondo. Persino Eos, l'aurora, si era incapricciata di uno di loro, Titone. Chissà, potresti conoscere un bel troiano che sostituisca il tuo perduto Dumuzi. E smetterla di rimuginare su quel buzzurro di Efesto. Non merita che tu tenga il broncio per lui, amore mio.»

Mi baciò, e fu un bacio strano, non scanzonato come al suo solito, ma pieno di qualcosa che pareva rimpianto. Non seppi mai, anche se me lo chiesi più volte, se quel dialogo fosse stato casuale, o Hermes stesso fosse stato costretto a obbedire ai dettami del Fato. Il seme della curiosità, però, aveva attecchito in me. Facemmo l'amore, ed entrambi sapevamo che sarebbe stata l'ultima volta.

Era tempo di lasciare la mia Pafo e scoprire quale segreto del Fato nascondeva per me la terra di Troia.

WILUSA

La chiamavano Wilusa. I Greci, che devono sempre cambiare i nomi in qualcosa più vicino alla loro lingua, la denominarono Ilio, da Ilo che l'aveva fondata.

Era una rocca. Maestosa, impervia: generazioni di uomini l'avevano ingrandita costruendo difese e cerchie concentriche di mura, fino a creare una cittadella imprendibile. Dalla sua cima potevi spaziare con lo sguardo fino all'Ellesponto e al mare infinito, e controllare il più lontano orizzonte. Qualsiasi nave volesse andare verso il Ponto Eussino o da quello entrare nell'Egeo doveva pagare pedaggio. Ogni vela, ogni barca si trasformava per i Troiani in denaro sonante.

Aveva ragione Hermes: erano belli, i Troiani. Fieri, eleganti, i volti dalla pelle ambrata si accendevano di sorrisi luminosi, gli sguardi erano diretti, le strette di mano forti, il portamento altero. Le donne erano vestite con pepli leggeri e incoronate con diademi di fattura pregiata, gli uomini indossavano vesti ricamate e dai colori scintillanti, ricavati dalla porpora dei Fenici o da piante del lontano Oriente. Erano abituati a governare quel lembo di terra senza obbedire a nessuno o chiedere permesso, e a non aver paura di nulla. Nei secoli avevano costruito una città ricca e prosperosa, dove i mercanti arrivavano da ogni dove per vendere la propria merce più pregiata. Mi piacquero subito, per la concretezza pratica con cui gestivano gli affari e anche per la loro rilassatezza scanzonata, la capacità di godere dei piaceri della vita senza assurde frenesie.

Scoprii che mi adoravano nella mia forma più antica, quella di dea della natura, della vegetazione e dell'abbondanza. Non mi avevano dato un nome: per loro ero semplicemente la Madre che abitava e proteggeva il monte Ida, e che ogni anno celebravano con feste e sacrifici, portando capretti e greggi in pellegrinaggio sulle pendici della montagna.

Quel misto di raffinatezza estrema e semplicità bucolica mi affascinò. Al contrario dei Greci, i Troiani non erano altezzosi, non millantavano di essere potenti, lo erano nei fatti. Erano schietti, alle volte brutali: facevano ciò che conveniva loro senza cercare di ammantarlo di nobili motivazioni false, o raccontare se stessi come una stirpe di eroi.

La casa reale era suddivisa in più rami: tutti vantavano una discendenza da Dardano, nato nelle lontane terre dell'Occidente da Zeus e dalla ninfa Elettra, una delle Pleiadi, le ninfe che brillano in cielo come stelle per guidare i naviganti nella notte. La famiglia reale era quella del re Priamo, che governava la città insieme alla moglie, la regina Ecuba. Erano una coppia ben affiatata, il che non aveva impedito a Priamo di avere parecchie relazioni e prole da altre amanti e concubine, tanto è vero che contava cinquanta figli in tutto. La linea di successione era dunque più che al sicuro. Il primogenito, per giunta, il principe Ettore, era un bimbo vivace ma assennato, che già da piccino dimostrava un carattere equilibrato e un notevole carisma, ed era amatissimo dai suoi futuri sudditi.

Esisteva anche un ramo secondario della famiglia regnante, discendente da Assaraco, fratello di Ilio e di quel giovane e bellissimo Ganimede di cui mi ero molto divertita a far incapricciare Zeus.

Da Assaraco era nato Capi, che aveva avuto a sua volta un figlio, il principe Anchise, cugino di Priamo.

«Bello come un dio, il giovanotto! – mi assicurò una delle venditrici di verdure con cui, travestita da straniera, avevo attaccato bottone al mercato per ottenere informazioni sulla città – Beata la donna che se lo sposerà, oltre che splendido è anche pieno di buon senso, è di animo gentile e timorato degli dei!»

«E dove la si può incontrare, questa meraviglia? A palazzo?» chiesi incuriosita.

«Oh, no, lui non ama occuparsi di politica: è un ragazzo semplice, con la testa sulle spalle. Il padre è il più ricco possidente di tutta Troia, e ha armenti infiniti. E lui, che vuole rendersi utile, invece di oziare in città come certi giovinastri senza sale in zucca, sta con i suoi pastori, sull'Ida, a prendersi cura delle greggi. È lì che devi cercarlo. È un tipo pratico, di gran cuore e poche parole. Fortunata chi se lo prenderà! E tu sei una gran bella fanciulla, potrebbe essere tuo, se ti sbrighi!»

Il donnone scoppiò a ridere, con allegria contagiosa, allungandomi un cesto pieno di ortaggi. Il suo buon senso popolano mi aveva conquistata, e la descrizione del principe pastore mi aveva incuriosita. Decisi che la mia conoscenza dei Troiani doveva partire da lui, dal giovane Anchise così bello, assennato e devoto.

Si meritava una visita da parte di una vera divinità.

ANCHISE

«Non so se sei una dea o una mortale, ma se sei una dea sei di certo la più bella di tutte, la splendente Afrodite, e io per tutta la vita leverò preghiere nei tuoi templi, ringraziando per averti potuto guardare anche solo un istante.»

Aveva ragione la verduraia. E pure Hermes. Anchise, principe di Troia e rampollo della casa di Dardano, era bellissimo.

Ma non fu quello a colpirmi. Fu lui, e basta.

Poche cose con noi donne sono più scivolose degli apprezzamenti. I complimenti sono un'arte sofisticata, dall'equilibrio difficilissimo. Nel grande gioco della seduzione, possono essere un'arma potentissima, ma a doppio taglio: un attimo e si ritorcono contro chi li usa maldestramente. Ci vuole talento per saperli dosare bene, far sì che non risultino troppo smaccati, troppo incredibili, troppo banali, troppo viscidi, o anche, più semplicemente, troppo mirati a raggiungere lo scopo. Per tutte queste sfumature noi donne abbiamo un sesto senso infallibile, che ci permette di scartare il maschio incapace quasi senza che apra bocca. E in maniera così efficiente che lui spesso nemmeno capisce perché.

Anchise, invece, nel fare apprezzamenti era un dio: usciti dalla sua bocca, anche i più scontati non sembravano tali, ma osservazioni sincere. Persino io, che in quanto dea dell'amore sono abituata a valutare i rituali di corteggiamento umani con spietato occhio tecnico e riconoscere ogni minima sbavatura, restai ammirata dal meraviglioso bilanciamento che c'era in lui fra impeccabile educazione e sincero desiderio. Nulla nella sua postura, nel tono della voce, nello sguardo trascendeva i limiti di quelle che erano la buona creanza e la forma richiesta dalla società.

Quando mi aveva vista comparire da sola, sul sentiero dell'Ida, con l'aria smarrita come se mi fossi persa, si era alzato, e da perfetto gentiluomo mi era venuto incontro per accogliermi e scortarmi, con un fare partecipe e protettivo, ma non invadente. Anche in quel momento, se pure mi guardava con evidente ammirazione, non vi era nulla di minaccioso o di irritante in lui. Le parole erano certo stereotipate, e avevo perso il conto di quante volte le avevo sentire pronunciare dai bellimbusti delle varie corti per tentare di far colpo su qualche fanciulla. Ma dette da lui risuonavano di un'eco sincera, come se davvero avesse intuito, vedendomi, di essere di fronte a una dea.

Era particolare, Anchise. In lui non vi era nulla di forzato o di ostentato. Il corpo era muscoloso e scattante, tuttavia diverso da quello di un Ares che si esercitava nella lotta come unico fine. Aveva piuttosto la naturale vigoria armoniosa di chi passa il suo tempo all'aria aperta per inseguire le greggi e lavorare in campagna. I lineamenti fini e la pelle baciata dal sole facevano risaltare ancor più i suoi occhi, di un grigio cangiante che talvolta virava verso l'azzurro, altre verso il viola. Ciò gli donava un'espressione profonda, ma allo stesso tempo schiva: quella di chi sa cogliere il senso delle cose, ma spesso lo tiene per sé, non per scontrosità, ma per non risultare saccente o altezzoso. I capelli scuri incorniciavano un volto dai tratti sottili, eppure non femmineo: era il volto di un uomo, sì, ma di un uomo portato più al pensare che all'agire. La voce non era profonda, ma pacata. Usava un tono calmo, ma non monocorde, che anzi lasciava intendere come ogni sua parola fosse meditata e pensata a lungo prima di venire pronunciata.

Rimasi affascinata. Stordita, addirittura.

Per un attimo, quando i nostri sguardi si incrociarono, ebbi l'impressione di aver trovato non il mio opposto, ma il mio specchio. Io sono impulso, istinto, vento che scuote e tempesta, passione che non accetta limiti e freni: sono fuoco che può decidere per qualche tempo di lasciarsi imbrigliare e contenere, ma mai dimentica la sua natura. Sono la vibrazione di fondo dell'universo intero, sempre presente anche quando paio silenziosa o sopita. Anche in lui – lo percepivo distintamente – risuonavo in ogni nervo del suo essere, potentissima, ma il suo modo di rapportarsi a me era diverso da ogni altro uomo o dio che avessi incontrato finora. Non si opponeva, non si metteva in competizione, non voleva vincermi: mi accettava. Era come se si fosse da sempre preparato ad accogliermi per reinterpretarmi attraverso il filtro della sua ragione, e restituirmi al mondo migliore. I suoi occhi cangianti erano vividi come le gemme più preziose, la sua voce era velluto che carezzava la mia anima e la avvolgeva, le sue braccia mi parvero il porto sicuro che cercavo da secoli e secoli per trovare pace.

Tutto questo mi spiazzò, mi travolse, mi confuse. Io, la dea, mi sentii per la prima volta indifesa di fronte a lui, nuda come mai mi ero sentita le mille volte che avevo gettato le mie vesti per offrirmi agli sguardi di altri, con suprema indifferenza. Mi accadde una cosa che mai avrei pensato potesse accadere a me: arrossii.

«Non sono una dea, sono una mortale» balbettai.

Dovevo riprendere il controllo su me stessa e sulla situazione. Così, senza guardarlo più negli occhi, parlando il più velocemente possibile per non rischiare di bloccarmi, spiattellai la storia che mi ero preparata per sedurlo: «Sono la figlia di Otreo, signore dei Frigi, vicino e alleato della gloriosa Wilusa. Mio padre mi adora e mi ha cresciuto dicendo che mi avrebbe dato in moglie solo a un principe potente quanto lui. Ieri è giunto alla nostra reggia un nobile viaggiatore, che ha chiesto ospitalità insieme al suo corteo di servitori. Al banchetto, ha magnificato le doti del principe Anchise di Troia, cugino del re Priamo, dicendo che lui sarebbe stato l'unico sposo degno di me. Io lo ascoltavo affascinata. Dopo pranzo, con le mie compagne sono andata al tempio di Artemide, per giocare a palla e compiere sacrifici alla dea. Lo straniero mi ha seguita. Mi ha presa in disparte e mi ha chiesto se mi sarebbe piaciuto conoscere il principe Anchise di cui mi aveva parlato prima. Io ho risposto sì, e allora si è rivelato a me per chi era veramente: Hermes, il messaggero degli dei, mandato da Zeus in persona per comunicarmi che sull'Olimpo si è deciso che io debba essere la compagna di Anchise. Non ho fatto in tempo a dire una parola: un magico turbine di vento mi ha avvolta, facendomi volare sopra i tetti della reggia e le campagne della Frigia, fino a portarmi qui, da te. Che immagino sia Anchise, colui che gli dei mi destinano come sposo».

Mi inchinai di fronte a lui, come la più ingenua delle vergini. In realtà non era una finta: le ginocchia mi tremavano come se fossi una vergine ingenua davvero. Il mio cuore batteva così forte che credevo volesse uscirmi dal petto.

Anchise mi guardò, in silenzio, a lungo. Intuii che, seguendo la sua natura, stava valutando la mia storia analizzandone razionalmente ogni particolare. Ero terrorizzata – io, una dea! – che la considerasse incredibile e mi scacciasse per sempre lontano da lui, come una volgare bugiarda. Non lo avrei sopportato.

Invece continuava a fissarmi: i suoi occhi grigi che s'erano incupiti fino a diventare quasi viola. Era chiaro che non credeva a una sola parola: sapeva che non ero la figlia di Otreo, e che non ero una mortale. Ma era altrettanto chiaro che aveva deciso di ignorarlo: mi desiderava troppo ed era deciso a tralasciare ogni cautela razionale pur di avermi.

Non disse nulla. Si inginocchiò ai miei piedi.

Prese la mia mano fra le sue, baciandola dolcemente.

RIVELAZIONI

Anchise era disteso accanto a me, addormentato. Sentivo il suo respiro leggero disperdersi nell'aria, guardavo il suo corpo abbandonato sul giaciglio. Anche ora, che era rapito dal sonno, il suo volto manteneva una espressione seria e composta, come se mai riuscisse del tutto a distaccarsi dalla responsabilità del mondo. Non avevo mai avuto un uomo così: affidabile, maturo. Nella sequela dei miei amanti, erano doti che fino a quel momento avevo sottovalutato, anzi forse nemmeno preso in considerazione. Noi dei non abbiamo bisogno di poter contare su nessuno. Diamo per scontato di saperci cavare d'impaccio in qualsiasi situazione. Ma ora, grazie a lui, capivo meglio le mortali, e quasi le invidiavo. Anchise con la sua forza quieta mi aveva fatto sentire sicura come nessun altro prima di lui. Avevo finalmente compreso cosa volesse dire avere non un amante, ma un compagno.

Non aveva chiesto niente, non aveva fatto domande. Lui e io avevamo trovato subito un equilibrio nostro, come se ci conoscessimo da sempre, senza bisogno di spiegazioni o promesse. Ci eravamo accettati per ciò che eravamo, e ci consideravamo pari. Le nostre nature potevano essere diverse, ma l'animo era uno solo.

La capanna in cui alloggiava per tenere sotto controllo le greggi mi sembrava più comoda di qualsiasi tempio che io mai avessi frequentato; il nostro letto più lussuoso di quello di qualunque reggia. I miei adepti avrebbero strabuzzato gli occhi nel vedermi lì, fra i monti, con addosso un vestito di stoffa grezza, i capelli scarmigliati e il capo coperto da un semplice fazzoletto, mentre ridevo seduta su un masso al sole, bevendo latte di capra e mangiando carne arrostita, lontana da tutto ciò che fino ad allora avevo giudicato per me indispensabile, le vesti lussuose, i profumi inebrianti, il mare. Ma non sentivo la mancanza di nulla. E qualora l'avessi sentita, sapevo di poter tornare ai miei agi e alle mie abitudini senza che Anchise si sentisse offeso, o sminuito. Mi voleva accanto, non prigioniera. Aveva il dono della discrezione, quella capacità sottile di farmi sentire al centro della sua vita senza risultare ossessivo o pressante. Con lui non c'erano parole di troppo, discorsi altisonanti, dichiarazioni retoriche, gesti scenografici e pomposi. C'era lui, e basta. Ma era tutto.

Era quello il Fato? Ero venuta a Troia per scoprire che cosa architettasse per me quell'entità così distante e astrusa di cui cianciavano gli dei greci. Forse Anchise era il mio fato, il destino che mi spettava dall'inizio del mondo.

Improvvisamente comprendevo perché Eos, la dea dell'aurora, potesse aver pensato di sposare Titone. Prima il pensiero che una dea potesse desiderare di unirsi per sempre a un mortale mi pareva incomprensibile, contro natura persino. Ora no. Desideravo che quello che stavo vivendo con lui durasse per sempre, e avesse il nome di matrimonio. Con Dumuzi avevo provato l'amore giovanile, che è libero e non vuole altro vincolo che se stesso. Per Anchise provavo qualcosa di diverso: il nostro era un legame che avrebbe meritato un riconoscimento ufficiale. Mi sarebbe piaciuto presentarmi con lui nel tempio di Pafo e perfino sull'Olimpo, e dire a tutti: «Ecco, questo è mio marito».

Zeus lo avrebbe mai accettato? Non lo so, e non mi importava, in fondo. Ma in ogni caso, dovevo prima confessare ad Anchise chi fossi davvero: la Dea, colei che lui e il suo popolo da sempre veneravano sull'Ida. Quello era l'ultimo segreto rimasto fra noi, il discorso che non avevamo avuto il coraggio di affrontare, il grande non detto.

Mai avrei pensato che un giorno avrei potuto sentirmi a disagio nel rivelare a qualcuno chi fossi. Quale essere umano non si sarebbe sentito lusingato dall'avere per amante un'immortale? Ma Anchise era un uomo sempre attento a valutare le conseguenze delle sue azioni e le ricadute delle sue scelte, e ad assumersene la responsabilità, sentirne il peso.

Fino a ora, tacendo, il suo sospetto era rimasto una ipotesi, e le ipotesi sono volatili, perché possiamo convincerci che sono solo un parto della nostra mente. Anchise si era aggrappato a questo, come un naufrago si aggrappa a un legno per tenersi a galla. Rivelargli la verità lo avrebbe costretto a fare i conti con chi fossi davvero, e con il fatto che per i mortali mischiarsi con gli dei è quasi sempre causa di disgrazie e tragedie, perché equivale a sorpassare una soglia che non dovrebbe mai essere varcata.

A strapparmi ai miei pensieri fu il tocco leggero della sua mano sul mio fianco: una carezza delicata che mischiava insieme passione e affetto.

«Non serve che parli. Lo so.»

Si era svegliato, e mi guardava con i suoi occhi grigi e pensosi, venati di una indicibile malinconia.

Feci per replicare, ma mi mise un dito davanti alle labbra: «Non mi importa. Qualsiasi punizione dovrò scontare per questo, ne sarà valsa la pena» mi sussurrò all'orecchio, prima di baciarmi.

Uscì per portare al pascolo le greggi. L'alba colorava di rosa le vette dell'Ida. Lo guardai scomparire oltre le rocce bianche che delimitavano il sentiero. Tutto sembrava calmo e tranquillo. L'unico rumore era lo scampanellio allegro dei sonagli al collo delle capre. Eppure io sentivo montare in me una strana inquietudine, il presentimento che qualcosa di orribile stesse per accadere. Guardai preoccupata il cielo. A ovest, dove il sentiero si perdeva verso l'orizzonte, notai che erano comparse delle nuvole minacciose.

Non erano le solite nubi bianche dell'estate: erano cupe e nere come sono quelle che portano le folgori di Zeus.

D'istinto iniziai a correre, cercando di raggiungere il gregge e il suo pastore. Il sentiero fu presto ingoiato dal buio della tempesta: schegge di ghiaccio piovevano dal cielo come punte acuminate di freccia. I miei piedi scivolavano sulle rocce bagnate, la mia pelle era sferzata dalla pioggia battente. D'improvviso un lampo squarciò il cielo color ferro, tagliandolo in due come una ferita, mentre un tuono potente squassava le gole dei monti.

«Anchise!» gridai, disperata. Avvertii il suono dei campanacci delle capre: mi guidarono verso un pianoro poco distante. Lì, in mezzo ai capretti terrorizzati che cercavano rifugio balzando ovunque, lo vidi.

Era riverso per terra, esangue, colpito dal fulmine di Zeus.

L'IRA DI ZEUS

«Perché? Cosa ti ha fatto? Perché me lo vuoi togliere?»

Gridavo. Nel turbine della tempesta, le folate di vento mi arruffavano i capelli, la pioggia battente mi colpiva il volto, mischiandosi alle mie lacrime. Il cielo color ferro sconvolto da lampi e tuoni mi ricopriva come un drappo luttuoso, inginocchiata sul corpo immobile di Anchise.

Volevo una risposta. La pretendevo.

Una voce profonda tuonò dall'alto: «I mortali non possono mischiarsi con gli immortali. E ora tu, Afrodite, che tante volte hai spinto gli altri dei e persino me a innamorarsi di donne e uomini contro ogni buon senso, ora sai cosa si prova a non poter proteggere il proprio amato e vederlo soffrire. Ti sia di lezione per il futuro, e monito per noi divinità tutte».

Era Zeus, lo avevo riconosciuto. E riconobbi in lui anche la stessa protervia di An, e di tutti gli dei custodi dell'ordine precostituito con cui mi ero scontrata in passato e che in ogni luogo e in ogni tempo esasperavo con la mia vita e le mie scelte.

«Maledetto ipocrita! – urlai infuriata – Non sono io che ti spingo a inseguire ogni ninfa, ogni giovinetto, ogni mortale, a farne i tuoi amanti e poi gettarli via non appena te ne stanchi! E non sono certamente io che permetto a Hera di vendicarsi su di loro e sui loro figli, quando il colpevole di averla tradita sei solo tu. Io ho sempre protetto coloro che amo e non abbandonerei mai un mio figlio al destino come fai tu con i tuoi, pure se dovessi scontrarmi con l'Olimpo intero! Non ha senso che tu punisca Anchise con le tue saette: non ha colpa se l'ho voluto, e di certo non ha colpa se io sono una dea! La realtà è che tu godi nel disporre dei destini di tutti a tuo piacimento, non perché tu abbia un piano in mente, o perché tu segua i dettami del Fato, ma solo perché ti piace esercitare il potere, perché è l'unica cosa che ami. Non sei un padre, sei un bambino capriccioso e immaturo che governa l'universo come se fosse il suo giocattolo personale. E i mortali che ti venerano sono come te, meschini, codardi, capaci solo di colpire chi è più debole di loro per divertirsi. Ma riuscirò a ribaltare tutto questo e ti farò apparire per ciò che sei, un burattinaio da due soldi, egoista e vigliacco, che merita solo di venire dimenticato!»

Alzai la mano, decisa a scaraventare sul cielo e sulla terra la più potente delle mie maledizioni. Ma mi sentii afferrare il polso prima che potessi portare a termine il gesto.

Mi voltai. Accanto a me c'era Hermes, con ai piedi i sandali alati da messaggero degli dei, e il caduceo ornato di serpenti, che usava per aprirsi la strada quando accompagnava gli umani nel regno dei morti.

«Fermati, ti prego! – disse – Non metterti in pericolo inutilmente. Il Fato non vuole questo!»

«Smettila di raccontare bugie! – sibilai divincolandomi – Nessuno sa cosa vuole davvero il Fato, nemmeno tu. Forse non esiste neppure. Zeus e voi altri lo usate come pretesto per rendere gli altri infelici e impedire loro di vivere la propria vita, amando chi vogliono!»

Hermes sorrise amaramente: «Hai ragione, io non conosco i disegni del Fato, e nemmeno se esista davvero. Ma quello che so e che devo dirti è che ribellarti a Zeus non ti porterà a nulla. Anche se sono il dio dei bugiardi, sai che non ti ingannerei mai, in nome dell'amore che c'è stato fra noi. Fidati di me. O meglio, fidati di te stessa. Sei la dea dell'amore, protettrice di tutto quanto attiene alla generazione e alla nascita. Ascolta il tuo corpo. Non senti che in te è germogliata una vita? Sei incinta, Afrodite. Da te e Anchise nascerà un figlio. Vuoi mettere davvero in pericolo la tua vita sfidando Zeus?».

Mi fermai, sconvolta. Un figlio! Dunque era questo il motivo del subbuglio di emozioni contrastanti che stavo provando, confusione, incertezza, agitazione, rabbia, paura? Era il non essere più una, ma due, anche se un due ancora indistinto e impreciso, un grumo di esistenza che non poteva essere scisso, di nuovo un piccolo caos magmatico uguale a quello da cui avevo preso vita io?

«Ma io... io non posso prendermi cura di un figlio umano... e Anchise... è morto!» esclamai scoppiando a piangere.

Hermes mi carezzò il volto: «Sei una dea, Afrodite. Tutte le ninfe e le sacerdotesse dell'Ida saranno liete di occuparsi del neonato finché non diventerà un bambino e potrà essere affidato ai suoi simili. E Anchise no, non è morto. Zeus lo ha ferito alle gambe, non tornerà forse mai a camminare, ma sopravvivrà».

Si chinò su Anchise, avvicinando il suo bastone alle sue ferite: i due serpenti attorcigliati per un attimo si animarono, il caduceo brillò di luce e piccole scintille scesero come lucciole e si posarono sulla ferita aperta e sanguinante, che correva dall'anca al polpaccio, lasciando intravedere il bianco delle ossa. Si rimarginò all'istante, come se non fosse mai esistita. Hermes scomparve.

Anchise aprì gli occhi. Il volto era zuppo di pioggia. La sua bellezza pareva prosciugata: avevo di fronte il volto di un vecchio. Le guance erano smunte, gli occhi vuoti, la bocca era violacea e le labbra livide semiaperte riuscivano a stento a emettere suoni.

Ma era vivo. Gli sfiorai il volto con una carezza. Non sono nemmeno certa che fosse in grado di riconoscermi: tremende sono le folgori di Zeus, possono uccidere persino gli dei, e Anchise era soltanto un mortale.

Da ora in poi lo avrei protetto, giurai a me stessa, da ogni possibile pericolo.

Lui e il figlio che portavo in grembo.

A ogni costo.

I FIGLI DELL'IDA

«Enea, corri, corri a prendere la palla!»

Il piccolo Enea guardò le mie mani, poi la palla che volava nel cielo. Seguì la traiettoria con occhi attenti, rapito, poi trottolò veloce sulle gambette paffute a recuperare il giocattolo. Ma quando si voltò per riportarmelo, si accorse che nella radura non c'ero più. Sentiva solo un lieve profumo di fiori e di ambra, che persisteva nell'aria, e un frullare di colombe fra i rami. Le sopracciglia si aggrottarono, i suoi occhi grigi si incupirono e divennero quasi viola. Un singulto gli spezzò il respiro: «Mamma!» singhiozzò, abbracciando disperato le gambe immobili di Anchise, seduto su un masso.

«La mamma è dovuta andare via, Enea, ma ti vuole bene, tanto bene, tesoro» disse il padre abbracciandolo e prendendolo in braccio, mentre la nutrice Caieta scuoteva la testa.

«Sarà anche una dea, – borbottò – ma dovrebbe smetterla ogni volta di sparire così, senza nemmeno salutarlo. Il piccolo soffre.»

Anchise sospirò: «I tempi delle divinità sono diversi da quelli di noi umani. Afrodite non può restare con noi, e non vuole farsi scoprire da Zeus, per non metterci in pericolo. E tuttavia ci ama così tanto che ogni giorno si ritaglia qualche attimo per poterci visitare. Dobbiamo esserle grati per ciò che ci dona».

Caieta non sapeva che ero ancora lì, fra loro, sebbene invisibile ai loro occhi. E che ogni lacrima di Enea era per me una stilettata.

Non immaginava quanto fosse straziante per una madre non poter tenere accanto il suo piccino, averlo dovuto partorire in silenzio, di nascosto, in una delle grotte dell'Ida, senza avere accanto nessuna divinità del parto e nessun aiuto, per non rischiare di venire scoperta. Non sapeva quanta cautela avesse richiesto continuare a frequentare sull'Olimpo gli altri dei, chinare il capo, non ribattere, non rispondere a tono quando avrei voluto, tenermi defilata per non rischiare che Zeus si adirasse con me e tramasse di nuovo qualche nuova insidia contro Anchise e contro nostro figlio.

Io, Afrodite, ai suoi occhi ero la dea della bellezza e dell'amore, divinità sfolgorante e lasciva, dedita alle feste e alla gioia, che non si cura dei legami e tanto meno della sua prole. Così gli dei greci mi hanno dipinta, così hanno istruito i loro poeti di descrivermi nei loro canti. Zeus mi ha presentato come una delle sue figlie, una delle tante, nata da una oscura ninfa di nome Dione, e io sono stata raccontata come una divinità superficiale e vanesia, che ha tradito il marito e a Pafo trascorre il tempo in banchetti e festini, indossando vesti preziose e seducendo giovani mortali per noia. Perfino il ferimento di Anchise era stato ridotto a un pettegolezzo piccante da raccontare nei banchetti: Zeus aveva messo in giro la voce di esser stato costretto a colpirlo con la folgore per difendere il mio onore, perché si era vantato con gli amici di avermi sedotta. In tal modo lui, Zeus, aveva assunto il ruolo del padre nobile che difende la fama della figlia sventata, e l'amore della mia vita era stato descritto come un mortale indegno, che si era vantato delle sue conquiste a letto come un qualsiasi seduttore di mezza tacca.

Sono stata zitta: il patto che avevo stretto con Zeus era stato preciso. Lui avrebbe potuto dire di me ciò che voleva, ma nessuno avrebbe mai torto un capello al mio Enea, o fatto ancora male ad Anchise.

Ma quanto bruciava essere ricoperta di maldicenze, narrata per ciò che non ero. Non potermi difendere, non poter controbattere, non potermi vendicare. Il mio potere trattenuto fremeva dentro di me, mi tormentava. Per non usarlo dovevo fare violenza a me stessa. Così, quando lasciavo i miei cari, mi nascondevo, silenziosa e invisibile, fra i boschi dell'Ida, lontana da tutti, per sbollire e tenere sotto controllo la mia ira. Il silenzio e la solitudine erano l'unica cura per la rabbia impotente.

Ma quel giorno il silenzio venne rotto da qualcosa. Un pianto. Io mi misi in allarme, temendo che potesse trattarsi di Enea. Ma era troppo acuto per essere suo: era quello di un bimbo più piccolo, un neonato. Veloce, sempre protetta dall'invisibilità, mi diressi nel luogo da cui indovinavo potesse provenire, nel mezzo del bosco. La foresta era fitta, buia, piena di animali selvatici: non è certo il luogo dove una giovane madre porterebbe il suo bambino appena nato. Infatti, quando giunsi alla piccola radura di fronte a una spelonca che era un covo di lupi, non era una giovane madre a tenere in braccio il neonato piangente. Ma un uomo, un arciere, che portava sulle vesti lo stemma della casa di Priamo, e sembrava perplesso sul da farsi.

«Chi sei? E che fai nel bosco con un bambino?»

Lui, spaventato, porse la mano alla guaina della spada, ma appena vide la giovane di cui avevo preso le sembianze si calmò. «Niente, niente – bofonchiò, imbarazzato – io... devo portare a termine una missione.»

«L'unica missione che porterai a termine, se continui a tenerlo così, sarà che ti sporcherà tutto. Non lo vedi che deve essere cambiato? E che ha fame?» e senza lasciargli il tempo di replicare gli presi il bimbo dalle braccia, lo misi sulle ginocchia e mi scoprii un seno, per allattarlo.

Il piccolo era appena nato, si attaccò al capezzolo d'istinto e aprì gli occhietti, simili a quelli di mio figlio Enea. Squadrai il soldato, che era un uomo bruno dagli occhi scuri e dai lineamenti grezzi quanto quelli del piccino erano invece delicati.

«Non è certo figlio tuo, questo bambino. – dissi con un tono che non ammetteva repliche – Spiegami che missione ti è stata affidata, e da chi.»

Nessuna volontà umana può resistere, quando un dio la interroga. Il soldato chinò il capo e spiegò: «Mi chiamo Agelao, signora, e sono il capo dei pastori del re Priamo, sovrano di Troia. Stamane la regina Ecuba ha partorito questo bimbo, ultimo dei suoi figli. Alla reggia tutti eravamo pronti a festeggiare la nascita, ma quando il principino è venuto alla luce, il re, invece di portarlo nella sala del trono per presentarlo alla corte, è uscito dalla camera della regina con il volto più scuro di una tempesta sul Bosforo e me lo ha consegnato, ordinandomi di portarlo qui, sul monte Ida ed esporlo, perché lo sbranino le bestie feroci».

Trattenni una smorfia di disgusto: purtroppo so bene quanto spietati possono essere gli uomini per questioni di orgoglio e di stirpe: «E perché mai? Forse che Priamo non è il padre perché Ecuba è rimasta incinta di un altro uomo?» chiesi, pronta a intervenire in favore della regina e punire il marito violento.

Agelao scosse la testa con violenza: «Assolutamente no, mia signora, cosa pensi mai! Ecuba e Priamo si amano come il primo giorno delle loro nozze, e mai la regina tradirebbe il marito! Ma tutti alla reggia sappiamo che da quando è rimasta incinta è stata tormentata da terribili incubi, nei quali partoriva una fiaccola accesa che poi dava fuoco all'intera città di Troia. Consultati i veggenti, re Priamo si è sentito rispondere che il bambino è destinato a compiere atti terribili, che causeranno infinite sventure alla città. E così, per proteggere il suo popolo, tutti noi, ha deciso di abbandonare suo figlio per farlo morire».

Il piccolo, attaccato al seno, continuava a succhiare, senza più piangere, e con le manine si aggrappava alla mia veste.

«Questo bimbo è nato da ormai diverse ore. Perché continuavi a portarlo in giro? Ci sono infiniti posti in cui avresti potuto abbandonarlo e tornartene a casa.»

Agelao sospirò: «È vero, mia signora. Ma non ho avuto cuore di farlo. Sono uno degli uomini più fidati di Priamo, e gli devo tutto. Mai disobbedirei a un suo ordine diretto. Però questo bambino è così piccino, indifeso. Non posso lasciarlo morire. Forse gli dei mi hanno guidato a questa radura, sapendo che avrei incontrato te, che potevi allattarlo. Gli dei non vogliono che muoia».

«O il Fato. – mormorai io, a mezza bocca. Poi alzai il capo, sorridendo – In ogni caso, non possiamo opporci ai suoi disegni. Prendi il bambino, Agelao, portalo a casa con te. Non ti preoccupare se non hai il necessario per crescerlo. Ogni sera di fronte alla tua capanna troverai vesti e cibo necessarie al suo sostentamento:

la signora dell'Ida si impegna a ciò e le sue sacerdotesse si prenderanno cura di lui. Già lo fanno per un bambino, un altro non farà differenza. È stato dato un nome, al piccolo, quando è nato?»

Agelao deglutì: era chiaro ormai che si trovava in presenza di una divinità: «Lo avevano chiamato Alessandro, mia signora» farfugliò.

«Un nome tipico della casa di Troia! – commentai, sollevando fra le mie braccia il piccino, che ormai sazio stava per addormentarsi – Ma rischioso da conservare. Ti chiamerai Paride, piccolino. E chissà che un giorno le nostre strade non si incrocino ancora.»

Lo restituii a un Agelao sempre più basito e confuso, e sparii.

I piani del Fato, come al solito, erano imperscrutabili. Ma quando avevo preso in braccio il neonato, il mio istinto divino si era risvegliato, e mi aveva fatto capire che il principe Paride un giorno forse sarebbe potuto diventare la chiave di una mia vendetta potente e definitiva contro gli Olimpi e il loro grande padre, Zeus.

MATRIMONIO SULL'OLIMPO

La veste cadeva a pennello. I capelli, trattenuti dai fermagli d'oro a forma di farfalla, formavano una cascata di riccioli vezzosi. Le collane e gli anelli sfolgoravano.

«Signora, siete meravigliosa!» disse Talia, la sorella di Aglaia, che non aveva seguito la fedifraga ed era rimasta al mio servizio.

Mi rimirai nello specchio di bronzo che porgeva: «Voglio ben sperarlo. Solo far morire d'invidia le altre dee potrà giustificare la noia di dover sopportare un matrimonio sull'Olimpo...».

Talia scoppiò a ridere: «Sono gli svantaggi di essere una delle divinità maggiori! Non si sfugge agli impegni di famiglia! Io, per fortuna, posso defilarmi senza che nessuno se ne accorga!». Mi piaceva quella ragazza prosperosa che non temeva di esternare i suoi pensieri. Non aveva l'intelligenza sottile della mia Ninšubur, ma il suo umorismo tagliente e diretto mi divertiva.

«Oh, stavolta non potrai eclissarti nemmeno tu, mia cara. Credo che Teti al suo matrimonio abbia invitato anche tutte le driadi e fino all'ultimo dei satiri! Non una sola ninfa o un dio minore si sono salvati, e non mi stupirei che spuntasse i nomi a uno a uno per controllare chi non si presenta. Ha preteso da Zeus la più solenne cerimonia mai organizzata. Nemmeno la sua con Hera è stata così sontuosa. Del resto, è una specie di compensazione. Immagino che ancora le bruci il fatto che Zeus aveva promesso di unirsi a lei. Poi l'ha lasciata e ora la costringe a sposare Peleo, un mortale.»

«Oh, poverina, che cosa tremenda essere lasciata così. Ma credevo che avesse accettato di sposare un mortale per amore. Dunque non ama il marito?»

«Assolutamente no. Posso garantire che fra loro non ho fatto scoppiare nessuna scintilla, nemmeno una blanda attrazione. Fosse per Teti, se ne tornerebbe nelle profondità dell'Oceano, dove vive di solito, senza degnare d'uno sguardo l'uomo che le hanno imposto.»

«Ma allora perché Zeus si incaponisce tanto a volerli far sposare? In fondo, visto che l'ha lasciata, potrebbe concederle di sposarsi almeno con qualcuno di suo gradimento. E poi, un uomo... È strano, di solito non ama che le dee si mischino con i mort...»

Si fermò, mi guardò in tralice, temendo di aver detto troppo. Sapeva della mia storia con Anchise, ma credeva, come tutti, che fosse finita quando Zeus lo aveva colpito con la folgore.

Sorrisi, sarcastica: «E la regola vale ancora. Lui può rincorrere tutte le gonnelle mortali dell'universo, ma noi dee no, non possiamo avere amanti se non divini. E anche quelli, con molta cautela. Qui però non c'entra il sesso, ma il potere. Zeus è venuto a sapere di una profezia, che dice che il figlio nato da Teti sarebbe destinato a essere più potente del padre. È bastato questo a fargli passare tutto l'ardore per lei. Non vuole certo che un figlio suo lo detronizzi e gli tolga il potere sull'Olimpo. Che poi è esattamente quello che ha fatto suo padre Crono con suo nonno, e lui con suo padre Crono. La mela non cade mai lontano dall'albero, si sa, per cui Zeus non vuole rischiare».

«E quindi l'ha costretta a sposare un mortale, perché comunque il figlio così non sarà un dio, e sarà in ogni caso meno potente di noi» riassunse Talia.

«Già. E ci ha condannato a doverci sorbire un matrimonio in grande stile, per accontentare Teti. Come si possa barattare una festa sontuosa con la propria libertà di amare chi si vuole non lo capirò mai. Ma non è l'unica cosa che mi è oscura nel comportamento delle mie colleghe dell'Olimpo...»

Talia non disse nulla, porgendomi una stola. Sapeva bene che fra me e le altre divinità continuava a non esserci alcuna simpatia: ci limitavamo a ignorarci.

Quando arrivai con il mio carro trainato da colombe, mi resi conto che l'Olimpo era pieno come un uovo. Ogni pendice, ogni balza, ogni cantone pullulava di divinità, che in coda, vestite a festa e ciascuna con i propri vessilli e attributi, sostavano davanti alle porte per essere ammesse.

Non invidiavo Eunomia, Dike e Irene, le tre Ore. Il loro compito era da sempre quello di filtrare gli accessi al sacro monte, controllando che non ci fossero imboscati, ma quel giorno rischiavano di venire travolte. Le vedevo correre qua e là cercando di ordinare il flusso continuo di dei minori che si assiepavano all'entrata in maniera confusa e anarchica, premevano per entrare in fretta, salutandosi a voce alta, fingendo di conoscere le divinità più importanti per saltare la fila, chiamandosi, cercando di sorpassarsi, spingendosi, brontolando. Nemmeno alle porte dell'Ade dopo una catastrofe c'era mai stata una tale confusione.

Come divinità di prima grandezza, avevo un accesso privilegiato, e infatti mi accodai al carro di Elio per entrare. Ma quando arrivammo entrambi quasi di fronte alla porta, fummo costretti a fermarci improvvisamente. Mi sporsi, per capire cosa stesse succedendo. Vidi le tre Ore piantate in mezzo alla via, a formare una muraglia umana, mentre un demone-donna pallido dalle grandi ali nere, vestito di nero e con i capelli verdastri, urlava e si dimenava, chiaramente in preda alla rabbia.

«Te l'ho già spiegato, Eris. – stava ripentendo pazientemente Irene, che come dea della pace sfoggiava sempre una calma invidiabile – Non possiamo farti entrare, non sei gradita qui oggi. È un ordine preciso, che viene direttamente dalla sposa.»

«Non è possibile, non lo accetto! Tutto l'Olimpo è stato invitato, chiunque! E io no?»

«E domandati perché. – fece Eunomia – Sei la dea delle contese e dei litigi; ogni volta che vieni a una cerimonia, susciti baruffe. Come al matrimonio di Piritoo, quando hai fatto scoppiare una rissa fra Centauri e Lapiti. E no, non tirare fuori la solita scusa che erano ubriachi! Lo sappiamo tutti che sei stata tu a spingere Euritione a importunare la sposa, Ippodamia, dicendo che ti aveva confidato che lui le piaceva!»[2]

«Sono una divinità di prima grandezza, sorella di Ares, figlia di Zeus! – strepitò Eris, i cui occhi verdi saettavano quasi quanto le folgori del padre – Non posso essere scacciata da tre divinità minori che fanno le portiere! Fatemi parlare con Zeus! Fatemi parlare con mia madre, Hera!»

Dike sospirò: «Sono stati proprio loro a dare ordine che ti fermassimo. E Atena stessa si è assicurata che facessimo buona guardia perché non ti intrufolassi in nessun modo: vedi i muri di cinta? Sono presidiati dai suoi serpenti divini, che hanno l'ordine di morderti, se ti avvicini. Per cui fai un favore a te stessa, e non renderti ridicola facendo una scenata. Oggi l'Olimpo non è luogo per te».

Eris era ormai furiosa. Gli occhi divennero di un rosso intenso, come braci, le vene del collo pulsavano, la bocca era una smorfia feroce. Si girò e si rigirò guardando con astio le altre divinità in coda, per cercare qualcuno da chiamare e coinvolgere. È questo il suo modo di agire: da sola può fare poco, ma la sua abilità è quella di suscitare gazzarre e baruffe mettendo gli uni contro gli altri, in maniera che ogni conflitto degeneri in una rissa senza senso.

2 Alle nozze di Piritoo re dei Lapiti con Ippodamia, Lapiti e Centauri avevano scatenato una rissa che aveva coinvolto anche Teseo e in cui i Centauri alla fine avevano avuto la peggio.

Quando mi vide, un lampo di ferocia le illuminò il volto: «Ma come, può partecipare al matrimonio persino lei, che gli Olimpi hanno scacciato perché ha tradito Efesto con mio fratello Ares? E che da sempre protegge ogni tipo di infedeltà, favorisce tresche, spinge gli amanti a rompere i giuramenti più sacri con i loro sposi e manda in malora le coppie e le famiglie? Fanno entrare questa meretrice straniera, che non ha mai accettato regole e sfida i buoni costumi, e Zeus e Hera impediscono di entrare a me, che sono loro figlia? E tu, Afrodite, non ti vergogni di venire qui, come una cagnetta, a rendere omaggio a Zeus? Strisci ai suoi piedi come tutti, anche se ti tratta come una cortigiana e ti folgora gli amanti?».

Conoscevo il suo gioco, ed ero troppo furba per caderci. Eris è così: se nessuno le dà corda, resta una voce flebile, ridicola e patetica; ma se qualcuno la ascolta, si gonfia come una rana, diventa enorme e distrugge ogni cosa.

Così feci quello che faccio sempre, quando voglio stroncare i miei avversari con il mio potere divino: sorrisi.

«Non ti crucciare, Eris. Non ha senso. Tutti sappiamo che i matrimoni divini e umani sono solo una grandissima noia: ritieniti fortunata che puoi evitarla» dissi.

E salutando con un cenno le Ore, entrai con il mio carro senza più degnarla di un'occhiata.

Sentii il suo sguardo malevolo seguirmi finché non sorpassai la soglia. Era fastidiosa, pensai, ma in fondo inoffensiva: bastava sapere come gestirla.

La noia dello sposalizio, invece, era inaffrontabile. Il corteo di divinità marine con a capo Poseidone, Anfitrite e Proteo, padre della sposa, fu eterno. La cerimonia sembrava non finire più. Il discorso di Zeus per la nuova coppia fu irritante, soprattutto nel punto in cui augurò loro una numerosa discendenza. Il che, contando che era stato lui a lasciare Teti proprio per non rischiare di avere figli da lei, significava toccare vette di ipocrisia ben più alte dell'Olimpo.

Quando finalmente si giunse alla conclusione, tutti sciamammo veloci nei giardini divini con la massima soddisfazione, cercando di trovare un posto all'ombra per consumare in pace un calice di ambrosia. Dioniso, che era da poco tornato in Grecia, con i suoi satiri vivacizzava l'ambiente con lazzi e scherzi, sotto lo sguardo schifato di Apollo. Hermes non c'era, o aveva deciso di evitarmi, o ancora più probabilmente si era imboscato approfittando dell'occasione per inseguire qualche giovane ninfa. Ares era insieme a un gruppo di suoi accoliti, che chiacchierava con Peleo, lo sposo, illustrandogli nuove tattiche di battaglia. Teti era con le sue ancelle, e non degnava il marito nemmeno di un'occhiata.

Io rimasi in disparte, a guardare lo spettacolo di tutti quegli esseri divini che chiacchieravano, mangiavano, bevevano, si facevano scherzi e scambiavano pettegolezzi. Se non avessi saputo che si trattava di divinità, non avrei saputo distinguerli dai mortali. Mi chiesi che cosa fosse poi quella natura divina di cui tutti eravamo costituiti, e quale fosse realmente la differenza fra noi e l'umanità a cui ci sentivamo così superiori.

Fin dal tempo remoto in cui non possedevo un corpo e un nome, gli esseri umani mi avevano sempre affascinata e intrigata, e invece i miei simili pochissimo. Gli umani, per quanto siano confusi e pieni di difetti, hanno in sé qualcosa di potente, una forza primordiale che agisce su di me come una calamita, perché la sento affine alla mia essenza più profonda. Per quanto siano limitati e deboli, esposti alla sofferenza, agli attacchi delle malattie, alla vecchiaia, ai rovesci della sorte, per quanto a volte l'universo intero sembri congegnato per rendere loro impossibile il raggiungimento della serenità, della pace, o anche solo dei loro obiettivi più basilari, come la sopravvivenza; non si arrendono, non demordono, combattono. Sono attaccati alla vita come le cozze allo scoglio, il muschio al tronco dell'albero. Non accettano di rinunciarvi nemmeno quando questa si accanisce e non regala loro un attimo di tranquillità: piuttosto che maledirla e definirla senza senso, pur di non perdere la speranza che un giorno essa potrà migliorare, sono disposti a inventarsi spiegazioni complesse ed equilibri universali che trasformano i loro rovesci e le loro sconfitte in particolari decisivi per disegni universali fumosi e segreti.

Alle volte mi sono domandata addirittura se tutti noi non siamo altro che proiezioni della loro sete di vita, del loro bisogno di trovare a tutti i costi un senso a ciò che succede, inventando esseri divini che determinano il destino dell'umanità. Se in fondo io stessa, che mi considero la loro prima creatrice, non sia invece una creatura, un loro parto, una fantasia che hanno generato per trovare consolazione alla confusione del tutto. Se io non sia nata dal Caos per loro intervento, e sia solo un tentativo di spiegare il magma delle cose e la loro imprevedibilità: se io sia, insomma, non la loro signora, ma il loro prodotto.

«Afrodite, che succede? Sei così concentrata che non ci hai nemmeno salutato. Non dovresti affaticarti così tanto a pensare: non fa per te...»

Hera e Atena: presa dai miei pensieri, non mi ero accorta che le due erano a pochi passi da me. Le avrei evitate volentieri, ma oramai era troppo tardi. Così feci un cenno educato e sorrisi con il fare vago e magnanimo che riserviamo a coloro che detestiamo ma di cui non possiamo sbarazzarci.

Atena non parve apprezzare il mio saluto. Non aveva mai fatto mistero della sua antipatia nei miei confronti. Era un'avversione istintiva, viscerale, che mai ci si sarebbe aspettata dalla razionale dea della saggezza.

Io e lei eravamo inconciliabili: la passione era la mia essenza, mentre per Atena era una sorta di incrinatura del progetto divino, qualcosa di cui non riusciva a comprendere la necessità, o a giustificare l'esistenza. La passione e l'amore erano ciò che potevano distruggere le menti umane, distrarle, deviarle, impedire loro di concentrarsi sugli obiettivi prestabiliti. Erano un pericolo, una devianza, una iattura. E io, che li rappresentavo e li alimentavo, ero quindi il suo opposto, la sua nemica.

Da parte mia, invece, non riuscivo a odiarla. E no, non perché sono la dea dell'amore. Credetemi, sono in grado di essere spietata quando lo ritengo necessario, quanto ogni altra divinità.

Il fatto era che in Atena vedevo qualcosa di me, o almeno della me che ero stata un tempo. La figlia primogenita del padre degli dei: sapevo cosa significasse quel ruolo, e quanto fosse facile farsi sedurre da esso. Ai tempi di An ero stata la sola che il padre volesse al suo fianco, la vergine guerriera, signora dei campi di battaglia e orgogliosa protettrice di città. Sebbene sembrassimo così lontane, in realtà avevamo alle spalle la stessa storia. E allora perché ora eravamo così diverse e distanti da risultare inconciliabili? Era stata la mia capacità di preservare memoria della mia origine più antica, il mio legame con la Grande Dea, a salvarmi? Perché ad Atena e Hera sembrava mancare del tutto quel ricordo? Lo avevano perduto o avevano deliberatamente stabilito di tacitarlo, con il cambiare dei tempi, per accontentarsi delle posizioni di privilegio che il regime di Zeus aveva garantito loro a scapito di tutte le altre divinità femminili? E mi odiavano perché io invece non avevo accettato questo patto, né in Mesopotamia né in Grecia?

Non feci in tempo a darmi una risposta. Hera intervenne sarcastica: «Oh, mia cara figlia, forse la povera Afrodite fa fatica a ricordarsi esattamente come sono fatti i giardini: è un pezzo che non viene più a trovarci sull'Olimpo! Da quando l'hanno sorpresa a letto con Ares, se non ricordo male».

Per un attimo fui sul punto di dare loro la bruciante replica che si meritavano e che avrebbe molto probabilmente scatenato una rissa ben peggiore di quella fra Lapiti e Centauri al matrimonio divino precedente: quelle due avevano il potere di distruggere ogni capacità di empatia e scatenare in me solo fastidio.

Ma qualcosa ci distrasse. Un oggetto scintillante lanciato da fuori superò l'alto muro di cinta e atterrò sull'erba fresca del prato, proprio in mezzo a noi.

«Ci attaccano?» disse Atena, che per un riflesso condizionato aveva alzato la sua egida e brandito la lancia.

«Che cos'è questa cosa?» chiese Hera che fissava l'oggetto per terra con aria schifata e lo indicava alle ninfe del suo corteggio perché andassero a verificarne l'origine, giudicando disdicevole per la regina dell'Olimpo chinarsi per controllare.

Tuttavia le ninfe, spaventate e titubanti, non accennavano a muoversi.

Io allora mi avvicinai con cautela e, dato che non pareva pericoloso, raccolsi il manufatto e lo osservai, perplessa: «È una mela, una mela d'oro. Forse un regalo di nozze da parte di qualcuno che vuole restare anonimo» ipotizzai, non troppo convinta.

«Ma c'è scritto per chi è? Mi pare che ci siano delle lettere incise sulla base...» indicò Atena.

Rigirai la mela. In effetti sul fondo c'era una piccola iscrizione.

«Hai ragione. C'è una dedica. Dice: *alla più bella*» lessi.

Non sapevo di aver appena pronunciato tre parole che avrebbero sconvolto il mondo.

LA MELA DELLA DISCORDIA

«È ovvio che la mela sia per me! Sono la sposa di Zeus e regina dell'universo! Forse che il re degli dei si accontenterebbe di una donna seconda per bellezza a qualcun'altra?» Il tono di Hera risultava perentorio come una sentenza di tribunale.

Atena però non pareva intenzionata a lasciarsi impressionare: «Tu sei la moglie, certo. Ma io sono la figlia primogenita. Fossi stata un maschio, sarei stata destinata a succedergli come reggitrice dell'intero universo. E siccome buon sangue non mente, specie se divino, è evidente che la donna più perfetta del mondo, e quindi anche la più bella, non posso essere che io» concluse con la logica tagliente che le era propria.

Una folla di divinità si era assiepata ai bordi della piccola radura non appena le voci di Hera e Atena avevano cominciato a superare il tranquillo chiacchiericcio tipico dei matrimoni. Già pregustavano silenziosamente lo scoppio della lite: del resto, che gli sposalizi sull'Olimpo finissero spesso in zuffe o stragi era una tradizione consolidata. Teti era in un angolo, furente. Non sapeva se sentirsi più offesa perché Hera e Atena stavano rubando la scena, visto che era la sposa, oppure per il fatto che nessuno avesse preso in considerazione la possibilità che la mela fosse destinata a lei, in quanto protagonista dei festeggiamenti. Ma le due contendenti erano troppo occupate a insultarsi velatamente per prestare attenzione al suo disappunto.

Che Hera e Atena fossero in competizione costante per ottenere l'attenzione di Zeus era noto a tutti. Solo l'ipocrisia di cui entrambe erano maestre evitava che litigassero in pubblico furiosamente di continuo: matrigna e figliastra provavano l'una per l'altra una di quelle antipatie silenti ma inesorabili, che possono trovare talvolta una tregua, ma mai una fine. Difatti, ora che, toccate nell'amor proprio, si trovavano in contrasto aperto, le due si riversavano addosso reciprocamente tutto l'astio di solito trattenuto per buona creanza.

«Il fatto di essere sua figlia non significa nulla. Le figlie non si possono scegliere, le mogli sì. È chiaro, quindi, che io sono considerata da Zeus la più bella» esclamò Hera, velenosissima.

«Visto il quantitativo di donne che mio padre si porta a letto di continuo, tu al massimo puoi essere considerata alla pari di qualche migliaio di altre dee, ninfe e persino mortali! Dire che sei la più bella perché ti ha scelto è decisamente sopravvalutarsi» replicò acida Atena.

Il pubblico vociava, parteggiando ora per l'una, ora per l'altra, e applaudiva la sua beniamina, sottolineando con fischi di riprovazione o urla di sostegno ogni battuta al vetriolo: ormai la baruffa era diventata oggetto non solo di curiosità, ma di vero e proprio tifo.

«Tu non sei la più bella, sei solo la più arrogante!» tuonava Hera, infuriata.

«E tu saresti una divinità di secondo piano, se non fossi riuscita a farti sposare da mio padre! Chiediamolo a lui chi preferisce di noi e considera più bella!» urlava Atena, che pareva aver perso tutta la sua flemma e razionalità.

«Ma che cosa sta succedendo?» intervenne Zeus, richiamato dal trambusto. Quando vide la moglie e la figlia rosse in volto e furenti, pronte quasi a saltarsi al collo per la rabbia, persino il padre degli dei ebbe un attimo di esitazione, come se si fosse improvvisamente reso conto di trovarsi di fronte a una situazione così potenzialmente pericolosa che nemmeno lui era sicuro di saper fronteggiare. Due donne adirate sono troppo anche per il re degli dei.

Lo so, sono cattiva. O meglio, di solito non lo sono: la mia natura, quasi sempre, preferisce lasciar correre, se non altro per pigrizia. Ma in questo caso particolare, la tentazione fu troppo forte. Lo spirito combattivo che era rimasto sopito in me dai tempi in cui ero la battagliera Inanna si risvegliò definitivamente, e non riuscii a resistere alla possibilità di vendicarmi di tutte le umiliazioni che gli Olimpi e le Olimpie, loro degne compari, avevano riversato su di me.

Così mi stampai in faccia il mio sorriso più seducente, mi inchinai graziosamente di fronte a Zeus come la più deferente delle sue divinità e dissi, scandendo bene le parole: «Padre Zeus, Atena e Hera sono coinvolte in una contesa: qualcuno ha lasciato questa mela d'oro destinata alla più bella. Entrambe sostengono di avere il diritto di ricevere questo dono, e vogliono che tu lo assegni. E io concordo con loro; spetta a te dirimere la questione. Tuttavia, il Fato stesso e l'ordine del cosmo mi hanno assegnato il ruolo di dea dell'amore e della bellezza, quindi è inoppugnabile che il premio debba essere mio».

Silenzio. Mai sull'Olimpo ne avevo sentito cadere uno così pesante tanto in fretta. Hera, Atena, Teti che si lagnava in un angolo, gli dei e le dee minori che tifavano per le contendenti improvvisamente si zittirono di colpo, rendendosi conto che una nuova concorrente era scesa nell'agone, ed era la più imprevista e la più temibile. Anche perché negarle la vittoria avrebbe implicato mettere in dubbio i suoi stessi attributi divini, assegnati a lei dal Fato. Un dilemma senza uscita, in pratica.

Zeus impallidì. Non credevo che una divinità potesse impallidire, e nemmeno farlo così velocemente. Il signore degli dei divenne terreo più di un'ombra che è pronta a entrare nell'Ade.

«Io... io...» balbettò, come se cercasse invano una scusa in grado di trarlo d'impaccio.

Per fortuna Hermes, materializzatosi al suo fianco, si intromise veloce, per proporre come al solito una mediazione: «Padre

Zeus, permettimi di sollevarti da questo incarico: tu sei troppo coinvolto come marito, padre e garante del Fato per poter giudicare una così spinosa questione. A dire il vero, nessuno sull'Olimpo può farlo. Siamo in fondo una grande famiglia, per quanto turbolenta, e simili prese di posizione possono scatenare invidie e malumori. Per cui propongo di nominare come giudice qualcuno che non abbia interessi e non sia legato a noi da alcun vincolo di parentela. Un mortale».

«Un mortale? – esclamò Hera, piccata – E io dovrei farmi giudicare da un uomo qualsiasi?»

Hermes scosse la testa: «Oh no, mia signora, non qualsiasi, sia ben chiaro. Conosco il giovane adatto. È un principe troiano, che per vari motivi non conosce ancora le sue origini reali, e vive come pastore sul monte Ida, nella Troade. È un ragazzo intelligente, sveglio, ma soprattutto affascinante. Il suo successo con le fanciulle è noto. Tutte le donne della Troade lo vorrebbero come amante, e tante si sono concesse a lui, incuranti delle sue origini apparentemente così umili: proprio per questo è l'uomo più adatto a giudicare senza pregiudizi di sorta, ma con una grande esperienza. Se accettate questo patto, posso scendere immediatamente sull'Ida e organizzare la tenzone...».

«E come si chiamerebbe questo giovane tanto competente in materia di donne?» chiese Atena, ancora sospettosa.

«Si chiama Paride, e lo ha cresciuto finora uno dei servi del re Priamo, Agelao.»

«Ebbene sia! Convoca il principe Paride e informalo che sarà lui a decidere in merito a questa questione!» tagliò corto Zeus, cui non pareva vero aver trovato una via di scampo da quell'incubo.

Io tacqui, prudentemente. Non seppi mai se l'idea di coinvolgere Paride fosse stata una trovata di Hermes per favorirmi in qualche modo o uno di quegli eventi predisposti dal Fato. Ma sta di fatto che se c'era un uomo al mondo di cui conoscevo bene l'animo e le debolezze era proprio Paride, il neonato che avevo salvato tanti anni prima da morte certa nella selva, sull'Ida.

IL GIOVANE PARIDE

«E così sei tu la Dea.»

Così mi aveva sempre invocata nelle sue preghiere: un'entità senza nome, anzi con un nome che li riassumeva tutti: la Dea, madre, signora, despota.

Fin da quando lo avevo allattato al mio seno, salvandolo dalla morte, fra me e Paride era nato un legame potente, che nemmeno io avrei saputo definire in maniera precisa.

Non ci eravamo più visti, ma io non avevo smesso mai di osservarlo, di sorvegliarlo benevola. Paride era cresciuto fra i boschi dell'Ida, assieme al mio Enea, protetto dalle sacerdotesse del mio tempio e dai miei servi.

I due ragazzi, tuttavia, non avrebbero potuto essere più diversi.

Amavo mio figlio di una forma d'amore assoluto che qualche volta riusciva a stupire anche me, perché era qualcosa che non avevo mai provato prima. Credevo di aver sperimentato in tanti secoli ogni forma di passione e di attaccamento, persino di ossessione, per i miei numerosi amanti, fino a coprire ogni possibile sfumatura e declinazione di sentimenti amorosi ed emozioni.

La maternità, però, era qualcosa di totalmente diverso e inspiegabile. Non è un legame, è un viluppo. Dal momento in cui per la prima volta avevo tenuto fra le braccia quel neonato sporco e urlante, simile a un topino grinzoso, avevo ridefinito la mia essenza e il mondo. L'universo intero aveva perso per me importanza, persino consistenza; l'unica cosa davvero reale era quell'esserino, che cercava con la bocca il mio seno, si aggrappava alle mie vesti con le sue manine incerte, mi guardava con occhietti grandi come capocchie di spillo e la fronte rugosa corrucciata.

Avevo avuto altri figli, ma erano divinità. E gli dei, anche se nascono, non sono mai bambini. Sono entità già compiute, con una loro precisa e definita essenza. Essere madri e padri con loro non ha senso: come le farfalle, quando escono dal loro bozzolo sono già pronti a volare via.

Enea era del tutto differente. Non poteva volare via, a dire il vero non poteva fare nulla, nemmeno gattonare o girarsi da solo nella culla: senza di me non sarebbe riuscito a sopravvivere nemmeno un'ora. Avevo passato notti e notti vegliando su di lui, studiando i suoi impercettibili movimenti nel sonno, controllando il suo respiro. Più di chiunque altra ero consapevole dei pericoli cui un umano può andare incontro nel mondo, e io, nonostante i miei poteri divini, mi sentivo inadeguata ad affrontarli e assicurargli protezione. Eppure lui pareva riuscire a dominare la vita con naturalezza. Mi stupivo del ritmo costante con cui riusciva a inspirare e respirare, muovere le manine e i piedini, esplorare con lo sguardo ciò che stava attorno. Restavo ammaliata dal suono acuto dei suoi vagiti, che modulava a seconda delle sue necessità; ero affascinata dai suoi mugolii che pian piano, con il passare dei mesi, cominciarono ad acquistare un senso. Ero perduta di fronte a ogni suo pianto: immaginare che stesse soffrendo per un qualche motivo che io non riuscivo a intuire mi gettava nella più profonda disperazione, ero annichilita dalla mia impotenza quando non riuscivo a farlo smettere. Non capivo come sopravvivere a questa altalena folle di dolcezza e terrore, ansia, preoccupazione ed estasi, ma al tempo stesso desideravo che non finisse mai, perché era ciò che mi aveva insegnato davvero cosa significasse essere viva. Avevo pianto quando lui mi aveva sorriso per la prima volta, quando si era alzato incerto sulle gambine, aveva mosso i primi passettini divenuti in poche settimane uno zampettare caracollante e poi un'andatura spedita, e aveva pronunciato la parola "mamma", come se avesse finalmente identificato il mio ruolo e capito chi fossi davvero per lui.

Eravamo una cosa sola, una stessa sostanza declinata in due forme separate, perché mi ritrovavo nei suoi gesti, nell'intonazione di alcune frasi, nel suo modo di chinare il capo di lato per fissare meglio le persone quando non era convinto di quanto gli dicevano, di arricciare il naso impercettibilmente quando un odore gli risultava sgradevole, di perdersi a guardare il mare e l'infinito, sognando un altrove che non poteva ancora conoscere ma lo chiamava a sé.

Eppure ero costretta ad ammettere, alle volte con grande disappunto, che era altro da me e non mi somigliava per nulla. E non perché era umano, ma per carattere e indole.

Enea era tutto ciò che io non ero: posato, riflessivo, introverso. Aveva ereditato dal padre una natura malinconica, che lo portava a rimanere sempre un po' discosto dagli altri e dal mondo, come per una forma di autodifesa. Forse ero stata io a ispirargliela, perché fin da piccino aveva dovuto accettare le mie lunghe e inspiegabili assenze, le mie scomparse improvvise, il fatto che non potessi, come le altre madri, essergli sempre vicina. Con Anchise ci eravamo scambiati i ruoli: io ero una madre che non poteva quasi mai rimanere con lui. Comparivo di tanto in tanto, portando regali inaspettati, e poi sparivo senza preavviso. Anchise era un padre che invece c'era sempre, costretto spesso all'immobilità per le ricadute della folgore divina. Si prendeva cura di Enea giorno dopo giorno, lo seguiva nel quotidiano, lo accudiva, lo coccolava, era il suo confidente, il suo appoggio.

L'infanzia di mio figlio era stata molto diversa da quella dei suoi coetanei e amici, forse più difficoltosa perché i bambini a quell'età sentono ciò che non è conforme come un pericolo o un difetto. Non si era mai lamentato di questo, perché non era nel suo carattere far pesare agli altri ciò che lo angustiava. Ma forse per reazione aveva sviluppato un rispetto quasi maniacale per le regole e le consuetudini, un amore sconfinato per la precisione e la regolarità, e una fede tenace nell'obbedienza agli dei, ma soprattutto al destino. Credeva fermamente che in ogni vicissitudine umana ci fosse un senso più alto, anche se impossibile da cogliere all'inizio, e coltivava l'illusione che le divinità e il Fato orchestrassero gli eventi per il bene degli umani.

Non avevo il coraggio di disilluderlo: credo che in questa idea cercasse una stabilità che io non avevo potuto dargli, e nemmeno Anchise riusciva, perché la nostra vita era stata confusa e sbandata, e noi eravamo stati una coppia che aveva violato tutte le regole umane e divine, seguendo il nostro capriccio, non un piano.

Paride era l'opposto. Il giovane principe troiano era un ragazzo estroverso e brillante, che amava arrampicarsi per le balze dell'Ida e sfidare i compagni di giochi in gare spericolate o tuffi nei ruscelli. Pur non sapendo quali fossero le sue origini, aveva intuito che dovevano essere nobili, perché dava per certo che la Dea non avrebbe scomodato le sue sacerdotesse né si sarebbe manifestata personalmente per salvare il figlio di nessuno.

Così si era autonominato capo della banda del monte, un gruppo formato dagli altri figli dei pastori e occasionalmente anche da Enea, finché lui, che era principe, non era stato richiamato a Troia per far fronte ai doveri del suo ruolo.

Paride era rimasto con gli altri ragazzi dei villaggi, invece, a scorrazzare tutto il giorno dalle pendici alla vetta, seguire gli armenti, godersi la libertà che regala non avere un destino già segnato dalle origini della propria famiglia.

Non vi era festa campestre in cui non fosse protagonista assoluto, vincendo le gare con l'arco e seducendo le belle del luogo con i suoi ammalianti occhi cangianti e il sorriso sfrontato.

Io lo favorivo, lo ammetto: mi piaceva quel suo non aver paura di nulla. Non trasgrediva le regole: non riconosceva loro alcun valore. Quindi le seguiva solo esclusivamente fino a quando gli consentivano di fare quello che aveva già deciso, e dopo le buttava via senza un rimpianto. Era un ribelle, un istintivo, in lui il pensiero non precedeva mai l'azione, né la seguiva: viveva di attimi e di sensazioni, non di ragionamento.

Sapevo che prima o poi questo avrebbe finito per causare dolore e rovina, e non perché lo aveva detto il sogno premonitore di sua madre Ecuba, ma perché così succede sempre con gli individui come lui. Però ero la prima a riconoscere il suo fascino e la sua capacità di seduzione. E talvolta quando lo vedevo correre a perdifiato per i sentieri dell'Ida, bellissimo e raggiante, assorbito totalmente dall'attimo di gioia che stava provando, senza preoccuparsi del futuro e del destino, quasi mi dispiaceva che Enea, il mio dolce Enea, il mio rispettoso Enea, che pensava troppo e viveva con la costante ansia di non aver fatto tutto ciò che era suo dovere, non gli assomigliasse di più, e non sapesse come lui abbandonarsi al flusso della vita, o accettare il fatto che gli umani e forse anche gli dei non possono che godere il presente, perché non hanno alcun reale potere sul futuro.

E ora Paride era di fronte a me, inginocchiato. Chiunque avrebbe pensato a un atto di deferenza nei miei confronti, ma io lo conoscevo troppo bene. Non vi era nessuna deferenza nel modo diretto con cui mi fissava negli occhi, come nessun altro essere umano avrebbe osato mai. Come non vi era alcuna deferenza, o nessuna titubanza nella sua affermazione: «E così sei tu la Dea».

«E tu sei il mio giudice, per volere di Zeus» dissi, invitandolo ad alzarsi.

Lui scoppiò a ridere: una deliziosa fossetta si disegnò sulla sua guancia, facendolo sembrare ancora più giovane della sua reale età: «Non ho creduto alle mie orecchie, quando Hermes si è manifestato per dirmelo. E confesso, ho accettato solo per poter parlare con te. Viso a viso, per una volta senza schermi e finzioni. Ho capito chi eri fin da quando ero piccolo, ti ho riconosciuta in tutti i travestimenti che usavi per spiarmi, di tanto in tanto, e ti ho sempre saputo vicina. Ma ora, per concessione di Zeus, posso ammirarti finalmente nella tua forma divina. E non solo! Ho potuto vedere anche Hera, la signora del Tutto, e la vergine Atena. A nessun altro uomo è stato mai concesso nulla di simile...».

«Conoscendo le mie rivali, immagino che debbano essere state alquanto imbarazzate a sentirsi sotto esame.»

Era un gentile eufemismo: immaginavo lo smacco e la furia di Hera e Atena a doversi denudare, e per giunta di fronte a un mortale.

«Parecchio. – confermò – Non hanno certo la tua elegante scioltezza.»

Si avvicinò, mi prese una mano, la baciò, poi sollevò leggermente il mio braccio accennando a un passo di danza. Io lo assecondai, compiendo una leggiadra piroetta, lui mi attirò a sé, circondando il mio bacino con il suo braccio. Appoggiò il mento sulla mia spalla, sentii la sua bocca che si avvicinava al mio collo, per baciarlo: «Afrodite, chi non sarebbe disposto a qualsiasi cosa per te...».

«Zeus è stato chiaro – gli ricordai scherzosamente – il giudice non può importunare le candidate o chiedere loro favori.»

Lui si scostò da me, ridendo: «È vero, pena una folgore. E io voglio restare ben vivo. Ma se non posso chiedere favori io, è pur vero che le altre candidate non sono state avare di promesse pur di risultare vincitrici!».

«Vuoi dire che hanno cercato di corromperti? – ero sinceramente stupita: mai e poi mai avrei pensato che le due presuntuosissime signore dell'Olimpo si sarebbero abbassate a contrattare con il loro giudice umano – Devono essere ben insicure della loro bellezza per ridursi a ciò.»

«Forse sono soltanto consce che batterti è impossibile» replicò lui, galante.

«E che cosa ti hanno offerto?» domandai, curiosa.

Paride scoppiò in una sonora risata: «Hera ha giurato che mi renderà l'uomo più potente del mondo: interi eserciti mi seguiranno e io potrò governare un impero più vasto di quello di Ittiti e Assiri, e fondare una dinastia che resterà sul trono fino alla fine dei tempi».

«Una cosa parecchio impegnativa» chiosai.

«E noiosa. E inutile. Cosa mi può interessare che i miei successori regnino in eterno, dato che io sarò comunque morto?»

«Meglio Atena?»

Scosse il capo: «Uh, Atena. Bellissima, ma troppo fredda, non è il mio tipo. Ha proposto di rendermi il più sapiente e saggio degli uomini. Dice che nessun enigma sarà troppo complicato da risolvere per me, e io potrò conoscere e capire tutti i misteri dell'universo, comprendere i moti delle stelle, imparare ogni lingua e ricordare ogni storia. Gli uomini verranno da me per chiedere consigli, e io invecchierò stimato da tutti e rispettato da ogni popolo».

«Meravigliosa prospettiva» commentai.

«Sì. Per un topo di biblioteca, forse. Mi ci vedi a sopportare ambascerie di dignitari vecchi come mummie egizie che mi chiedono consigli o discutere per ore con astronomi e filosofi? Quasi quasi preferisco la folgore di Zeus...» disse, accarezzandomi di nuovo la spalla.

Risi: «Non sarà necessaria. In fondo, sono la dea dell'amore. Non puoi avere me, è vero, ma nulla ti vieta con il mio appoggio di poter sedurre tutte le donne più belle. Già lo fai anche senza, da quello che sento».

Paride sospirò, mentre un velo di tristezza offuscava il suo viso: «Non tutte, purtroppo. Anzi, a quanto pare, non riuscirò mai ad avere la più bella di tutte: Elena di Sparta. Pare che, per sposarla, si siano mossi tutti i re della Grecia. I mercanti che giungono al nostro porto la citano spesso: giurano che le parole non sono sufficienti a descrivere il suo volto scolpito, i suoi occhi lucenti, il candore della sua pelle. Non è una dea ma, giurano, nessuna mortale le può stare in pari».

Pareva sinceramente affranto, come un bambino a cui era stato negato il gioco che più desiderava. Mi ricordai allora che il severo giudice della nostra gara e gran seduttore era in fondo un ragazzo ingenuo cresciuto sui monti, come un tempo era stato il mio Dumuzi.

«E tu la vorresti?» chiesi con il tono di una madre che non sa dire di no alla propria prole.

«Oh, sì!» replicò lui, sincero.

«Bene, allora fammi vincere la gara e l'avrai.»

Gli occhi di Paride si sgranarono, increduli: «Dici sul serio?».

«Se vuoi sono disposta a giurartelo con la più sacra delle formule. Ti prometto solennemente per la Terra madre e l'acqua dello Stige che Elena di Sparta, figlia di Zeus e di Leda, colei che da tutti è concordemente riconosciuta la più bella delle mortali, sarà tua.»

La sua adorabile fossetta ricomparve a lato delle sue belle labbra sensuali: «Tu sì che sai cosa desidero, Afrodite. Ti dichiaro vincitrice: questa sera sull'Olimpo potrai festeggiare il tuo trionfo su tutte le altre dee». Prese fra le mani la mela d'oro e me la porse, inginocchiandosi ai miei piedi.

Io la accettai, soddisfatta e orgogliosa.

Avevo distrutto le mie rivali, avevo trionfato su tutte. Montai sul mio carro trainato di colombe, decisa a presentarmi di fronte a Zeus per costringere l'intero consesso divino a tributarmi i massimi onori. Ero felicissima.

Così felice che decisi di ignorare il fatto che al momento della mia proclamazione da parte di Paride avevo udito un rumore di fondo tanto sgradevole da rovinare quel perfetto attimo di gioia: il suono malevolo della risata di Eris in sottofondo.

ELENA

Elena guardava l'orizzonte. Il suo profilo perfetto si stagliava sul rosso infuocato del tramonto. Gli ultimi raggi di Elio donavano alle sue chiome riflessi di porpora intensa, gli occhi riflettevano il viola oscuro delle montagne circostanti, e si perdevano nell'infinito del cielo. Nella luce incerta del crepuscolo, appoggiata alle possenti mura della *tholos*[3] presso cui era venuta a compiere un sacrificio, la regina sembrava rapita dai propri pensieri, come inconsapevole del mondo che le stava attorno e della sua incredibile bellezza.

In tutta la Grecia nessun poeta, nessun pittore o scultore era mai riuscito a celebrarla degnamente. Di fronte al corpo tornito ma leggiadro, ai lineamenti fini del volto, al colore cangiante e indefinibile dei suoi occhi, di un blu profondo come la notte che diveniva in un attimo trasparente e cristallino come acqua di fonte, alle labbra piene come acini maturi, alla pelle di luna, alla cascata di riccioli che scendeva sulle spalle in boccoli definiti e fitti, la lingua non possedeva aggettivi abbastanza precisi, i colori delle pitture parevano sbiaditi come ombre, il marmo non era sufficientemente liscio. Gli artisti non potevano far altro che alzare le mani, in segno di resa, e ammirarla.

[3] Tomba seminterrata di forma circolare, usata per sepolture di aristocratici o re.

Fin dalla culla, quel corpo per Elena era stato un dono e una maledizione. Che la incrociasse un uomo o un dio, un maschio o una femmina, di fronte a lei tutti ammutolivano, storditi. Gli ambasciatori dimenticavano i loro discorsi forbiti, le rivali non riuscivano a proferire le cattiverie già pronte sulle labbra, gli uomini non rammentavano più le loro missioni, le donne i loro compiti. Quando Elena compariva il mondo si fermava, come se gli fosse stato tolto il respiro.

Eppure, nonostante fosse stata continuamente al centro dell'attenzione di chiunque fin dalla più tenera infanzia, nessuno aveva mai capito davvero cosa pensasse veramente di sé o del mondo la regina. Elena era un mistero per tutti, forse anche per se stessa. La sua bellezza perfetta, senza pari, senza sbavature, attirava ma anche teneva a distanza. Come le statue dei templi, si poteva solo venerarla, non interagire con lei. Era chiusa in sé, compiuta ma distante. Fra tutte le mortali, lei era quella più simile a una divinità, e delle divinità sperimentava dunque anche la peggior sofferenza: la solitudine.

Gli umani vengono uniti dalle loro debolezze, dalle loro imperfezioni: le loro mancanze sono ciò che li rende fragili ma li costringe a creare legami, famiglie, amicizie. Lei, invece, non aveva difetti: così la vita pareva scivolarle addosso senza lasciare traccia. La sua pelle non mostrava rughe, il suo volto luminoso era privo dei segni della stanchezza, dell'età o delle preoccupazioni, le sue mani lisce, i suoi capelli profumati come perennemente lavati di fresco, le sue spalle diritte, il suo passo armonioso e leggero come quello di un'adolescente in fiore. Attraversava l'esistenza lieve come una nuvola, evanescente come un'apparizione. E lei talvolta si sentiva proprio come una nuvola, o un fantasma: un'immagine vuota, un riflesso della volontà e del desiderio altrui, destinata a essere sempre una preda o un trofeo.

«Signora, dobbiamo affrettarci a ritornare. Non possiamo lasciarci sorprendere dall'oscurità.»

Elena guardò la giovane ancella, sospirò. Non capiva l'angoscia degli altri per la notte, il loro terrore a trovarsi all'aperto al calare del sole, come se il male dovesse aspettare le tenebre per manifestarsi e solo allora avesse potere sulle vite umane. Era giorno quando Teseo, re di Atene, l'aveva rapita che era ancora una bambina, strappandola all'abbraccio di sua madre, e costringendola a seguirlo. Era giorno quando l'aveva stuprata, sperando così di costringere il suo patrigno Tindaro ad accettarlo come genero.

Era notte invece quando i suoi due fratelli, Castore e Polluce, avevano sorpreso quel porco, annebbiato dal vino e dal sonno, mentre dormiva addosso a lei, l'avevano minacciato con le spade e messo in fuga, presa prigioniera sua madre, Etra, diventata poi la sua nutrice, e l'avevano riportata a Sparta, se non felice almeno al sicuro.

Da allora per lei la notte era stata un rifugio, un'oasi. Nel buio nessuno poteva scorgere il suo volto, vedere i suoi lineamenti, riconoscerla. La notte era l'unico attimo in cui era finalmente uguale a tutti.

«Perché non possiamo rimanere qui? C'è una tale pace» disse indicando il tumulo di pietre squadrate alle sue spalle. Era una mole massiccia e imponente, che dominava dall'alto della collina l'intera vallata. Menelao, suo marito, lo aveva fatto costruire per contenere la tomba del suo amatissimo patrigno, il re Tindaro, di sua madre Leda, e un giorno i loro corpi, uniti nella morte come lo erano in vita.

Era una tomba, sì, quel mausoleo, ma Elena lo amava più che le case dei vivi, dove si sentiva sempre a disagio, osservata, spiata. Lì, invece, non c'erano sguardi, non c'era curiosità malsana, non c'erano pettegolezzi e bisbigli. C'erano solo il silenzio della valle e il cielo trapuntato di stelle.

«No, Elena, non possiamo. Dobbiamo tornare a Sparta, a palazzo. Hai dimenticato? Tuo marito Menelao è partito per far visita a suo fratello Agamennone, a Micene. La città ha bisogno della sua regina. Bisogna accogliere un'ambasceria che proviene dai nostri alleati, i Troiani. Il re Priamo ci ha inviato il suo figlio più giovane, il principe Paride, che ha ritrovato fortunosamente dopo anni in cui lo aveva creduto morto. Menelao conta su di te perché tu sia un'ospite perfetta e lo convinca con il tuo fascino a mantenere i trattati a noi così favorevoli. Non puoi mancare. È tuo dovere, come moglie e regina.»

Lo sguardo di Elena fissò Etra, la sua nutrice. Per un attimo rimase perplessa, come se qualcosa nel volto che mille volte aveva guardato le risultasse estraneo. Poi, riscossasi, annuì, sebbene con una tristezza infinita: quella di chi si riconosce prigioniero di un destino che non ama.

«Se questo è il mio dovere, lo farò, Etra. Come sempre» disse, sforzandosi di sorridere suo malgrado.

«Brava la mia piccina!» replicai io, prendendole la mano, come si fa con una bimba. E sempre sotto le spoglie di Etra, la avvolsi in uno scialle prezioso per proteggerla dall'umido della notte e la convinsi a montare sul carro, per tornare a Sparta il prima possibile.

Non potevo far aspettare Paride troppo a lungo.

Dovevo mantenere la mia promessa.

AMORE A SPARTA

«Etra, io non so… non so cosa fare.»

Elena era seduta sotto al grande letto a baldacchino, le mani in grembo attorcigliate così strette che le nocche erano diventate bianche, gli occhi pieni di lacrime, la voce spezzata. Il volto aveva perso ogni compostezza, i lineamenti erano contratti, le labbra tremavano. Fin dall'infanzia, nessuno l'aveva mai vista perdere il controllo. Persino quando era stata riportata indietro dai fratelli Castore e Polluce dopo il rapimento, Elena non aveva sparso una lacrima, mostrato un qualche turbamento. Era entrata nella cittadella ritta sul carro, immobile, regale, i capelli biondi appena mossi dalla brezza come se il vento stesso volesse carezzare il suo volto meraviglioso.

«È proprio la figlia di Zeus!» aveva detto il popolo pieno di ammirazione. I pettegolezzi di corte volevano infatti che Zeus fosse il suo vero padre. Dicevano che si fosse trasformato in cigno per giacere con sua madre, Leda, già moglie di Tindaro re di Sparta, che poi si era limitato ad adottare e crescere la bambina.

Ora invece era sconvolta, pronta a erompere per la prima volta in vita sua in un pianto dirotto, di quelli che non conoscono consolazione. Le ancelle erano state allontanate, dentro la stanza era stato consentito di rimanere solo a me, cioè a colei che credeva essere Etra, la sua nutrice.

«Qual è il problema, piccola mia?» chiesi sollecita.

«Paride!»

Pur mantenendo un'espressione indecifrabile, sorrisi dentro di me. Il mio piano stava procedendo come previsto.

«Io... io non so cosa mi stia succedendo. – Elena singhiozzava ormai apertamente – Quando è entrato la prima volta nella sala del trono per presentarsi come capo dell'ambasceria, vestito elegantemente, con lo sguardo fiero, il capo ritto come chi è abituato a trattare da pari a pari con i potenti del mondo, e mi ha guardata dritta negli occhi, io... io ho sentito qualcosa che non avevo mai provato prima.»

«Un brivido?» suggerii comprensiva.

«No, un colpo al cuore. Come se una freccia mi avesse attraversato all'improvviso il petto, togliendomi il respiro.»

«Eh, succede, succede...» annuii, pensando che Eros si era dimostrato come al solito all'altezza del compito assegnato.

«Ma non a me, nutrice! – si inalberò Elena, come se quella debolezza fosse per lei una sorta di offesa – Io sono abituata a essere guardata dagli uomini, mi accade da quando sono nata! Ma di solito sono loro che restano senza parole, come stupidi. Balbettano, tremano. Stavolta, invece, lui ha continuato a parlare e sorridere, come se non mi avesse vista nemmeno. E invece io...»

«Tu, mia piccina?»

«Io mi sono sentita perduta.»

Ottimo, pensai.

«Temevo che sarei svenuta. Ogni sua parola era una carezza alla mia anima, la sua voce melodia, i suoi occhi stelle, avrei voluto alzarmi dal trono per corrergli incontro e baciarlo, in mezzo alla sala, incurante degli sguardi di tutti. E nemmeno lo avevo mai visto prima!»

«Ma lo hai visto dopo, o sbaglio?»

La regina arrossì: «Io... non di proposito. Ieri sera, al banchetto, a un certo punto non riuscivo più a respirare. Durante la cena, lui era seduto accanto a me, insieme alla delegazione troiana. È stata un'agonia. Ogni volta che veniva servita una portata, i nostri sguardi si incrociavano, lui mi sorrideva e mi porgeva il cibo con delicatezza. Parlavamo di cose di poco conto, non ci siamo nemmeno sfiorati, ci guardavamo soltanto. Ma io mi sentivo come se fossi nuda al suo cospetto. Pareva che mi leggesse dentro. A un certo punto non ce l'ho fatta più, mi sono allontanata di scatto, fingendo un malessere improvviso. Mi pareva di impazzire. Ho congedato le mie ancelle e mi sono rifugiata nel giardino, sola, ai piedi dell'albero di mirto. Cercavo la calma e la notte, sperando che Afrodite avesse pietà di me e mi concedesse pace».

«E?»

«E invece Paride è venuto a cercarmi. Anche lui era rimasto turbato da me, così aveva congedato con una scusa i suoi uomini per seguirmi. D'improvviso ho sentito il tocco della sua mano sulla spalla, il suo alito caldo che sforava il mio collo, la sua bocca sulla mia, il suo sguardo nei miei occhi, uno sguardo insieme dolce e deciso, malizioso, ingenuo, determinato. Mi ha sorriso, sicuro eppure titubante, come se si aspettasse da me una conferma, ma avesse già la certezza che l'avrebbe ottenuta.

«Avrei dovuto respingerlo, lo so, gridare, far accorrere le guardie e punirlo per quell'incredibile ardire e per la sua condotta intollerabile: era un ospite in casa mia, e io sono una moglie e una regina. Ma io non volevo gridare, nutrice. Volevo solo sentire la sua bocca sulla mia pelle, le sue carezze sul mio corpo, volevo perdermi in lui come lui voleva perdersi in me. Nel silenzio del piccolo giardino, tutto è stato perfetto, come se le nostre anime si conoscessero da sempre, e i nostri corpi pure. Siamo rimasti abbracciati, ai piedi dell'albero, per un tempo che non saprei nemmeno dire quanto è durato. E solo per il timore di essere scoperti, ci siamo alla fine separati fra i sospiri. Io non avevo mai pensato di poter agire in modo così assurdo e sconsiderato, nutrice! Cosa mi è successo?»

«Si chiama attrazione, piccola mia. – chiosai ridendo – E capita, se si è fortunati. Non c'è nulla di sbagliato, è naturale, come per l'acqua dei fiumi scendere verso il mare, o la pioggia cadere dal cielo. Se due esseri si piacciono, è sufficiente un incrocio di sguardi, un battito di ciglia. È la forza che fa girare il mondo, l'attrazione. Un regalo della dea.»

Grosse lacrime solcavano le guance della regina: «Ma io non sono così! Nemmeno quando ho dovuto scegliere un marito fra i tanti che si erano presentati alla casa di mio padre, ho agito di impulso. Ho scelto Menelao perché era bello, e gentile, e intuivo che mi avrebbe trattata con rispetto, ma non ho mai provato per lui quello che provo per Paride ora. È come se mi strappassero il cuore dal petto. Non riesco a dormire, a mangiare. Dovunque mi volti vedo solo lui, dietro ogni angolo mi sembra di udire la sua voce, ogni volta che qualcuno mi si avvicina spero che sia lui. Non ho più il controllo sui miei pensieri, sulla mia anima. Nutrice, non sono più io».

Le presi fra le mani il volto, costringendola a guardarmi: «O forse per la prima volta sei davvero tu, Elena. Tu hai vissuto la tua vita come oggetto di desideri altrui. Si appuntavano su di te, e tu li ricevevi soltanto. Hai creduto che questo fosse il tuo ruolo: assecondare coloro che ti volevano. Sei diventata una moglie, e una regina, rispondendo alle aspettative di chi ti era accanto, senza mai chiederti cosa volessi tu, senza nemmeno renderti conto che potevi volere qualcosa. A noi donne questo viene insegnato, fin da piccole. Ci convincono che il nostro desiderio non sia importante, che siamo fatte solo per rispondere a quelli di altri. Dei nostri uomini, mariti, amanti, dei figli. Su questo viene basato l'ordine della società, su questo le civiltà si reggono: sul fatto che noi donne siamo docili e rinunciamo a essere noi stesse. Non è così, piccina mia. Tu sei umana. Come tutti gli umani hai desideri, emozioni, e hai il diritto di soddisfare gli uni e gli altri. Paride è qualcosa che ora vuoi. È bello, ti piace. Perché dovresti negarti a lui? Perché non concederti di essere felice?».

Elena si ritrasse, sconvolta: «Etra, io ho una figlia, sono sposata!».

Risi: «E allora? Fra qualche giorno Paride partirà per tornare alla sua patria. Nessuno saprà mai cosa è successo fra di voi, nessuno soffrirà. Questa storia resterà nel tuo cuore come un ricordo bellissimo, che non sarà mai rovinato dalla noia del quotidiano. Godi di quello che Afrodite ti offre, e sii felice per ciò che ti ha concesso!».

«Ma Paride vuole che vada con lui, a Troia!»

Non mi capita spesso di rimanere spiazzata. «Come?» balbettai.

«Me lo ha chiesto ieri sera. Proviamo tutti e due la stessa cosa, non possiamo rinunciare l'uno all'altra. Mi vuole con sé.»

Umani: non reagiscono mai come ti aspetti.

Abbracciai Elena e la tenni stretta, finché i singulti scomposti di pianto non si placarono e lei si calmò.

«Mia signora, lascia che parli io con il principe. Questa faccenda va trattata con cautela e prudenza» dissi.

E mi avviai decisa verso le stanze di Paride, per cercare di mettere un po' di sale in zucca in quella testa calda del principe troiano.

FUGA D'AMORE

«Hai perso il lume della ragione? Tornare a Troia dopo aver rapito la moglie di un re tuo alleato?»

«Non rapisco nessuno, Elena mi ama e vuole venire con me. Sei tu che mi hai promesso che l'avrei avuta!»

Alzai gli occhi al cielo, tentando di mantenere la calma: «E l'hai avuta, infatti. Siete stati insieme, siete diventati amanti. A quello la mia promessa si riferiva, non certo a portarla con te scatenando una guerra!».

«Ma io la amo!»

Dove era finito il pastore sbruffone che seduceva ogni bella alle feste di paese, dimenticandosene poi il nome al sorgere del sole? Dove era finito il ragazzo ambizioso che, senza rivelare la sua vera identità, si era presentato alla reggia di Priamo e aveva battuto tutti alle gare indette per festeggiare l'anniversario di fondazione di Troia, umiliando principi e nobili con la sua prestanza, e costretto poi il padre a riconoscerlo e ripristinare il suo status?

Di fronte a me stava un giovane sul punto di sciogliersi in lacrime al solo pensiero di abbandonare la sua amata. Lo sguardo era cupo, color del mare in tempesta, le labbra serrate in una smorfia di dolore più adatta a un adolescente che a un uomo. Lo spregiudicato seduttore non esisteva più: al suo posto vi era un ragazzo innamorato perdutamente.

Sospirai. Avrei potuto strepitare, tentare di costringerlo a obbedirmi minacciando le più tremende ritorsioni. Ma non ebbi cuore di farlo.

Nessuno come me conosce la terribile potenza di questo sentimento. Non vi è ragione umana, e nemmeno divina, che possa resistergli. L'amore detta le regole a tutti gli esseri del creato, si beffa di vincoli e limiti, e non conosce altra logica che la sua. Finché si è preda dell'amore, come della follia, nessun'altra minaccia ha peso, nessuna logica può fare breccia. Ed è giusto così.

Gli amanti vivono in sé e per sé, e non c'è forza nell'universo più potente della loro. Come potevo non proteggerli? In fondo era per causa mia se si trovavano in questa situazione. Erano stati la mia promessa e il mio volere che li avevano spinti fra le braccia l'uno dell'altra, io che li avevo trascinati verso quel gorgo da cui ora erano risucchiati. Persino io non potevo controllarlo totalmente.

Ora non potevo abbandonarli. E poi perché avrei dovuto? Per rispettare i sacri voti matrimoniali di Elena? Vi era davvero qualcosa di sacro in quel tiepido matrimonio che lei aveva scelto come comodo rifugio? E perché negare a Paride l'occasione di provare un sentimento travolgente, assoluto, così diverso dalle mille tresche superficiali che aveva collezionato fino a quel momento?

L'amore è una scoperta di se stessi, un banco di prova che permette di conoscersi più ancora che di conoscere l'altro. Finora che cosa erano stati, in fondo, quei due? Nulla. Due corpi ammirati dagli altri per la loro bellezza, ma come gusci vuoti. Era il loro destino rimanere tali? Non lo potevo sapere per certo in quel momento: noi divinità non conosciamo il futuro se non per sprazzi e intuizioni. Ma ciò che intuivo appunto con il mio istinto di dea era che c'era bisogno che il loro amore venisse consumato, a ogni costo. Non poteva concludersi così, con un incontro furtivo di notte in un giardino, avvenuto in fretta e poi ricordato come una sventatezza. Era qualcosa destinato ad avere un seguito, a essere ricordato nel tempo, addirittura nei secoli.

Forse era questa intuizione che gli Olimpi chiamavano Fato. Ma qualsiasi cosa fosse, non potevo ignorarla.

«Va bene – concessi – ti aiuterò. Vai al porto, e fai preparare la più veloce delle tue navi. Di' che hai ricevuto l'ordine di partire immediatamente alla volta di Troia e che non puoi nemmeno attendere l'alba di domani.»

«Ma Elena?»

«La condurrò io stessa da te, al sicuro.»

Esitò. Valutò. Era evidente che dubitava. Persino una dea non meritava la sua fiducia quando in ballo vi era la cosa più importante della sua vita.

«Ti prego – balbettò – non posso vivere senza di lei.»

«Fai come ti dico. Muoviti, prima che cambi idea» sibilai spingendolo verso la porta.

Persino io ero impaurita da ciò che stavo per fare.

Tornai alle stanze di Elena.

Per fortuna, visto che avevo adottato nuovamente le sembianze della vecchia Etra, nessuno fece domande quando entrai negli appartamenti della regina, né si domandò perché portassi con me una cesta di vimini alta fino all'anca: sembrava infatti un'innocua cesta da bucato.

«Presto, nasconditi qui dentro! Ti porterò da Paride» ordinai a Elena in modo brusco.

La regina si infilò nel cesto, titubante: «Ma sono troppo pesante perché tu possa trasportarmi!».

Le ficcai la testa dentro in malo modo: «Tu resta dentro, non fiatare e non sporgerti. Lascia il resto a me».

Quando fui certa che non poteva più vedere nulla, mi trasformai in Temnone, uno dei muscolosi schiavi che venivano usati per stivare gli orci nelle cantine del palazzo.

Le guardie mi fecero uscire senza degnarmi di uno sguardo: erano abituati a veder andare su e giù il giovane a tutte le ore, per le varie incombenze che i cuochi gli affidavano. Solo una si sporse per salutarmi: «Ti fanno lavorare anche più del solito, oggi, eh!».

«È il destino di noi poveracci!» gli risposi di rimando, salutandola.

Due cavalli ci attendevano appena fuori dalle mura. Elena, uscita dal cesto, rimase spiazzata nel non trovarsi più accanto Etra, ma preferì non fare domande.

«Gitio ci aspetta» dissi, laconicamente. Del resto, eravamo a Sparta.

Arrivammo al porto sul far della sera, poco prima del tramonto. Le banchine erano deserte: nessuno, se non un pazzo, poteva pensare di prendere il mare a quell'ora. Gitio era un insediamento piccino, dove Cretesi e mercanti orientali sbarcavano per commerciare con l'entroterra. Le merci principali erano i lingotti di piombo e il marmo di Laconia, di un bel rosso scuro, che veniva inviato a Cnosso per adornare i palazzi dell'isola. Nessuno pertanto fece caso a un muscoloso giovine che portava una cassa pesante verso l'ammiraglia troiana.

«Sono Temnone di Sparta – dissi ai marinai – e porto un dono di addio da parte della corte per il vostro principe.»

Paride, sulla tolda, mi guardò perplesso per un breve attimo, poi riconobbe anche sotto quelle spoglie maschili il mio sorriso.

La cassa venne caricata con ogni attenzione, e Paride diede ordine di salpare ai suoi marinai, stupiti.

«Ma, mio signore, è quasi notte, non possiamo lasciare il porto! Ci perderemo nell'oscurità!»

«Non preoccupatevi. – rispose lui, sicuro – Arriveremo a Troia indenni. Gli dei sono con noi.»

Io sospirai. Non tutti, purtroppo.

Ma, di certo, lo era la più antica fra loro.

GUERRA A TROIA

La piana di fronte all'acropoli di Ilio era piena di navi. I contingenti sbarcavano veloci, gli uomini balzavano giù dagli scafi, gli elmi in testa, le armi assicurate in un fagotto, e raggiungevano la riva sabbiosa guadando le secche. Beoti, Orcomeni, Focei, Locresi, Eubei, Ateniesi, Argivi, Tirinti, Corinzi, Pilii, Arcadi, Cefalleni, Etoli, Rodii, Cretesi, Egei, Lemni, Magneti: per muovere guerra, i Greci erano arrivati da ogni dove, come i nugoli di mosche arrivano in frotte non appena avvertono che c'è cibo su cui avventarsi.

Era stato Agamennone di Micene a convocarli per la spedizione. Il presunto rapimento di Elena, moglie di suo fratello Menelao, costituiva per lui il pretesto perfetto per regolare vecchi conti in sospeso e attaccare i suoi più pericolosi concorrenti commerciali.

Conoscevo Agamennone per la sua fama, che era pessima. Discendeva da una stirpe di assassini e pervertiti, che per generazioni si erano odiati e sterminati fra loro per ottenere il potere. In quella famiglia nulla era sacro, se non l'ambizione brutale. I suoi avi avevano oltraggiato gli dei, rotto giuramenti, mentito ai propri cari, ucciso, persino banchettato con le carni dei propri congiunti, e Agamennone si mostrava ben degno dei suoi antenati. Bloccato da venti contrari, pur di arrivare a Troia non aveva esitato un momento a sacrificare sua figlia Ifigenia, dopo averla attirata nell'accampamento acheo con l'inganno promettendole di darla in sposa ad Achille. Poi aveva scatenato le sue truppe razziando e distruggendo le città alleate dei Troiani, senza neppure dichiarare loro guerra. Un'ondata di violenza insensata si era abbattuta su Lirnesso, Tebe Ipoplacia e altre città della Frigia.

Le rocche erano state espugnate e distrutte, gli uomini uccisi anche dopo che si erano arresi, le donne e i bambini catturati, stuprati e divisi fra i capi greci in un osceno mercato di carne umana ceduta al miglior offerente. Cosa ci si può aspettare da un uomo simile, se non il peggio?

Come fra i mortali, anche sull'Olimpo la situazione era molto tesa.

Zeus, per evitare scontri diretti, si era limitato ad avvertire che la guerra era stata voluta e prevista dal Fato, e pertanto nessun dio poteva opporvisi. Hera, Poseidone, Apollo e persino Atena, che pure a Ilio era veneratissima e mai aveva subito offese dai Troiani, gongolavano felici. Io, invece, nel mio tempio di Pafo, fremevo.

«Perché sono così sicuri che i loro amati Greci vinceranno?» chiesi a Talia, che più di me era brava ad ascoltare le chiacchiere degli Olimpi.

«Per la vecchia profezia dell'indovino Calcante sul giovane Achille.»

«Achille? Il figlio di Teti e Peleo? – dissi, stupita – Ma è un ragazzino, in pratica!»

Talia annuì: «Sì, almeno per età. Ma vi ricordate, mia signora? La profezia diceva che il figlio di Teti sarebbe stato assai più potente del padre. E infatti il giovane Achille è considerato il più valoroso dei Greci sul campo di battaglia. Atena per questo lo adora e lo protegge più che ogni altro guerriero».

Sbuffai: «Un guerriero solo non garantisce il successo di una spedizione!».

«Non è così, mia signora. Calcante aveva anche aggiunto che se Achille avesse accettato di combattere sotto le mura di Troia, il destino della città sarebbe stato segnato.»

«E?»

«Ha accettato, mia signora.»

Ovviamente, mi dissi. La spedizione, in teoria, avrebbe dovuto essere composta soltanto dai re che un tempo erano stati i pretendenti alla mano di Elena, e che avevano solennemente giurato, prima che lei scegliesse Menelao come sposo, di rimanere solidali con il futuro marito e aiutarlo nel caso qualcuno gli avesse sottratto la moglie con la violenza. Agamennone, per convincere gli alleati a partecipare alla campagna, aveva giocato proprio su questo, presentando Paride come un violento rapitore ed Elena come la sua incolpevole vittima. Il che gli aveva anche permesso di salvare la faccia al fratello Menelao, che altrimenti, piantato dalla moglie, sarebbe risultato solo un patetico cornuto.

Achille però non era vincolato da alcun giuramento: quando i pretendenti si erano assiepati nel palazzo di Tindaro per avere Elena in moglie, lui era appena nato. Non c'era quindi alcuna pretesa legittima per costringerlo a partire con gli altri. Ma un ragazzino ambizioso e impulsivo, che si vantava di essere pari a un dio sui campi di battaglia, come poteva rinunciare a una spedizione militare di cui si sarebbe parlato in tutto in Mediterraneo?

Non mi era mai piaciuto, Achille. Era una testa calda con cui era impossibile ragionare. Nel tentativo di guadagnarsi l'affetto del figlio, i due genitori, in perenne scontro fra loro, avevano alimentato la sua presunzione e non avevano mai messo freni al suo carattere impulsivo. Peleo, per combattere il senso di inferiorità nei confronti della moglie, ricordava continuamente ad Achille che era figlio di un re; Teti, in polemica con il marito mortale, la sua ascendenza divina.

Il risultato era stato devastante. Non dico che non possedesse delle buone doti, ma erano completamente nascoste dalla patina di egoismo che gli faceva mettere sempre se stesso al primo posto, persino rispetto a coloro che diceva di amare: quando si veniva al dunque, per Achille contava solo Achille.

Ragionai freddamente sulla situazione. Forse non tutto era ancora perduto. Se qualcosa ricordavo ancora dei tempi in cui ero una divinità guerriera, era che non si vince sul campo di battaglia, ma prima. Atena, patrona di Achille e dei Greci, pensava di essere la migliore in questo. Ma non aveva idea di cosa fossi in grado fare io, che sono la signora delle armi più dirompenti e pericolose di tutte: il desiderio e la passione.

CRISEIDE E BRISEIDE

Avevo notato subito quelle due povere ragazze. Nel grumo indistinto dei prigionieri, spiccavano come spiccano i frutti maturi fra il verde delle foglie. Persino confuse tra la folla, con i pepli sporchi e lacerati, i capelli ridotti a un grumo di ciocche impastate di polvere e sangue, le braccia segnate dai lividi lasciati da coloro che le avevano trascinate via dai loro cari, non si poteva fare a meno di rimanere colpiti dalla loro regale bellezza, dalla compostezza con cui piangevano, dal nitore della loro pelle di luna.

«Chi siete?» chiesi con fare imperioso. Per aggirarmi senza intoppi nel campo acheo, avevo assunto le fattezze dell'araldo di Agamennone, Taltibio.

«Sono Briseide di Lirnesso, vedova del re Mines, che gli Achei hanno ucciso – disse la più alta delle due, fissandomi con i suoi occhi colore delle viole, mentre la compagna disperata piangeva appoggiata alla sua spalla – e questa è la mia amica Criseide, figlia del venerabile Crise, sacerdote di Apollo.»

L'istinto sarebbe stato quello di salvarle, entrambe, subito. Vederle abbandonate in mezzo al campo acheo, nel centro del recinto fangoso che conteneva tutti i prigionieri catturati, pigiati come bestie destinate al macello, offendeva tutto ciò che reputavo lecito e umano. Ma purtroppo anche gli dei devono fare i conti con necessità e opportunità, calcolare le forze e prevedere le ricadute delle loro azioni.

Se c'è una cosa che so fare perfettamente è valutare l'attrazione che un qualsiasi essere umano è in grado di esercitare su un altro. Quelle due erano perfette per i miei scopi. Briseide poteva avere a stento ventidue anni, ma avvertivo in lei l'esperienza di una donna matura, che già aveva conosciuto il matrimonio e gli uomini, e sapeva tenere testa alla vita. C'era qualcosa di regale e allo stesso tempo indomabile nel modo in cui, pur se affranta, non abbassava il capo dalla chioma corvina, nei suoi occhi intensi e profondi, capaci di leggere l'anima di chi le stava di fronte. Era la donna adatta per far perdere la ragione a un ragazzino testardo e presuntuoso, ma in fondo ancora infantile, come Achille. L'altra, invece, più giovane, minuta, bionda, pallida, con grandi occhi di cerbiatto impaurito, chiaramente incapace di ribellione perché abituata a obbedire a un padre reso autorevole dal suo ruolo sociale e religioso, aveva il fascino della vergine remissiva e inesperta del mondo, che un protervo come Agamennone avrebbe giudicato irresistibile.

«Prendi la mora – ordinai dunque a una delle guardie – e portala nella tenda di Achille, dicendogli che è parte del suo bottino. Digli che ci si diverta. La biondina, invece, dalla al mio signore, Agamennone. Diventerà pazzo per questo dono!»

Mi odiai, mentre dicevo quelle parole. Sapevo esattamente a cosa le stavo condannando. Per un attimo, come in un incubo, sentii di nuovo le mani di Shukaletuda sul mio corpo, la stretta con cui aveva bloccato i miei polsi, il suo alito sul mio volto. Come potevo mandare quelle due ragazze da due uomini che avrebbero fatto loro quello che lui aveva fatto a me?

Ma avevo bisogno che accadesse: il loro sacrificio sarebbe servito a fermare quella guerra assurda, a salvare migliaia di vite e l'intera città. La guerra ci trasforma tutti in animali selvaggi e spietati: neanche gli dei sfuggono a questa regola. Nemmeno io potevo, mio malgrado. Avevo bisogno che loro due divenissero vittime perché molti altri fossero risparmiati: era l'orrida contabilità cui ci costringe la ricerca del male minore.

Criseide, strappata dalle braccia dell'amica, tentò di divincolarsi singhiozzando: «No, vi prego, mio padre è un sacerdote di Apollo, io sono consacrata al dio, non posso essere resa schiava! Non potete darmi a un uomo, Apollo non ve lo perdonerà!».

Era esattamente quello che speravo, infatti.

IL RISCATTO NEGATO

Il sacerdote era in piedi, il chitone bianco brillava al sole, le bende candide gli si attorcigliavano lungo gli avambracci. In testa scintillava la corona di lauro simbolo di Apollo.

Al suo seguito vi erano almeno venti servi del tempio. Ciascuno di loro portava un dono: focacce, cibo, anfore di olio e vino, rotoli di stoffe, balsamari con profumi e cestini di spezie; gli ultimi due trasportavano un enorme forziere, chiuso, ma che tutti indovinavano essere pieno di gioielli.

Gli Achei osservavano, silenziosi. Io, travestita da anonimo fante, da alcuni giorni mi ero mischiata a loro, per controllare gli sviluppi del mio piano.

Il sommo sacerdote di Crise, infatti, era giunto al campo greco all'alba, chiedendo a gran voce di conferire con il capo dei capi, Agamennone di Micene, per una questione della massima importanza.

«Divino Agamennone, sono Crise, figlio di Ardys, e da decenni reggo il tempio di Apollo, signore della luce. Vengo a te per pregarti di trovare una soluzione per un increscioso equivoco di cui sono stato vittima» disse infatti, presentandosi.

Agamennone, seduto su uno scranno rialzato fuori dalla sua tenda, annuì, per dirgli di continuare.

«Come tu ben sai, le tue truppe hanno conquistato la mia città, portando via decine di abitanti come prigionieri. È la guerra, conosciamo le sue regole, e come sconfitti le accettiamo. Ma la guerra, appunto, ha regole sue, fissate dagli dei e che gli uomini sono tenuti a rispettare. Alcuni tuoi uomini, invece, nella furia della battaglia, hanno violato le porte del tempio di Apollo, sono entrati con la forza là dove nessun mortale doveva osare mettere piede. Mia figlia era vicino alla cella del dio. I soldati l'hanno trascinata via anche se lei aveva gridato a gran voce che era votata ad Apollo. Nella confusione estrema di quel momento, nessuno è riuscito a fermarli. Io stesso ho impiegato diversi giorni per scoprire che era stata portata qui, al campo degli Achei. E quindi vengo a te, Agamennone divino, per chiederti giustizia. Mia figlia è una vergine consacrata, non può venire trattenuta o assegnata come una prigioniera qualsiasi. Per questo mi rivolgo a te, che sei il comandante in capo, perché chi l'ha in sua custodia me la renda, come prevedono le consuetudini.»

Agamennone ascoltava il discorso con aria annoiata. Nulla lo stancava di più che le recriminazioni dei vinti. Ma si trattava di un sacerdote: non poteva congedarlo senza averlo ascoltato con la dovuta deferenza. I suoi uomini non glielo avrebbero perdonato.

«Come si chiama la ragazza?» chiese dunque, per chiudere la faccenda il più in fretta possibile.

«Il suo nome viene dal mio, mio signore. Come io mi chiamo Crise, lei si chiama Criseide.»

Al suono di quel nome il capo di Agamennone ebbe uno scatto: «Criseide? Una fanciulla bionda, dagli occhi chiari e la pelle pallida? È quella tua figlia?»

«Sì, mio signore» confermò il sacerdote, speranzoso.

«Criseide è stata assegnata a me come bottino. – disse Agamennone, asciutto – Ma è inutile che la reclami, vecchio. Non può più essere utile ad Apollo, perché di certo, dopo giorni passati nel mio letto, non è più vergine, e quindi non più adatta a servire il dio.»

Crise deglutì, imbarazzato.

«Capisco, mio signore. – balbettò – E comprendo che tu non potevi essere a conoscenza del suo ruolo: di certo hai agito in buona fede, e gli dei non ti puniranno per questo. Ma se non puoi esaudire il desiderio del sacerdote, almeno abbi pietà del dolore di un padre. Anche se non potrà più servire Apollo, io sono disposto a riscattarla con questi doni, e se non basteranno ne porterò altri ancora, per te e per i tuoi uomini. Consentile di tornare a casa con me, come prevedono le leggi degli dei che entrambi rispettiamo.»

Il capannello di Achei di cui facevo parte azzardò un applauso alla proposta: quella soldataglia aveva valutato quanto ricco fosse il prezzo offerto, per quella che in fondo ai loro occhi non era che una donna come tante altre. Ma l'entusiasmo si spense immediatamente. L'espressione di Agamennone, infatti, si era di colpo incupita, gli occhi erano ridotti a due fessure, le labbra contratte in una smorfia d'ira mal trattenuta.

«Vecchio, non sono stato abbastanza chiaro? Considera tua figlia morta per te. Adesso è mia. È la mia schiava, la trovo desiderabile, anzi, finita la guerra la porterò con me a Micene, nella mia casa, sostituirà nel letto mia moglie Clitemnestra. Non mi interessa a quale dio tu l'abbia consacrata, o se ti prema riaverla accanto. Impara che chi perde non conta più nulla, e deve solo strisciare davanti al vincitore. Ora vai, sono magnanimo, ti voglio lasciare la vita. Ma vedi di non incrociare mai più la mia strada: non sono sempre così generoso con chi mi infastidisce.»

Alle parole di Agamennone, gli Achei per un attimo restarono interdetti. I Greci, ve l'ho detto, sono tracotanti, ma anche superstiziosi e venali: rispondere così a un sacerdote, disposto per altro a pagare un riscatto ben congruo, urtava non solo la loro fede, ma anche il loro opportunismo. Le guardie del re, però, furono veloci a battere le lance sugli scudi per manifestare la loro approvazione, e gli altri, allora, pavidi, si accodarono all'esultanza. Gli sgherri di Agamennone presero il povero Crise per i polsi, strattonandolo e costringendolo a scappare via.

Lo seguii di nascosto. L'anziano sacerdote, terrorizzato, superò ansimando la palizzata dell'accampamento, e raggiunta una piccola spiaggia appartata nelle vicinanze, alzò le braccia verso il cielo.

«Sire Apollo – gridò – il tuo servo è stato offeso, la tua vergine violata. Punisci coloro che hanno commesso questo misfatto e ignorato la tua gloria!»

A quelle parole sorrisi, soddisfatta.

Conoscendo quanto l'algido Apollo tenesse al suo onore, non mi restava che aspettare.

SCONTRO FRA GLI ACHEI

La prima vittima fu un cane. Era un meticcio che gli Achei tenevano per compagnia, la sera, accanto al fuoco, lanciandogli avanzi di cibo. Lo trovarono riverso all'alba, vicino alle tende della truppa. Pensarono fosse stata l'età.

Subito dopo vennero i muli. Li tenevano in un recinto all'aperto, ai margini del campo. Durante la notte li sentirono ragliare senza sosta. Non vi diedero peso, credettero fossero spaventati dal vento. La mattina dopo li ritrovarono morti, le carcasse piene di ulcere come se qualcuno li avesse bersagliati con frecce invisibili.

Poi anche gli uomini vennero colpiti dalle ulcere, e dalle febbri. Cadevano a terra all'improvviso, tremando, vomitando bava bianca dalla bocca. Si contorcevano e spiravano, nonostante le attenzioni e le cure dei compagni. Dieci, cento, mille. Morivano gli arcieri, i cavalieri, i fanti, i soldati semplici e i comandanti. L'intera piana di Troia era ormai coperta dal fumo delle pire funebri. Le asce e le spade di guerra venivano usate non contro il nemico, ma per tagliare rami e arbusti per i roghi che dovevano bruciare i cadaveri infetti.

«Un dio, un qualche dio ce l'ha con noi.»

«Sicuramente abbiamo offeso un nume!»

Più veloci del contagio, le voci si sparsero fra i soldati. Achille, preoccupato più del morale della truppa che delle febbri, chiese un'immediata assemblea per discutere la situazione. Io, sempre con le sembianze di un fante, mi mischiai agli altri convocati.

Il vasto spiazzo dinanzi alla tenda di Agamennone pullulava di uomini. Il pallore di molti dimostrava che il morbo si stava diffondendo a macchia d'olio, e presto nessuno ne sarebbe stato immune.

«Chiediamo a Calcante che ci spieghi perché veniamo puniti così crudelmente.»

Alla proposta di Achille, Calcante, il famoso indovino che i Greci si erano portati al seguito della spedizione, si alzò, titubante. Un silenzio pesante era sceso sull'assemblea. Per esperienza tutti sapevano che quando il vate prendeva la parola, di rado dava buone notizie. L'ultima volta che lo avevano consultato, bloccati ad Aulide per la mancanza di venti, aveva annunciato che la dea Artemide, irata, pretendeva un sacrificio umano: la figlia più giovane di Agamennone, Ifigenia.

L'indovino era un uomo segaligno, dalla voce tremolante e bassa. Alle volte appariva impaurito del suo stesso potere, come se non avesse su di esso alcun reale controllo. Era consumato dalla fatica ed esangue come gli spiriti di cui sentiva la voce.

«Io posso dire ciò che so, Achille. Ma tu devi promettermi che mi proteggerai, perché quanto rivelerò può offendere qualcuno che qui ha potere su tutti noi» disse balbettando.

Gli occhi dei convenuti si spostarono immediatamente su Agamennone. Era chiaro che l'indovino stesse accennando a lui.

«Parla! – lo rassicurò Achille, alzando il mento in segno di sfida e appoggiando eloquentemente la mano sull'elsa della spada – Nessuno ti farà del male, finché ci sarò io.»

Calcante sospirò, batté tre volte lo scettro per terra, poi, con una vocina flebile che pareva venirgli strappata a forza dal petto, disse: «La colpa della nostra sventura è di Agamennone, il nostro comandante. È lui che ha preso per sé come concubina Criseide, la figlia del sacerdote di Apollo, che in quanto sacra agli dei, mai avrebbe dovuto essere rapita dalla sua casa. Qualche giorno fa il padre è venuto al nostro campo, portando con sé doni e denaro per riscattarla. Ha offerto ad Agamennone qualsiasi cosa egli desiderasse, ma il nostro re ha rifiutato: ha detto di essere incapricciato della sua schiava e di volerla tenere a ogni costo. Ha scacciato malamente il sacerdote, minacciandolo di morte. Il divino Apollo, invocato da Crise, ha deciso quindi di punirci per questa offesa. Finché Criseide resterà al campo, lontano dal padre e dal tempio del dio cui appartiene, per noi Achei non vi saranno pace e salute. Moriremo come le mosche, in preda alle febbri. L'unico suolo di Troia che conquisteremo sarà quello che ricoprirà le nostre tombe».

Per un istante gli Achei rimasero immobili e muti, come se cercassero di assorbire la rivelazione appena ricevuta. Agamennone stesso pareva pietrificato. Fissava i suoi uomini, poi Calcante, poi ancora gli Achei, come se tentasse di formulare una risposta che non gli veniva.

Era il mio momento. Non vista, soffiai verso di lui un alito divino. Nella sua mente le immagini di Criseide, la bella Criseide che lo attendeva nella tenda, prigioniera, si affollarono. La vedeva distesa sul letto, addormentata, indifesa, i capelli ramati sparsi sui cuscini, il corpo appena velato dal peplo, le labbra socchiuse, la pelle morbida e fragrante di profumo. Ricordò ogni bacio che l'aveva costretta via via ad accettare, ogni carezza. L'aveva dovuta istruire nell'arte dell'amore: non aveva avuto nessun uomo prima di lui. Ma alla fine non aveva potuto fare altro che cedergli, rassegnata. Era sua. Gli spettava. Era il premio che gli era dovuto per essere il comandante della spedizione. La meritata ricompensa per quanto aveva dovuto sacrificare per essere il capo degli Achei. E ora quell'indovino esangue dalla voce racchia voleva strappargliela, usando un'offesa ad Apollo come scusa? E quel ragazzino presuntuoso credeva di poterlo umiliare, di fronte ai suoi uomini?

«Non potete togliermi il mio premio! – ruggì infatti – Se volete che la ritorni a suo padre, bene: sono il vostro capo, e ho sempre dimostrato di accettare sacrifici, anche enormi, per il bene comune. Ma per rendermi il giusto onore, dovrete allora procurarmene un'altra sua pari. La pretendo, perché non è accettabile che il capo degli Achei sia l'unico a rimanere senza compenso.»

Un mormorio nervoso percorse l'assemblea. Gli altri capi greci abbassarono gli occhi, biascicando commenti incomprensibili. Non volevano rischiare di vedersi togliere i beni già assegnati, ma allo stesso tempo nessuno osava replicare direttamente. Tranne Achille, ovviamente. Si può sempre contare su un ragazzo impulsivo quando c'è da rispondere a un'autorità tracotante.

«Ma quale dono in cambio! Ci siamo già divisi le schiave e i beni conquistati, non è rimasto niente. Forse pretendi che ridistribuiamo tutto, solo perché tu hai fatto un errore? Restituisci la schiava al padre, e quando prenderemo Troia, ci ricorderemo che ti dovevamo una schiava: anzi, te ne daremo quante vorrai, e le potrai scegliere fra le più belle. Non puoi certo tenere in scacco un intero esercito, ora, per un problema che hai causato tu!»

Ecco, era esattamente quello che volevo.

«Quindi io dovrei essere umiliato e rimanere senza compenso? – abbaiò Agamennone – È questo che pensi, Achille? E perché dovremmo starti a sentire? forse sei stato nominato tu capo al posto mio? O pensi che perché sei figlio di una dea tu abbia il diritto di comandare su tutti?»

«Penso che chi fa il capo debba sapere quali sono i suoi doveri, e non essere schiavo di una schiava» replicò Achille, sprezzante.

«Bene. – ghignò l'altro – Allora, visto che tu non sei certo schiavo di una schiava, vuol dire che mi prenderò io la tua, Briseide, in cambio della mia. Per te non è un problema, vero? Tu sei figlio di una dea, sei superiore a queste turpi pulsioni! Puoi dunque ben aspettare la fine della guerra, e sceglierti poi tra le nuove schiave quella che ti aggraderà di più, mentre io mi tengo la tua!»

Un alito leggero, soffiato da me, stavolta ad Achille. Nella mente del ragazzo balenarono immediatamente gli occhi viola della sua bella preda, il suo profilo fine, lo sguardo orgoglioso che neppure aveva osato tentare di domare. Il giusto stimolo per fargli andare il sangue alla testa.

«Maledetto! – sibilò infatti – Ci hai trascinato qui per lavare l'onore di tuo fratello e adesso mi offendi e mi vuoi portare via la mia concubina? Credi davvero che resterò a farmi umiliare mentre tu ti fai bello con ciò che mi spetta? Se osi riprendere Briseide, io me ne andrò, non combatterò più per te! Vedremo se riuscirai a prenderti Troia da solo, figlio di un cane!»

«E vattene, moccioso! Non abbiamo certo bisogno di te per vincere questa guerra!» sbottò Agamennone, feroce.

Gli Achei ammutolirono a quella risposta. La mano di Achille ebbe uno scatto, afferrò il pomello dell'elsa, deciso a sguainare la spada e ad avventarsi sul suo nemico. In quel momento, però, un bagliore improvviso comparve alle sue spalle, invisibile a tutti, ma non a me, che da divinità sono in grado di cogliere subito quando un altro essere divino si manifesta.

Atena infatti si era materializzata dietro al Pelide, e lo trattenne, bisbigliandogli in fretta all'orecchio qualcosa. Achille si fermò a un passo dal viso di Agamennone, la mano sull'elsa si ritrasse. Piantò gli occhi diritti in quelli del suo avversario, rivolgendogli uno sguardo pieno di disprezzo. Poi si girò, sputò per terra e, senza proferire parola, lasciò furente l'assemblea, con la mano invisibile di Atena posata sulla spalla.

Io mi ero nascosta dietro a un altro milite, e rimasi per qualche attimo immobile, per essere sicura che Atena non potesse accorgersi di me.

Poi sorrisi soddisfatta.

Il Fato aveva stabilito che Troia sarebbe caduta se e solo se Achille avesse combattuto con gli Achei.

Il problema, a questo punto, pareva risolto.

LA SFIDA

La collina di Bateia era un cumulo brullo di sassi e sterpaglie. Sulla sua cima, i resti di un'antica *tholos*, la tomba della amazzone Mirina, moglie di Dardano, erano ancora distinguibili, anche se erosi dal salmastro e dai venti marini.

Nascosti dai cespugli, i Troiani si erano appostati, in attesa di sferrare l'attacco. Li guidava Ettore, l'erede di Priamo. Accanto a lui, il mio bellissimo Enea.

Gli Achei erano scesi sul campo all'alba, in formazione. Agamennone aveva dato l'ordine: a quanto pareva, il re voleva far dimenticare ai suoi lo scontro con Achille e risollevare il morale alle truppe con un successo militare immediato. I carri, i fanti, gli arcieri erano pronti a sferrare un poderoso attacco sotto le mura di Ilio.

Ci sarebbe stato un tempo in cui avrei gioito per quello schierarsi di truppe, pronte a lanciarsi le une contro le altre nel furore della battaglia. Ma ero giovane, allora, e soprattutto non ero madre. Adesso il solo pensiero dei rischi che mio figlio avrebbe corso, delle frecce che avrebbero potuto colpirlo, delle lance che potevano ferirlo, delle spade, degli assalti, mi toglieva il respiro.

Si era fatto un uomo, ormai. Lontano da me, purtroppo. Anche ora, non ero al suo fianco: ero nascosta fra i cespugli, invisibile a tutti.

Non sapevo nemmeno più da quanto non ci parlavamo. Per noi dei il tempo non ha senso, o per lo meno non quello che ha per gli umani. L'eternità è per noi un battito di ali, mesi, giorni, anni e secoli, misure vuote di qualcosa la cui essenza ci sfugge. In un soffio, il bimbo che trotterellava felice ai miei piedi lanciandomi la palla si era trasformato in adolescente serio e silenzioso, che aveva deciso di abbandonare l'Ida e il mio tempio per completare a Troia la sua istruzione. Lo avevo lasciato andare, conscia che il distacco è un passo necessario ai giovani umani per definire il loro carattere e la loro personalità.

A corte Enea si era subito distinto, pur mantenendo l'aura discreta che gli era propria. Era un giovane schivo, posato, che non bramava apparire né cercava di stare al centro della scena. Il suo senso del dovere non gli permetteva mai di trascendere, o di prendere decisioni affrettate, o contrarie agli usi e alle leggi. Era solido, affidabile: il miglior amico e compagno che si potesse desiderare accanto, in qualsiasi situazione. Il principe Ettore, che pure aveva numerosi fratelli di sangue, lo aveva scelto come fratello dell'anima: si fidava di lui come di un altro se stesso. Per questo era stato ben felice quando Enea aveva dimostrato interesse per una delle sue sorelle più giovani, Creusa. Il fidanzamento e poi il matrimonio fra i due era stato celebrato con feste infinite, per la gioia di tutti.

Non mia, lo ammetto.

Non avevo nulla contro Creusa, che anzi era una fanciulla dotata di ogni possibile virtù fra quelle che venivano considerate importanti per una donna, allora. Per Enea era la più premurosa delle mogli, silenziosa e devota, come lui del resto era il più fedele dei mariti. Erano divenuti quasi immediatamente genitori del piccolo Iulo, il maschio primogenito che veniva considerato il più certo segno di un matrimonio riuscito e benedetto dagli dei.

Ma io, che sono la dea dell'amore, la grande madre della passione e dell'istinto vitale, non riuscivo a rassegnarmi. Parevano felici, continuavo a dirmi che a modo loro lo erano. Ma io avvertivo che alla loro unione mancava qualcosa: un guizzo, una scintilla. Per complimentarsi con loro, il giorno delle nozze, gli invitati avevano detto che parevano fatti per invecchiare insieme. Mi ero dovuta trattenere dallo sbottare, urlando che prima di invecchiare insieme bisogna però avere il coraggio di essere giovani. Loro erano rispettosi, pazienti, solleciti, premurosi, consapevoli dei loro doveri verso le famiglie, la patria, il Fato. Ma appassionati mai.

Prima di essere un quieto lago tranquillo, l'amore dev'essere per sua natura uno zampillo ribelle della fonte, un torrente impetuoso, un fiume maestoso ma capace in qualsiasi momento di rompere gli argini e travolgere ogni cosa. Il loro amore assomigliava invece a uno degli antichi canali della mia lontana Mesopotamia, diritti, piatti, senza sorprese; magari utili, ma noiosi da percorrere come una penitenza infinita. Potevo volere questo per mio figlio? No. Ma ciò pareva renderlo felice, e quindi mi ero ritirata di buon grado, lasciando che gestisse la sua vita come riteneva più opportuno: un matrimonio fatto di dedizione e amicizia e una carriera all'ombra del principe di Troia, come suo secondo in campo.

Forse quella era la punizione che il Fato, se esisteva davvero, aveva pensato per me, che non accettavo mai di chinare il capo ai suoi ordini, e tentavo immancabilmente di cambiare il corso degli eventi: avere un figlio ligio al suo dovere, che non prendeva nemmeno in considerazione l'ipotesi di ritagliarsi il ruolo di protagonista o ribellarsi a un destino segnato.

Sentii un rumore alle mie spalle. Temetti fosse un'avanguardia degli Achei. Invece era Hermes, sornione come al solito, che pareva cercare un luogo adatto a godersi la scena della battaglia.

«Perché gli Olimpi non li fermano? Non ha senso mandarli a combattere. – dissi, infastidita, come sempre quando vedo gli umani gettarsi in imprese senza alcun senso – Ora che Achille non vuole combattere più, Troia non potrà mai essere loro. Questa battaglia sarà solo una inutile carneficina.»

Hermes alzò le spalle: «Non lo capisco nemmeno io. Zeus ha inviato stanotte ad Agamennone un falso presagio, spingendolo a schierare i suoi uomini. A quanto pare vuole che venga sconfitto pesantemente, per vendicare Achille. In fondo è pur sempre il figlio della sua amata Teti...».

«E lascerà morire centinaia di uomini per appagare l'orgoglio di un ragazzino figlio di una sua ex amante? Protraendo una guerra inutile che non serve a nessuno?»

«Ho visto fare ben di peggio agli Olimpi» sospirò Hermes, spolverando via dal chitone un filo d'erba.

«Anche io. – dissi – Ma stavolta non ho nessuna intenzione di assecondarli.»

Prima che Hermes potesse intervenire, con un gesto rapido presi le sembianze di Paride, la pelle di una pantera a coprire l'elmo di bronzo, l'arco sulle spalle, la spada lucente sguainata verso il sole.

E alzatomi da dietro i cespugli in modo che gli Achei mi vedessero bene e sentissero le mie parole gridai: «Che questo massacro inutile sia fermato! Achei che veniste a Troia per la bella Elena, riponete le lance e gli scudi! Questa faccenda può essere risolta fra due uomini soli: Menelao, ti sfido a duello!».

IL PRINCIPE RENITENTE

«Codardo! Non puoi ritirarti ora, dopo averlo sfidato! Menelao ha accettato, e ora tu devi batterti con lui!». La voce di Ettore era tagliente come una spada affilata, il tono quello di chi non solo non ammette repliche, ma nemmeno le prevede. Rare volte i consiglieri del re avevano visto il principe ereditario così infuriato e poco propenso a qualsiasi mediazione.

«Ti ho spiegato che non sono stato io a sfidarlo! Qualcuno, un dio, un demone, mi ha sostituito! Come puoi affidare la sorte dell'intera città a un duello? Io non sono un guerriero come Menelao, o come te! Sono cresciuto tirando con l'arco nei boschi! Come ti aspetti che possa vincere contro un soldato addestrato?»

Paride era terreo ed esasperato. Gettò uno sguardo verso il padre, Priamo, sperando di ricevere un qualche segno di comprensione. Ma il re non gli diede soddisfazione. Allora, pieno di rabbia, uscì dalla sala sbattendo la porta.

«Perché? Perché mi stai facendo questo?» urlò nel corridoio deserto, alzando le mani verso il cielo.

«Perché non c'è altro modo per far terminare questa follia.» sussurrai, apparendogli a fianco.

Crollò a terra, seduto, il capo fra le mani, in preda allo sconforto: «Io volevo solo vivere il mio amore, non volevo causare una guerra, e battaglie, e morti! – singhiozzava – Sei tu la dea dell'amore, perché non puoi togliere Elena dal cuore di Menelao, e convincerlo a tornare a casa?».

Scossi la testa, tristemente: «Se credi che tutto questo sia dovuto a Elena, sbagli di grosso. L'amore qui non c'entra nulla. Non è Menelao che ha convinto i Greci a unirsi per attaccare Troia. Pensi davvero che avrebbe scatenato tutto questo per una moglie traditrice? È Agamennone che vuole distruggere la vostra città a tutti i costi. Tu, Elena, suo fratello non siete che pedine nelle sue mani. Non si arrenderà mai finché non avrà ottenuto quello che desidera: il potere assoluto sui Greci e sui mari. Non importa quanti dovrà sacrificare per averlo: ha già ucciso sua figlia, ed è disposto a mandare a morire l'intero esercito dei Greci e a massacrare i Troiani a uno a uno. Se Elena venisse restituita, troverebbe un altro pretesto. Ma non avrà appigli se batterai Menelao in un duello leale, di fronte a tutti. Non ci saranno più recriminazioni: Elena rimarrà con il vincitore, non ci sarà spazio per ulteriori proteste. Per questo l'ho provocato. È la nostra unica via di uscita».

«Ma mi ucciderà! – protestò Paride – Io non sono un guerriero!»

Gli presi il volto fra le mani, costringendolo a guardarmi negli occhi: «Sei un ragazzo cresciuto sui monti, scaltro, agile, dalla mira perfetta. Sei l'arciere che ha trionfato a tutte le competizioni sull'Ida, il flagello delle fiere delle selve. E vuoi dirmi che non riuscirai a colpire con una lancia Menelao, che con la sua pesante armatura è più grosso di un orso e di certo meno veloce di un lupo?».

«Prometti che mi sarai accanto?» chiese, titubante.

«Lo prometto. E prometto che nulla di male ti accadrà. È la Dea che te lo giura.»

Deglutì. Era spaventato. Ma si fece forza e sorrise.
«Va bene – disse – combatterò. Per te e per Troia.»

IL DUELLO

Erano lì, l'uno di fronte all'altro, al centro della piana di Troia. Paride rivestito della sua scintillante armatura, Menelao dinanzi a lui, minaccioso. Gli eserciti, schierati alle loro spalle, erano muti.

E muti erano anche gli dei. Zeus, assiso sul suo trono, Atena, Hera, Hermes, Ares, Poseidone, Efesto guardavano dall'alto, nascosti tra le nubi; io, invece, ero a terra, celata fra i cespugli della Bateia. Avevo strappato agli Olimpi la solenne promessa di non intromettersi nello scontro, ma non mi fidavo. Non era da loro: temevo qualche patto segreto o un tradimento.

Paride doveva tirare per primo. Prese il giavellotto lungo, lo palleggiò fra le mani, prese la rincorsa e poi, di slancio, lo gettò contro Menelao. L'asta volò fendendo l'aria con un sibilo, Menelao alzò il suo scudo, il colpo si infisse in pieno centro. Il re barcollò, ma rimase saldo sulle gambe, illeso.

Toccava a Menelao, ora. Prese la lancia, valutò attentamente il peso, scrutò con gli occhi il cielo a saggiare il vento.

Fremevo. Il mio istinto mi diceva di stare in guardia, per sventare possibili inganni. Menelao si apprestava a colpire. Lo sentii borbottare qualcosa, una invocazione, in cui intuii il nome di Zeus.

Alzai gli occhi a controllare i movimenti del signore dell'Olimpo. Restò immobile. Così gli altri dei. Apparentemente volevano mantenere i patti.

La lancia sfrecciò attraverso il campo, diritta, veloce. Paride alzò lo scudo, schermandosi come meglio poteva. Il giavellotto si infisse appena al di sotto dell'umbone, penetrando all'interno. Paride fu gettato a terra dalla violenza del colpo. Mi aspettavo che si rialzasse subito, di scatto, invece rimase disteso. La lancia, attraversato lo scudo, doveva averlo colpito al fianco: sull'arena infatti si vedevano alcune gocce di sangue. Menelao gli fu sopra in un balzo: sguainò la spada e la brandì, facendola poi calare con forza sull'elmo dell'avversario.

Era un colpo feroce, che mirava a frantumare la visiera e trapassare gli occhi. Il mio istinto mi spingeva a salvarlo: era lì per obbedire ai miei voleri. Ma mi trattenni: avevo giurato.

Allora accadde l'inimmaginabile: la spada di Menelao, forse per un difetto di fabbricazione, invece che trinciare di netto l'elmo di Paride, andò in frantumi, lasciando il re di Sparta con in mano un inutile moncherino di bronzo.

Era Efesto ad aver forgiato le armi per Menelao, come per gli altri eroi della Grecia. Non poteva aver commesso un errore tanto grossolano nella fusione. D'istinto alzai gli occhi verso di lui, che era seduto accanto a Zeus. Non ebbe il coraggio di sostenere il mio sguardo. Era evidente che quella spada era stata manomessa di proposito.

Cosa stava succedendo? Cosa mi sfuggiva? Perché gli Olimpi sembravano aver abbandonato il loro campione, al punto da far spezzare le sue armi?

Anche Menelao, basito, alzò lo sguardo verso il cielo: «Padre Zeus – gridò – sei davvero il più infido dei numi! Così vieni meno alla promessa di rendermi la mia sposa e non punisci un traditore?».

L'esercito acheo rumoreggiò, disperandosi e bestemmiando i propri dei traditori.

Menelao, invece, si riprese. Come un leone circondato dai cacciatori ruggisce disperato e si slancia nell'ultimo assalto, con la rabbia truce di chi si sente abbandonato da tutti, si gettò sopra Paride, a mani nude. Afferrò l'elmo che si era in parte aperto, e approfittando del fatto che l'avversario era ancora tramortito, girò la calotta scheggiata su se stessa, in maniera che la correggia di cuoio gli stringesse la gola, strangolandolo. Paride tentava di divincolarsi, ma senza successo. Sentivo i suoi rantoli farsi via via più fievoli, mentre Menelao lo trascinava strozzandolo.

Grida scomposte di incitamento e di giubilo si innalzarono dal campo acheo. Alcuni comandanti, nelle prime file, si volsero verso i propri uomini, perché si preparassero ad attaccare.

Maledetti, ecco qual era il piano degli Olimpi! Avevano creato pathos attorno al loro campione, portandolo quasi al limite della sconfitta, per poi farlo vincere e suscitare nei suoi un così grande entusiasmo da spingerli ad attaccare senza aspettare la fine del duello. Ormai i soldati scalpitavano: appena Paride avesse esalato l'ultimo respiro si sarebbero lanciati contro i Troiani inebetiti, travolgendo le prime file dell'esercito. Quelle dove si trovavano Ettore e il mio Enea.

Non potevo permetterglielo.

Dovevo confondere i Greci, sconvolgerli con qualcosa di totalmente inaspettato. Feci quindi l'unica mossa possibile: in un lampo, invisibile, accorsi sul campo, un pugnale in mano, e tagliai di netto la correggia di Paride, liberandolo. Menelao barcollò per il contraccolpo, e si ritrovò con in mano l'elmo vuoto, mentre Paride ansimava a terra per la fame d'aria. Io lo ricoprii immediatamente con una nebbia fitta, e poi via, preso fra le braccia, volai alla reggia di Priamo, a Troia. Entrata da una finestra, lo deposi sul suo letto, ancora incosciente. Poi uscii nel corridoio, per cercare Elena, affinché lo vegliasse per farlo riprendere.

La confusione regnava ovunque. La regina e le principesse si erano affacciate dalle terrazze che davano sulle mura per seguire lo scontro, ed erano rimaste spiazzate come tutti dalla sua conclusione. Ecuba, Andromaca, moglie di Ettore, e Creusa erano ritornate precipitosamente all'interno. Quando avevano visto Paride risucchiato dalla nube, non sapendo cosa sarebbe successo ai loro mariti rimasti sul campo, avevano deciso di fare subito sacrifici agli dei.

Elena, invece, era rimasta sulla terrazza, immobile, come per tutto il duello. Grosse lacrime solcavano le sue guance. «Muoviti! – le dissi – Tuo marito è salvo, nel vostro letto nuziale. Vallo a curare, ha bisogno di te.»

Lei non parve aver udito. «Sbrigati, per gli dei! – esclamai scuotendola – Non posso rimanere qui a lungo, devo tornare sul campo, a occuparmi di Enea!»

«Ed è per aiutare tuo figlio che io sono dovuta diventare una puttana?»

Non l'avevo mai sentita usare un simile tono di voce. L'algida e distaccata Elena aveva urlato, e ora mi fissava con astio, la bocca deformata dal rancore.

Riconobbi nel suo volto la rabbia: si sentiva tradita. Da me. Ero l'ennesima ad aver approfittato della sua bellezza per il mio tornaconto.

«Stavo bene, a Sparta. Sei tu che mi hai fatto perdere la testa per lui, quel bamboccio che hai sempre protetto. Mi hai trasformato in una cagna, disprezzata da tutti. E ora vuoi anche che corra da lui, per confortarlo? Ti credevo diversa dagli altri, e invece sei come tutti gli dei: non ti importa nulla di me, mi usi per i tuoi scopi, come una tua pedina!»

Ingrata mortale! Avevo cambiato i miei piani per assecondare la sua passione per Paride, per renderla felice, perché non voleva essere solo una breve avventura di letto, e così mi ripagava!

«Vai immediatamente da Paride – sbottai, feroce – prima che decida di toglierti il mio appoggio, e tu diventi quello che ogni essere umano è: nulla!»

Elena impallidì. Senza più proferire parola, si allontanò, mesta e impaurita, per raggiungere Paride.

Nessuno le aveva mai risposto in maniera così crudele e rabbiosa, e tantomeno se lo sarebbe aspettato da me. Io stessa mi stupii della brutalità con cui l'avevo ripresa. Non ero solita farlo: non mi era mai capitato di far pesare il mio ruolo sui mortali. La guerra, purtroppo, fa emergere il peggio degli esseri umani e anche degli dei.

Per la prima volta nella mia esistenza, provai l'istinto di raggiungerla, abbracciarla, scusarmi con lei per le mie parole e per le mie decisioni, che le avevano causato tanto dolore. Io, una dea.

Ma lei era già lontana, risucchiata dal buio dei corridoi della reggia. E io dovevo tornare sul campo, dove gli eserciti continuavano ad affrontarsi.

BATTAGLIA

Polvere, urla, frastuono e, allo stesso tempo, stallo. La piana dinnanzi a Troia era una distesa occupata dagli eserciti, e dal dubbio.

I soldati rumoreggiavano, ma non osavano muoversi senza un ordine preciso. I comandanti, non capendo cosa stesse succedendo, non potevano dar loro indicazioni. La confusione era massima. Agamennone, adirato, gridava a gran voce tra i suoi: «Abbiamo vinto! Abbiamo vinto! Paride è fuggito, la vittoria è nostra! Vogliamo indietro Elena e un giusto indennizzo!».

Ettore ed Enea correvano qua e là per le fila dell'esercito, invitando tutti alla calma.

Anche fra gli Olimpi la mia mossa aveva spiazzato tutti.

Vidi Atena tuffarsi sul campo di battaglia. Capii che stava tramando qualcosa per risolvere lo stallo. Un bagliore mi indicò che aveva toccato terra, ma non riuscii a rintracciarla tra le schiere dei Greci. Poi un lucore al centro di quelle troiane mi indicò dove fosse di preciso. La scorsi alle spalle di Pandaro, uno dei principi troiani, che gli sussurrava invisibile all'orecchio.

Mi slanciai verso di lui, per impedirgli di fare sciocchezze. Troppo tardi. Pandaro aveva incoccato l'arco, preso la mira, scoccato la freccia. Il dardo percorse il campo volando, e colpì Menelao all'altezza della cintura, mentre era fermo al centro dell'arena ormai vuota.

«Hanno ferito il nostro comandante! Traditori! Attacchiamo!» gridò Atena. L'esercito dei Greci si alzò come un'onda del mare sollevata dal vento di tempesta. Io indietreggiai. Fui commossa nel vedere Efesto e Ares gettarsi nella mischia, dalla parte dei Troiani: nel momento del bisogno, due degli uomini della mia vita avevano deciso di appoggiarmi.

Atena però non demordeva: riuscì a trascinare Ares lontano dalla mischia. Poi si volse verso Diomede di Argo, uno dei campioni degli Achei. Lo conoscevo. Era un uomo violento e brutale, la cui ira era come un torrente in piena: incitarlo alla strage era come invitarlo a un banchetto nuziale.

Sul campo, le fila troiane erano in rotta. I Greci montavano come la marea. Scrutai lo schieramento per rintracciare il mio Enea. Lo vidi, finalmente. Si era lanciato in soccorso di Pandaro, che Atena, dopo averlo ingannato, aveva abbandonato alla furia dei nemici. Piombato in mezzo al nugolo di Greci che lo stava circondando, lo aveva fatto salire sul suo carro. Diomede li tallonava, feroce. Mentre Enea spronava i cavalli, Pandaro tentò di colpire l'inseguitore con il giavellotto. Diomede schivò il colpo, tirò a sua volta. Atena corresse la traiettoria, e la punta della lancia trafisse l'occhio di Pandaro, che cadde nella polvere, morto, mentre gli Achei si chiudevano su di lui, per spogliarlo delle armi. Enea balzò giù dal carro per difendere il corpo dell'amico. Diomede si avventò su di lui. Enea tentò di ferirlo con la lancia, ma quello raccolse da terra un masso e lo gettò, fracassandogli il ginocchio e l'anca.

Enea crollò a terra, incapace di muoversi, in attesa del colpo di grazia.

Sarei dovuta rimanere a guardare? Lasciare che uccidessero mio figlio in quella inumana strage senza senso? No. Mi lanciai in mezzo alla mischia, facendo scudo a Enea con il mio peplo. Udii distintamente Atena che sibilava all'orecchio del suo campione, porgendogli la sua spada: «È Afrodite, colpiscila!». Poi sentii soltanto un dolore lancinante al polso, mentre un bagliore accecava gli umani attorno a me: è ciò che accade quando si spande il sangue divino, l'icore.

Mai avevo pensato di poter essere ferita, e da un mortale per giunta. Enea era incosciente, ai miei piedi. Diomede si erse su di me, il volto sfigurato dalla rabbia, la bocca deforme come quella di una fiera assetata di sangue, le orecchie piene delle grida di Atena, che lo incitava a ucciderci. Credetti che per me e mio figlio fosse finita.

Invece accadde l'inaspettato. Una voce alle mie spalle esclamò: «Ritirati, proteggo io Enea!».

Era Apollo. Calando dall'alto si interpose fra noi e Diomede. Ricoprì Enea con una nebbia pesante, lo sollevò fra le sue braccia, e volò subito verso Troia. Io, confusa, schivai a stento un ennesimo fendente di Diomede, e poi sentii delle braccia forti che mi circondavano il bacino, e mi issavano su un carro.

Ares era venuto in mio soccorso, per salvarmi. Riuscii a sorridergli, prima di svenire.

Mi ritrovai nella mia Pafo, stordita. Talia era accanto a me, Hermes aveva mandato suo figlio Asclepio a medicare la mia ferita.

Ero salva. E anche mio figlio, mi assicurarono.

Ma non sapevo perché.

ORDINI SUPERIORI

«Zeus si è consultato con le Moire, le dee del destino. Tutte noi divinità abbiamo l'ordine tassativo di astenerci dal partecipare agli scontri, in qualsiasi forma. Niente apparizioni, sogni premonitori, travestimenti, inganni. Niente di niente. E questo vale anche per te». Hermes era mollemente disteso sul mio letto, i calzari alati abbandonati sul pavimento, il sorriso sornione sul volto e una mano che mi carezzava pigramente i fianchi.

«Hera e Atena rispetteranno i suoi voleri?»

Alzò gli occhi al cielo: «Nemmeno per un attimo. Ma promettimi che lo farai tu».

«Perché dovrei?» chiesi piccata.

Per un attimo il volto di Hermes fu attraversato da quella che, in un altro, sarebbe stata una espressione seria: «Perché l'ultima volta ti hanno ferita, Afrodite. Gli dei non devono essere feriti dai mortali, è contro l'ordine delle cose. Asclepio ti ha salvata, ma non posso garantirti che sarà in grado di farlo sempre, e non c'è nulla per cui valga la pena rischiare così tanto».

«Nemmeno per scoprire perché per il Fato il mio Enea è così importante?»

«Ma cosa importa? Mezzo Olimpo si è mosso perché non venisse ferito! Hai la certezza che non gli accadrà nulla di male. Perché non puoi darti pace, e lasciar perdere questa guerra umana che sta diventando l'ossessione di tutti gli dei?»

«Proprio per questo, non lo capisci? – sbottai – Il Fato da anni, da quando ho concepito Enea e Teti si è sposata, sta tessendo una trama. È lui che ci spinge ad affannarci gli uni contro gli altri, ad appoggiare i Troiani o gli Achei. Perché? Tu stesso mi dicesti, prima che scoppiasse la guerra, che Troia era il centro di uno snodo del destino. Elena è al centro di quel nodo. Paride è al centro di quel nodo. Enea è al centro di quel nodo. Il che vuol dire che al centro del nodo, in realtà, ci sono io. Come posso rimanere indifferente?»

Hermes non replicò. Sapevo che non capiva. Era furbo, smaliziato, in grado di intuire soluzioni geniali e rigirare a suo favore ogni situazione, ma quello era il suo limite: opportunista per carattere, era abituato a usare gli altri e per questo tollerava di essere usato a sua volta senza porsi domande, se gli era più conveniente.

Io non sono così. L'intero universo un tempo mi apparteneva, e io lo governavo: nulla mi era in lui ignoto. E ora invece i destini degli uomini e degli dei mi sfuggivano, e io ne ero travolta in trame di cui non riuscivo a intuire il fine.

Ma non potevo accettare di essere una ignara pedina, un burattino inerme, insieme a tutti i miei cari. Ero stanca delle confuse e inutili risposte di Hermes, o dei pomposi discorsi di Zeus, che si appellava agli imperscrutabili dettami del Fato.

Se gli Olimpi non volevano dirmi la verità, l'avrei chiesta a coloro che da sempre conoscevano e custodivano i piani del destino: le Moire.

LE MOIRE

Delfi, utero del cosmo, grembo di roccia che si spalanca alla luce. Là dove il mare si incunea nella terra come una lama e morde le coste come un animale vorace e la terra si spacca in profondità cavernose da cui sorgono fumi e mostri, il sopra e il sotto si mischiano, si fondono, intrecciati come erano all'inizio del mondo.

Nei tempi in cui gli dei non avevano forma né storia, Delfi era già. Una pietra nera, lucida, caduta dal cielo, era il suo segnacolo. Attorno a essa i pastori delle vicinanze portavano le capre al pascolo, intrecciando danze al tramonto. Al suono dei tamburi erano invasi da un furore sacro, che faceva dimenticare loro chi fossero, e che erano umani. E lì, rantolanti sull'erba, posseduti dall'entusiasmo, erano in grado di prevedere le cose che non erano ancora, o di scoprire quelle che erano già state: il presente e il futuro a Delfi erano separati da una nebbia sottile, un velo che si può leggere in trasparenza.

Non sapevano, allora, chi fosse l'entità che ispirava quelle visioni. Per loro era la Dea e basta. Era l'epoca in cui noi dei non avevamo ancora nome. Il suo simbolo era il serpente, Pitone, che enorme e mostruoso guizzava dalle viscere della terra, con il suo alito di calda fiamma.

Gli Elleni, che poco dopo occuparono le terre attorno al santuario e la Grecia tutta, la chiamarono Gea, o Gaia, la madre terra che tutto genera nell'infinito, sposa e vittima di Urano. Infidi come al solito, piano piano le tolsero ogni potere, come tanti altri popoli prima di loro. Come avevano chiuso in casa le loro donne, confinandole nell'ombra del gineceo e condannandole a una vita da recluse, così avevano rosicato i poteri di quella grande madre, per sostituirla con i loro dei.

I suoi oracoli le furono sottratti: Dodona e Olimpia dati a Zeus, e Delfi ad Apollo, che per impadronirsene aveva dovuto uccidere il serpente a lei sacro, Pitone. Ma non erano stati in grado di cancellare ogni sua traccia. Perché di quella dea lontana e dimenticata restavamo noi, le sue figlie e le sue eredi.

Del confuso momento in cui mi ero incarnata, uscendo dal buio della notte attraverso uno squarcio di luce, ricordavo distintamente una cosa: non ero sola.

Subito dopo di me si erano liberate altre presenze, ombre, partorite dallo stesso nulla, o fuggite da esso: le Moire, che nel loro stesso nome ricordavano di essere parte di qualcosa di più grande, ormai dimenticato.

Lo Zeus olimpio aveva dato ordine ai suoi poeti di dire che io ero sua figlia e che anche loro lo erano, inventandosi per me come madre Dione, e per loro Themis, la dea della giustizia sua prima moglie.

Ma noi sapevamo la verità. Come tutti gli esseri partoriti dal Caos primigenio, noi eravamo più vecchie degli Olimpi e di qualsiasi altra divinità presente, passata e futura.

E ora che desideravo scoprire cosa fosse il Fato e capire che cosa avesse in serbo per me, l'unica strada era consultare le mie antiche sorelle.

RIVELAZIONI

«Colei che fila il tempo, colei che taglia il filo, colei che ferma e non fa tornare indietro la trama del destino: con chi di noi vuoi parlare, Afrodite?»

Una spelonca oscura, simile a un pozzo. Lungo le pareti buie correvano quelli che, dal suono, immaginavo fossero rivoli d'acqua: le fonti dei fiumi infernali. Al centro, una vasca poco profonda, il cui fondo pareva fatto di madreperla traslucida, riflettendo il fioco bagliore che filtrava nello sprofondo, creava baluginii instabili nell'aria. Cloto, Lachesi e Atropo erano ferme, in piedi, presso una nicchia coperta da un sipario nero. Vestite di bianco e bianche anch'esse come fantasmi, si distinguevano soltanto per gli oggetti che tenevano in mano. Cloto che torceva il filo, Lachesi che lo arrotolava sul fuso, Atropo che con delle piccole forbici lo tagliava di netto. Intorno a loro indovinavo altre presenze più sfumate: ombre, brevi lampi, guizzi di quelli che parevano fuochi di fiammelle rosse e blu.

«Con voi tutte, e con il Fato in persona, qualsiasi cosa sia, se sarà necessario» dissi, decisa.

La mia determinazione non parve colpirle. Si limitarono a fissarmi. I loro occhi erano lattei, le pupille larghi fori neri che lasciavano trasparire il buio di cui erano costituite al loro interno.

«Cosa vuoi sapere?» chiesero all'unisono con voce piatta.

Non intendevo farmi intimidire in alcun modo: «Voglio conoscere il motivo per cui sono rimasta incinta di Enea. Voglio capire perché ha voluto che scoppiasse la guerra a Troia. Voglio conoscere il motivo per cui gli dei proteggono mio figlio, persino quelli che sono contrari ai Troiani. Voglio sapere perché il Fato sembra considerare mio figlio così importante».

«E basta?» disse Cloto, con una sfumatura di velato sarcasmo che non mi sfuggì.

«No, voglio vedere con i miei occhi il Fato di cui parlano gli Olimpi. Se Zeus lo può conoscere, e voi pure, non vedo perché non lo posso conoscere io, che sono la vostra sorella maggiore.»

Per un attimo non successe nulla; spaventata dalla mia stessa richiesta, temetti che le Moire avrebbero deciso di punirmi. Poi le tre iniziarono a cantare sottovoce una nenia senza parole, quasi un lamento. Dalla superficie della pozza ai miei piedi, piccole bolle iniziarono a borbottare, come un liquido in ebollizione: ma l'acqua, in cui i miei piedi erano immersi, era fredda. Guardai meglio: sotto la superficie vidi che decine di piccole sirene stavano affiorando. Ognuna si univa al canto, che poi si rifrangeva sulle pareti della grotta, spezzandosi e ricomponendosi fino a formare una incredibile polifonia.

Le tre sorelle, intanto, si erano avvicinate alla nicchia oscura, e scostarono il sipario nero.

«Madre del tutto, regola di ogni cosa, rispondi se vuoi alle domande che tua figlia ti pone!» esclamarono, con una voce sola.

Io non so esattamente cosa vidi. A dire il vero, non sono nemmeno certa di aver visto qualcosa. Un'ondata di buio sembrò divorare la grotta, ma un buio strano, fatto di materia addensata, un gorgo viscido in grado di aggrapparsi e avvolgere ogni cosa.

Caddi al centro del vortice. Di fronte a me vi era una figura. Non aveva forma umana, e nemmeno animale, o di qualsiasi cosa mi fosse nota: a dire il vero non credo che avesse nemmeno propriamente una forma. Non erano i suoi contorni che percepivo, ma la sua presenza e la sua forza: era un'intuizione. Lucida come la pietra nera che aveva dato origine a Delfi, si stagliava immobile e pareva al tempo stesso origine del gorgo e regola che lo faceva muovere e sviluppare, al ritmo di quel lamento che le Moire e le piccole sirene continuavano a cantare. Attorno a me lo spazio e il tempo non c'erano più. Sembravano accartocciati su loro stessi, o forse che esistessero solo fuori da quel luogo, come emanazioni di esso.

Mi aspettavo di essere fagocitata dall'angoscia, assorbita da quel buio privo di punti di riferimento, di certezze. Invece mi pervase un sentimento strano. Non era calma, era memoria. Nella mia mente tornarono improvvisi i ricordi del preciso attimo in cui millenni prima ero venuta al mondo, da quello stesso gorgo oscuro. Il Caos primigenio e indistinto era di nuovo attorno a me, come un grembo.

Il canto delle Moire era cessato. La presenza al centro del vortice c'era ancora, immota, enigmatica. Non aveva volto, né espressione, né bocca. Eppure sentii risuonare distintamente la sua voce, che riverberava dentro di me, senza bisogno di parole.

«Figlia primogenita, perché vieni qui a chiedere del tuo destino? Dalla tua venuta al mondo, ne hai uno solo: creare per gli umani civiltà fiorenti. Tu sei il principio che tutto governa, la forza che si espande con la luce, protegge e crea. Nessun dio ti può stare alla pari: Zeus, come An, come Apollo e gli Olimpi tutti non sono che invenzioni e fantasmi, agenti che devono chinare il capo di fronte agli ordini del Fato. Non tu. Tu sei l'origine prima di ogni evento, la spinta che lo fa accadere.»

«Ma io non capisco che accade! – protestai – Non so perché ho concepito mio figlio, non so come salvare la sua città. Non ho voluto questa guerra, questo inutile massacro che ora gli Olimpi fomentano senza senso. Se c'è un piano, io devo sapere qual è!»

Avvertii una strana increspatura nell'oscurità. Forse ero pazza, ma mi sembrò che l'entità avesse sorriso.

«Gli Olimpi hanno commesso lo stesso errore che non perdonano agli uomini: la *hybris*. Ci hanno portato via la nostra terra, la nostra gente, tolto i nostri santuari, cancellato i nostri nomi. Ci hanno ridotto a pallide figure di contorno, marginali e oscure. Credono di averci vinto perché pensano di averci ridotto al silenzio. Hanno scatenato una guerra, pensando che i Greci avrebbero distrutto Troia e loro sarebbero divenute le divinità vittoriose su tutte. Ma si sono dimenticati di noi, del nostro potere che non è sopito o sconfitto. Noi siamo sempre, e sempre saremo. Quello che loro chiamano Fato, in realtà sono io, di cui tu sei figlia. E la trama che credono di governare, sarà quella che li porterà a venire distrutti. Ma perché ciò si avveri, tu dovrai abbandonare Troia e lasciarla al suo destino. E trovare una nuova incarnazione, a Occidente, perché ciò che è deciso si compia.»

Tacque. E fu allora che ricordai anche il suo nome. Ananke, la Necessità: l'entità che regge i destini dell'universo e sovrintende a ogni cosa. Colei che mi aveva generato all'inizio dei tempi.

E colei a cui sola dovevo rispetto e obbedienza, fino alla fine dei mondi.

PARTE QUARTA

VENERE

Quando gli occhi viola di mio figlio incrociarono lo sguardo di Didone, la regina sentì il cuore fermarsi e poi riprendere a battere come quello di un atleta che a Olimpia corre per la vittoria: le sembrò che un leggero mancamento la facesse barcollare, e la terra stessa tremasse come tremavano le sue ginocchia.

LATIUM VETUS

Amavo il Lazio. Lo capii subito, non appena arrivai sulla spiaggia di Ardea, là dove la foce dell'Incastro arriva al mare tagliando una spiaggia brulla e disadorna, sabbia grigia che sposa un mare viola. C'è qualcosa di ancestrale e terribile in questa terra aspra e difficile. La mia Pafo era luce nitida nel mare, azzurro e verde chiaro, brillio di fiori sulle onde; il Lazio era selva cupa che arrivava fino alla costa, ombra, silenzio rotto da grida di uccelli indistinti, vento che spazzava la proda. Se la Grecia era nitida come un assioma, il Lazio era involuto come un labirinto. Paludi costiere disegnavano un paesaggio che non era terra e non era mare, e all'interno intrico di rovi e cespugli intrecciati. Forse per reagire a questo groviglio della natura, i mortali del Lazio non avevano voluto spiegare i propri dei con grovigli di storie. Al contrario dei Greci, non si erano inventati miti complessi. Ci accettavano per ciò che eravamo: entità superiori di cui dire il meno possibile.

Per quei contadini duri, il silenzio era rispetto, forse ammantato di una punta di diffidenza. La *hybris* greca pretendeva di descrivere tutto, anche noi divinità, incasellandoci in alberi genealogici e famiglie, storie e vicende, come fossimo mortali. I Latini invece si limitavano a stringere con noi patti precisi. La nostra essenza poteva rimanere per loro misteriosa, come i legami fra noi, e non gli interessava in fondo capirla. Ciò che contava erano i riti con cui onorarci, per guadagnare il nostro favore. Erano meticolosi e attenti nel compierli, pignoli fino all'inverosimile nel seguire formule, invocazioni e azioni nella giusta sequenza.

In realtà, lo capii subito, non era un empito spirituale a spingerli, ma un sano e pragmatico senso degli affari. Con noi divinità i Latini stipulavano contratti: io ti adoro nella maniera in cui pretendi e tu in cambio mi dai ciò che ti chiedo. *Do ut des*: nessun altro popolo aveva una formula più chiara e semplice per definire il rapporto con il divino.

Il mio nome per loro era *Venus*, Venere. La memoria del tutto che ero stata all'inizio permaneva in esso, perché *venerare* era il verbo che usavano per indicare il compiere riti per tutti gli dei; chiamavano *venenum* sia il farmaco per guarire il dolore che la pozione atta a suscitare il desiderio e perdere la mente.

All'inizio per loro non avevo sesso: il mio nome era neutro, e identificava il *genius loci,* lo spirito del luogo. Pervadevo ogni cosa, come il soffio vitale che sono. Ero maschio, femmina, giovane, anziano, fronda che stormisce e uccello che vola nel cielo, stella del mattino e notte oscura: colei che porta alla vita e accompagna nel buio della notte e alle dimore dei morti. Come in ogni altra parte della terra, in principio avevo avuto molti nomi sovrapposti fra loro. Ero la *Bona dea* delle messi e della natura, e Dia, la Splendente ammantata di luce. Per assonanza, quando i Fenici e i Ciprioti erano sbarcati sulle loro coste, mi avevano chiamata Cupra, mentre in altri casi ero Flora, colei che faceva fiorire gli alberi da frutto. Come signora delle belve feroci ero la madre di uomini lupo in grado di sopravvivere nelle selve anche se allontanati dalle loro tribù, Luperca. Le mie sacerdotesse erano le *lupae*, donne libere, che spesso per celebrare i miei riti si accoppiavano nei miei templi con stranieri e sconosciuti.

Mi consideravano figlia del cielo, nata dalle acque. In fondo era ciò che avevano detto di me in Mesopotamia, e in Grecia. Ma per qualche motivo lì, nel Lazio, mi sentivo più libera di essere me stessa, meno vincolata a un copione scritto da altri. I confini del mio potere non erano netti, né la mia sfera di influenza, e io potevo spaziare ovunque mi aggradasse: la natura era mia, come lo erano gli esseri umani. Mi sentivo appagata, felice, come se mi fosse stato reso qualcosa che mi mancava da secoli.

A Castrum Inui avevo il mio santuario principale, dove venivo adorata insieme a uno strano compagno, Inuo o Iuno, che dicevano essere figlio mio e del loro dio della tempesta, Giove. Lo Zeus greco si sarebbe adirato parecchio nello scoprire che per i Latini eravamo una coppia: in tutta la sua incessabile attività di seduttore mai aveva osato tentare di unirsi a me, temendo la mia potenza. Ma i Latini erano meno sofisticati e più diretti: la dea dell'amore e del desiderio non poteva certo aver mancato di sedurre il più potente dei suoi colleghi. Quell'unione aveva dato origine alla loro stirpe.

Inuo era una divinità ruspante: soprintendeva alla fertilità dei campi, agli armenti. Lo chiamavano anche Fauno e talvolta Luperco, perché le notti di luna piena correva nudo nelle selve, trasformato in lupo per omaggiarmi.

Era bello tornare a vivere in un mondo in cui le cose venivano riportate ai loro aspetti basilari. I Greci avrebbero storto i loro aristocratici nasi, dicendo che tutto ciò era primitivo; io lo trovavo schietto. I Latini forse non cavillavano sull'origine delle cose, ma ne coglievano l'essenza. E l'essenza ero io, principio generatore e creatore di ogni pianta, frutto, essere.

Più mi allontanavo da loro e più gli Olimpi mi apparivano come una congrega insopportabile. Come i Greci che li adoravano, si credevano al centro del mondo, mentre erano, come tutto, solo un particolare di contorno. Era come se l'increspatura del mare che nemmeno riesce a diventare onda scambiasse se stessa per la potenza degli abissi. Loro erano increspature e riflessi, io la sostanza creatrice.

Mi rifugiai dunque lì, proteggendo insediamenti e città che andavano crescendo in quel luogo selvaggio allora ai margini del mondo conosciuto: Ardea, Aricia, Preneste, Tivoli. Gli dei indigeni non erano schizzinosi come gli Olimpi: partecipavano all'antica natura accogliente di demoni indistinti dai rapporti laschi e confusi. Alle volte ero figlia, altre madre, alcune altre sposa o amante, e altre ancora tutte insieme e nessuna. Si rivolgevano a me donne, uomini, mariti, mogli, fanciulli di ogni età e sesso. Ciò che contava era il mio potere, che era benigno e indistinto, e quindi poteva aiutare in ogni circostanza. I miei templi erano di nuovo giardini affacciati sul mare, i re locali si proclamavano miei nipoti e discendenti. Io ero così, potente e immemore, viva in un eterno presente, come si conviene agli dei e ai mortali fortunati.

Non mi ero scordata di mio figlio Enea, ma gli eventi di Troia mi parevano in quel momento lontani, il loro eco ovattato permaneva nella mia mente come quello delle parole che si ascoltano nei sogni. Non ero diventata altro rispetto ad Afrodite e rimanevo vicino ai popoli che la adoravano con quel nome, di cui seguivo gli eventi e ascoltavo le suppliche: noi divinità siamo eterne, e quindi continuiamo a seguire le vicende dei luoghi e dei popoli che ci invocano.

Per un attimo però, confesso, mi estraniai dalla mia vita precedente, e mi immersi in quel nuovo contesto. Dicevano i Greci che di tanto in tanto Hera si bagnasse in una fonte segreta per poter tornare vergine e intatta, e recuperare la sua vita spensierata di fanciulla, prima di divenire la moglie del re degli dei. Per me il Lazio fu la mia fonte rigeneratrice: mi immersi in lui per tornare alla mia natura più antica, di forza creatrice staccata dalle vicende dei mortali. Ma non era possibile per me alienarmi del tutto. Una volta compromessa con la storia umana, non ci si può tirare indietro, nemmeno se si è una dea.

E così, una sera odorosa di fine estate, mentre le cicale frinivano e il sole declinava sul mare color del vino, Hermes, messaggero degli dei, bussò di nuovo alla mia porta.

LA FINE DELLA GUERRA

«Un inganno?»

«Sì, un cavallo di legno, gigantesco, con all'interno nascosto un folto gruppo di guerrieri in grado di entrare nella città ed espugnarla: una trovata di Ulisse, ispirato da Atena.»

Ricordavo il sire di Itaca: re di un'isoletta brulla e signore di un palazzo che gli altri monarchi sdegnavano perché era poco più che una fattoria dismessa, era basso, tarchiato, insignificante alla vista. Nessuno lo degnava di attenzione, e lui faceva di tutto per non riceverla. Solo gli occhi, brillanti come onici, che incessanti seguivano con attenzione ogni movimento accadesse attorno, leggevano senza sosta le espressioni dei vicini e le decifravano, erano il segno di una mente acuta, ma pericolosa. Atena lo aveva scelto da sempre come suo prediletto, e per una volta le davo ragione. Se c'era un uomo abbastanza intelligente e spregiudicato per riuscire a vincere una guerra, era di certo lui.

«Chi è rimasto vivo, fra i combattenti?»

«Pochi. È morto Ettore, ucciso da Achille. E Achille, ucciso da Paride. E Paride, anche, ucciso da Filottete.»

«Come è accaduto tutto ciò?» chiesi.

«Paride è riuscito ad attirare Achille fuori dal campo acheo. Lo ha convinto a raggiungerlo vicino alle mura di Troia prima dell'alba, promettendogli un incontro con la più giovane delle sue sorelle, Polissena, di cui Achille si era invaghito vedendola guardare i combattimenti dalle mura. Quando il Pelide è giunto sul luogo dell'incontro, solo e disarmato perché credeva di andare a un appuntamento amoroso, Paride, nascosto da dietro un cespuglio, lo ha colpito a tradimento con una freccia al tallone, uccidendolo.»

Sospirai: era proprio ciò che ci si poteva aspettare da lui.

«E poi?»

«Stava tornando verso Troia, felice e convinto che il suo stratagemma avesse messo fine alla guerra. Ma il sole è sorto e un raggio di Elio ha illuminato le punte d'argento delle frecce nella faretra. Il greco Filottete, che si trovava nelle vicinanze in perlustrazione, ha visto quel bagliore, identificato il bersaglio e ha tirato un dardo con il suo arco. Paride è crollato a terra. È morto affogato nel suo stesso sangue.»

Chiusi gli occhi. Sentii una strana emozione, mai provata prima, agitarsi dentro di me. Noi dei non possiamo provare dolore, o piangere: sono cose che fanno i umani, queste. Eppure io avvertii nitidissima una fitta inspiegabile che mi trapassava il petto, come se fossi stata colpita di nuovo dall'arma di un mortale.

Un'immagine vivida si stagliò nella mia mente. No, non quella del giovane sicuro e sfacciato che usava la sua bellezza per sedurre stuoli di fanciulle e mi aveva in qualche modo forzato ad appoggiare il suo folle piano per rapire Elena; lo rividi neonato, fra le mie braccia, mentre la piccola bocca rossa si attaccava per istinto al mio seno, in cerca di cibo e conforto. Gli avevo voluto bene. Non come avrebbe voluto lui, come un'amante, e nemmeno come una madre, perché quel genere di amore lo riservo solo per il mio Enea, ma come un'amica, una protettrice e una complice. Paride aveva incarnato tutto ciò che avevo sempre trovato divertente e affascinante nei mortali: la propensione all'azzardo, che li spingeva a gettarsi nei pericoli senza calcolare mai fino in fondo i rischi, solo per il gusto di mettersi in gioco; una certa noncuranza della vita propria e perciò anche di quella altrui, e l'ingenuità che faceva loro dare per scontato di riuscire in qualche modo a cavarsela sempre.

A torto, come la sua morte dimostrava.

Trovai le parole per rispondere: «Una insensata ecatombe, di cui nessuno capisce il vero senso, nemmeno gli dei. Ora gli Achei prenderanno la città?».

«Stanotte, con il buio. Quando i Greci hanno fatto credere di andarsene con le loro navi, Ulisse ha lasciato sulla spiaggia uno dei suoi uomini, Sinone, che si è finto un traditore, perché convincesse i Troiani a portare il cavallo all'interno della rocca, in maniera che gli dei negassero ai Greci il ritorno a casa. Per farlo entrare, hanno addirittura abbattuto una parte delle mura della città. È incredibile come gli uomini siano disposti a credere qualsiasi cosa vada incontro ai loro desideri: sono così prevedibili. Ora la città sta festeggiando quella che crede la sua vittoria. Sono tutti per le strade, a ubriacarsi e fare festa. Quando saranno storditi dal vino e dal sonno, gli Achei usciranno dal cavallo e faranno strage di loro.»

«E non possiamo fare nulla?» chiesi, angosciata.

Hermes scosse la testa: «No. È volere del Fato che Troia cada. Neppure Zeus è a conoscenza del motivo. Ma mi ha detto di rassicurarti che tuo figlio Enea non verrà ucciso: è destinato a sopravvivere e fondare un nuovo regno».

«È per dirmi questo che sei venuto? Zeus temeva che volassi ad avvertire i Troiani?»

«Sì, ma come vedi non ne hai motivo.»

Sorrisi, amara. «Ti sbagli – dissi infatti – ho un ottimo motivo per andare a Troia, stanotte. Non agitarti, Hermes: non ho intenzione di avvertire i Troiani del pericolo, violando gli ordini di Zeus. E nemmeno di controllare che mio figlio non venga toccato: so che il Fato lo protegge.»

«E allora perché vuoi rischiare andando in una città in fiamme?»

«Per proteggere qualcuno a cui sono debitrice. L'ho messa in una situazione di cui non ha avuto colpa, e ora mi assicurerò che ne esca illesa. Vado a salvare Elena, glielo devo.»

Hermes scosse la testa: la mia costante preoccupazione per le sorti dei mortali gli era del tutto incomprensibile. Per lui, come per gli altri Olimpi, non erano che burattini e pedine dei loro giochi: quando finivano di essere utili, potevano venire gettati via.

«Cerca almeno di non metterti in pericolo. – disse – Lo sai quanto tengo a te.»

Annuii. Era sincero. Mi amava.

Ma persino con tutta l'eternità e il suo brillante intelletto a disposizione, non sarebbe mai riuscito a capirmi.

L'ULTIMA NOTTE DI TROIA

Non era più una città, era una brace.

La superba rocca di Troia era un gorgo di fiamme che si innalzavano verso il cielo e si tramutavano in colonne di fumo nero e denso come catrame. L'acropoli era squassata dall'eco dei crolli. Franavano le mura dei palazzi, dei templi, le abitazioni.

Lingue di fuoco, veloci come bisce, si insinuavano negli spiazzi dei mercati, scendevano per le viuzze anguste ai piedi della collina, si diffondevano fra le case dei quartieri popolari, scendevano come colate di lava per gli stretti vicoli che conducevano al porto, raggiungevano le banchine e magazzini colmi di derrate e, stritolando ogni cosa in un abbraccio rovente, la trasformavano in cenere.

Uomini, donne, bambini cercavano scampo, accalcandosi, spintonandosi l'un l'altro, gridando e alzando le mani verso la luna, che pallida e distante, non si curava del loro dolore. I soldati achei li inseguivano senza pietà, uccidevano gli uomini trafiggendoli alle spalle, sgozzavano i vecchi lasciandoli dissanguare sul selciato, trascinavano via le donne per i capelli, scaraventavano contro i muri i bambini e gli infanti, strappavano via dagli altari chi tentava di ripararsi nei templi. Il clangore delle spade risuonava in ogni angolo, si fondeva a grida, pianti, imprecazioni disperate, a urla scomposte che più nulla avevano di umano. Non era un assalto, era una mattanza.

Mi ero materializzata nella piazza principale della città, di fronte al palazzo di Priamo. Nell'ampio spiazzo di fronte al portone stava lo scheletro vuoto del cavallo di legno. Le fiamme gli avevano eroso le zampe, e il gigantesco simulacro era appoggiato su un fianco, simile a una enorme balena spiaggiata. La pancia aperta lasciava intravedere lo spazio in cui si erano intanati gli Achei. Vicino alla botola che avevano usato per uscire, vi erano i cadaveri di alcune guardie troiane, sorprese a tradimento e sgozzate. Altri corpi, a decine, erano ammucchiati accanto all'entrata della reggia, travolti da grosse pietre rovinate a terra: le fiamme dell'incendio si riverberavano nelle pozze del loro sangue.

Entrai nel palazzo. Il fumo e i crolli rendevano quasi impossibile orientarsi nei corridoi e riconoscere le stanze. Ovunque vi erano uomini e donne senza vita, soffocati, carbonizzati dalle fiamme, sepolti da travi e soffitti caduti. Non era possibile che un manipolo di uomini avesse potuto produrre una simile devastazione: quella strage era frutto di un intervento divino. Toccai con la mano uno dei muri: tremava. Riconobbi quel fremito: solo una cosa nell'universo poteva produrre una simile vibrazione: il tridente di Poseidone. Era lui che, dalla profondità delle acque di fronte a Troia, stava colpendo la città con un terremoto. Mi avvicinai a una delle finestre, fissando le fiamme che dilagavano ormai ovunque. Il colore vivido delle loro scintille, la velocità con cui si propagavano me le fecero riconoscere come sprigionate da Efesto in persona. Allora chiusi gli occhi, concentrandomi sul clangore delle armi che il vento portava fino a me. Il suono metallico si trasformò in quello della voce di Atena, che spingeva i Greci alla strage.

No, non vi era nulla di umano in quella devastazione: contro a ogni ordine del Fato di non immischiarsi, gli Olimpi stavano distruggendo Troia.

La rabbia salì potente in me. Dovevo lasciare che quegli arroganti si prendessero la loro vittoria? Per me sarebbe stato possibile, in fondo, fermare quei traditori, degni protettori di quel lestofante di Ulisse! Alzai la mia mano, decisa a bloccare l'azione di Poseidone e degli altri dei una volta per tutte.

Ma mi fermai.

Sulla balaustra della torre più alta, un manipolo di soldati troiani resisteva a un assalto. I Greci li circondavano con le loro lance, ma loro, con un empito di rabbia, stavano per riuscire a rompere il loro accerchiamento e sopraffarli.

E fu allora che le vidi: le Erinni, le tre Furie che governano la rabbia e la violenza, mie sorelle partorite nella prima notte del mondo, comparvero al fianco dei Greci, respingendo i Troiani, e facendoli cadere a uno a uno sotto le spade dei nemici.

Era un segno. Ananke, mia madre e loro, mi inviava un ordine diretto, indicando quale fosse la sua volontà.

Per questa volta, gli Olimpi dovevano avere apparentemente la vittoria, e Troia cadere.

Il tempo avrebbe dato modo a me e a lei di punire la loro *hybris*. Ora a me spettava solo pagare il mio debito: dovevo trovare Elena.

IL PIANTO DI ELENA

Greci, dappertutto. Dove non c'erano le fiamme, c'erano gli Achei.

Manipoli di soldati percorrevano i corridoi della reggia in battuta: gli occhi iniettati di sangue, le gole riarse per il fumo, senza più ordini o freni, si muovevano come bestie in cerca di prede e di bottino. Barcollavano come ubriachi e bestemmiavano tutti gli dei con furia cieca, sventrando con le spade qualsiasi cosa gli si parasse di fronte, incuranti che fossero cesti, cassapanche, uomini armati, donne, bambini, animali, o corpi ormai senza vita stesi a terra. Si avventavano come iene sui cadaveri per strappare loro gioielli e persino vestiti, senza preoccuparsi che fossero grondanti di sangue o bruciati. Nemmeno alle porte degli inferi avevo visto scene più raccapriccianti.

Il dedalo di corridoi scendeva verso il cortile centrale. Schivai un paio di pattuglie: non fu nemmeno necessario attorniarmi di nebbia divina, il fumo era così denso che non si accorsero della mia presenza.

Raggiunsi il peristilio, quando un urlo disperato echeggiò fra le colonne. Mi sporsi per vedere cosa fosse successo: in mezzo al cortile, vicino all'altare dei Lari e dei Penati, i più sacri dei di Troia, era accucciata Ecuba, l'anziana regina, la bocca spalancata e il volto deformato dal dolore. Fra le sue braccia teneva il cadavere del marito, Priamo. O meglio, intuii che doveva essere il suo, perché era il corpo di un uomo anziano. La testa, spiccata dal corpo, era rotolata più in là, affogata in una pozza di sangue. Intravidi le ombre di uomini che si allontanavano correndo: di certo erano gli assassini.

«Chi è stato?» le chiesi, abbracciandola.

«Il figlio di Achille – balbettò – Enea non è riuscito a fermarlo...»

Enea! Il mio Enea era lì, dunque. Sapevo che la casa di Anchise era lontana dalla rocca, e avevo sperato, date le assicurazioni di Hermes, che Zeus gli avesse inviato un presagio per farlo allontanare dalla città prima dell'eccidio. Ma, ovviamente, non ci si poteva fidare degli Olimpi: persino se il Fato glielo aveva imposto, non avevano fatto tutto il possibile per tenere Enea al sicuro.

Lasciai Ecuba: non potevo fare altro per lei. Ora dovevo correre in aiuto di mio figlio.

Uscii dal cortile. Avevo perso il senso dell'orientamento, il fumo denso, l'ansia, la paura mi facevano girare la testa. I soldati achei sembravano essere scomparsi, risucchiati dai tanti camminamenti interni del palazzo. Di certo avevano scelto di andare verso gli appartamenti reali per cercare ulteriore bottino. Io invece scesi una rampa di scale per raggiungere una terrazza più bassa, su cui sapevo che vi era un piccolo tempio di Vesta: era il luogo più logico dove dei fuggitivi avrebbero potuto cercare riparo.

E infatti, fu lì che li trovai. Elena, i biondi capelli sciolti sulle spalle, il peplo bianco sporco di polvere e fumo, era ferma, in piedi, vicino all'altare. Non piangeva, non tremava, non si muoveva. Come un fantasma pallido avvolto da un riverbero di luce fioca, in mezzo a quel gorgo di morte e distruzione, pareva risucchiata in un sogno o in un incubo, inebetita. Il suo sguardo vuoto fissava un orizzonte che nessuno poteva vedere, perché il fumo e le fiamme coprivano ormai ogni cosa.

Alle sue spalle, il mio Enea.

Mai avevo visto sul volto di mio figlio una espressione più truce: era come se tutta la rabbia, la frustrazione, la disperazione covate in silenzio in quei lunghi anni di guerra gli fossero esplose dentro, all'improvviso. La mano stringeva convulsamente l'elsa della spada, i muscoli erano tesi, pronti a sferrare il colpo.

Era chiaro cosa stesse per fare: voleva ucciderla.

«No!» gridai, slanciandomi verso di lui per fermare la sua mano.

«Madre!» esclamò Enea, sconvolto. Nella fretta di fermarlo, non avevo preso una forma mortale, e lui mi vedeva quindi nel mio aspetto divino, come quando era piccolo.

Sebbene il volto fosse ormai quello di un uomo, ritrovai in un attimo i lineamenti delicati, timidi e seri del bimbo che avevo protetto dall'invidia degli dei sull'Ida. Gli carezzai le guance coperte da una folta barba nera, e sorrisi ai suoi occhi color delle viole. Ma erano pervasi da una cosa che mai avevo visto prima: disperazione. Quella disperazione profonda che noi dei non comprendiamo mai fino in fondo, perché non la proviamo mai: quella di chi ha perso tutto, e non ha più nulla a cui aggrapparsi.

«Perché la proteggi? – balbettò piangendo, come se si sentisse tradito da tutti ormai, anche da me. – Troia cade. È tutto finito. Gli Achei hanno vinto. La città è in fiamme. Sono riuscito solo a mettere in salvo mio padre e il mio piccolo Iulo. Ma ho perso Creusa: l'ho cercata ovunque, ma è scomparsa. Ora sono solo. Ed è tutto per colpa sua!»

Scossi la testa, prendendo la sua fra le mie mani: «No, Enea, non è sua la colpa, o mia. Sono gli Olimpi che si adoperano per la fine di Troia. Senti questo tremito sotto ai tuoi piedi? Poseidone sta scuotendo la rocca dalle sue fondamenta, ed Efesto e Atena e gli altri dei la colpiscono, perché crolli. Gli Achei sono al di là del muro, presto entreranno qui nel tempio e faranno strage di quanti sono rimasti. Creusa è morta, non potrai ritrovarla più, è inutile che ti attardi. Ma tu non sei destinato a perdere la tua vita qui, inutilmente. La Necessità che tutto regge nel cosmo, Ananke, ha in serbo per te un altro destino, e io farò in modo che tu possa compierlo. Prendi con te tutti i Troiani che potrai raccogliere. Segui la luce che io ti invierò per guidarti fino all'Ida e lì aspetta il mio segnale. Sarò io la tua salvezza, fidati di me».

Mi fissò. Per un attimo temetti che si rifiutasse di obbedirmi. Ma era il mio Enea: non avrebbe mai potuto mancare di fiducia in sua madre, o disobbedire a un ordine diretto di un dio. Annuì, e lanciatomi un lungo silenzioso sguardo di saluto, scomparve fra le colonne del peristilio.

«Perché lo hai fermato? Aveva ragione. Sono io la causa di tutto questo. Merito la morte.»

La voce di Elena era un sospiro. Credevo che non avesse ascoltato il nostro dialogo, invece non ne aveva perso una parola. Avrebbe avuto il tempo di scappare, ma aveva deciso di non farlo. Anzi, pareva quasi infastidita dal fatto che avessi trattenuto Enea. Grosse lacrime stillavano dai suoi occhi color del mare, e il suo volto perfetto mostrava i segni di una pena infinita. Le presi la mano fra le mie: era gelida.

«No, non la meriti. – dissi –Nessuno in fondo la merita, e tu meno di tutti. Noi dei, tutti, io compresa, abbiamo giocato con la tua vita come se fossi una nostra pedina, fin dalla tua nascita. Ciò che ora ti spetta è un po' di serenità.»

Passai la mia mano sul suo volto, come la si passa sopra la sabbia su cui un bambino ha disegnato qualcosa. Elena, vittima di un sonno improvviso, si accasciò a terra.

«Ora dimenticherai ogni cosa, Elena: Paride, la fuga, la guerra. – dissi perentoria – Non sei mai stata qui, a Troia. Quando ti risveglierai, sarai in Egitto, nella reggia del mio fido amico, il dio Proteo, che ti terrà come sua ospite. Quando fra qualche mese tuo marito Menelao, di ritorno da Troia, sbarcherà presso il Nilo, Proteo gli racconterà che tu in realtà sei stata con lui tutto il tempo, e quello che Paride aveva portato a Troia era solo un fantasma simile a te, che gli dei gli avevano dato per ingannarlo, far credere agli Achei che tu fossi fuggita con lui e scatenare la guerra. Tornerai con lui a Sparta, Elena, come regina, da tua figlia. Invecchierai con tuo marito e godrai del rispetto e della serenità che ti spettano. Questo è il dono che ti faccio in cambio della tua fede in me, che ho tradito.»

A un mio cenno, il carro divino delle mie colombe sacre si materializzò davanti all'altare. Vi posi sopra Elena profondamente addormentata e lo guardai innalzarsi verso il cielo, alla volta dell'Egitto.

Non potevo fare altro per quella città ormai perduta. Ma dovevo ancora fare molto per salvaguardare il futuro di mio figlio.

I PROFUGHI DELL'IDA

Gli stracci erano appesi ai rami degli alberi, per creare tende e ripari di fortuna. Sotto le fronde dei cespugli, i feriti erano stati distesi su stuoie di vimini e zolle d'erba morbida per dare loro un minimo sollievo. Chi era in grado di reggersi in piedi, nonostante le ferite e i lividi, si dava da fare: le donne preparavano il cibo arrostendo piccoli animali su spiedi improvvisati, i bambini raccoglievano bacche e radici; gli uomini avevano accatastato frasche e legni per innalzare una palizzata di difesa.

Ciò che colpiva di più, dell'improvvisato campo troiano, era il silenzio. Persino gli uccelli della foresta avevano zittito i loro canti, quasi volessero portare rispetto per il dolore degli scampati.

Quella manciata di uomini e donne terrorizzati, affamati, erano i superstiti di Troia. Non avevano più nulla: le loro lussuose case erano ridotte in cenere, le loro ricchezze avevano trovato nuovi padroni. I loro cari erano stati uccisi, o erano stati resi schiavi o dispersi. Erano sopravvissuti, sì. Ma per molti di loro, nemmeno questo era da reputarsi una fortuna.

Avevo ordinato alle sacerdotesse del mio tempio di dare aiuto agli scampati. Purtroppo potevano fare poco: Agamennone e i suoi scherani avevano preso possesso della regione in fretta, mandando presidi anche ai piedi dell'Ida, e controllavano le nostre mosse. Mi unii alle volontarie che si erano organizzate in segreto, travestita da novizia. Ci arrampicammo silenziose per i sentieri del bosco, di notte, per raggiungere la nostra meta.

Non appena giunta al campo, con la scusa di essere esperta di pozioni lenitive, mi intrufolai nel ricovero di Enea per curare Anchise. Nella tenda improvvisata, i capi rimasti dei Troiani si stavano riunendo per discutere sul futuro, senza badare a me.

Anchise era disteso per terra, su un giaciglio di foglie secche ricoperto da un drappo bruciacchiato, circondato dagli altri maggiorenti troiani scampati all'eccidio, che per rispetto rimanevano in piedi: morti Priamo e i suoi figli, era lui l'ultimo legittimo e unico erede della casata di Ilio.

Stentai a riconoscere in quel vecchio l'uomo che avevo amato un tempo: il passare degli anni e la separazione forzata avevano cambiato tante cose. Respirava a fatica, come se un peso gli opprimesse il petto. Le braccia erano scheletriche, le gambe immobili: sulla pelle ancora si vedevano le cicatrici lasciate dal fulmine di Zeus, marchio indelebile dell'ira divina. I suoi occhi erano divenuti trasparenti come l'acqua, i capelli radi e biancastri, le labbra, così carnose quando le baciavo, secche e sottili. Quando gli porsi dalla mia borraccia alcuni sorsi di una pozione mi fissò con uno sguardo vuoto e acquoso: nemmeno lui mi riconobbe. Era una larva, un fantasma dell'uomo bellissimo che un tempo era stato. Tuttavia la voce, per quanto flebile, era ancora calda come un tempo, e manteneva la quieta determinazione che ricordavo.

«Mio figlio ci guiderà verso la salvezza... gli dei lo hanno scelto...» assicurò, rivolto ai convenuti.

Tutti annuirono, tranne uno.

«Tuo figlio non è stato nemmeno capace di guidare sua moglie, l'ha persa mentre tentava di fuggire dalla città, come un codardo. Dovremmo scegliere lui come nostro comandante? Perché si dice sia figlio di una dea?»

A parlare era stato Antenore. Non avevo mai sopportato quel vecchio altezzoso. Discendente di Dardano, a corte era sempre stato onorato perché coetaneo e amico di Priamo, che lo aveva scelto come suo consigliere di fiducia. Non perdonava a Enea il fatto che gli dei lo avessero salvato nei combattimenti, mentre quattro dei suoi figli erano invece stati uccisi.

Potevo comprendere la sua rabbia, ma non che incolpasse mio figlio delle sue sventure. Sapevo, perché anche se lontana avevo continuato a ricevere notizie sull'evolversi della guerra da Hermes, che Antenore aveva avuto continui contatti con gli Achei: aveva ospitato l'ambasceria di Ulisse e Menelao quando erano venuti a richiedere Elena, aveva appoggiato la loro posizione, e si vociferava che avesse trattato segretamente con loro per avere salva la vita.

Difatti, fra tutti gli scampati, lui e gli altri quattro suoi figli superstiti sembravano quelli che avevano ricevuto meno danni: erano vestiti come principi, la loro casa a Troia era scampata misteriosamente alle fiamme, e ora erano lì, di fronte ad Anchise, con la protervia di vincitori, non di vinti.

«E chi dovremmo seguire? Te, che hai consegnato ai Greci il Palladio, la statua sacra di Atena, per avere salva la vita?» sbottò

Antifate, sovrano dei Lici, che era stato uno dei più fidi alleati di Troia ed era noto per il suo generoso coraggio e per il modo diretto e poco diplomatico con cui trattava ogni questione.

Antenore lo guardò con disprezzo: «Sì, visto che sono l'unico che aveva previsto la disfatta fin dall'inizio, insistendo per rimandare quella cagna di Elena dal marito! Non avete voluto ascoltarmi, affascinati dalla sua bellezza e dalle trame amorose di Afrodite. Le femmine portano disgrazie, che siano donne o dee, sempre! Voi mi chiamate traditore? Io preferisco definirmi saggio. Ho da mesi al sicuro nel porto di Tenedo una decina di navi, vettovaglie e ciurme di Eneti, che sono disposti a seguirmi di là del mare. Ci hanno detto che il nord dell'Esperia, la terra che si trova a Occidente, è vasta e fruttifera, piena di biada e di cavalli veloci, e ben disposta ad accogliere profughi. Partiremo domani, all'alba. Chi vuole seguirci, si affretti: non ho intenzione di aspettarvi. Se invece preferite restare qui con Anchise e il vostro Enea, che credete il prediletto degli dei, fate pure. Io preferisco aiutarmi da solo, e non aspettare che una madre divina lo salvi, senza preoccuparsi però dei suoi compagni di sventura, come ha sempre fatto in passato».

Strinsi i pugni: la voglia di ridurre in cenere quel tracotante buzzurro era fortissima. Per fortuna Enea, che fino a quel momento era stato seduto in silenzio accanto al padre, si levò in piedi. I suoi occhi erano viola cupo, segno che era adirato quanto me, ma la voce fu ferma e posata: «Hai ragione, Antenore. – disse – Io non ho alcuna autorità su di te, e non sei tenuto certo a credere alla mia discendenza divina o ad avere fiducia nelle promesse di mia madre. Se vuoi partire con i tuoi uomini e con chi vorrà seguirti, fallo. Che gli dei possano darvi vento favorevole e guidarvi in un luogo sicuro. Ma io sento la responsabilità di portare in salvo questi profughi che si sono affidati a me come loro guida. Non posso deluderli o tradirli. Che il fato sia benevolo a entrambi».

«Spero che tu sappia cosa stai facendo, Enea. Non hai mai avuto il carattere per essere un re. Mi auguro che per trascinare in mare questi poveri disgraziati che si affidano a te tu abbia qualcosa di più che la parola di tua madre, una dea che si occupa di tresche clandestine, non certo di esili e di guerre.»

Si girò infuriato, uscendo con i figli. Gli altri capi presenti nella stanza rimasero in silenzio, imbarazzati. Era chiaro che, pur se decisi a rimanere con mio figlio, giudicavano la mia protezione insufficiente per garantire il successo della loro impresa. Ai loro occhi di maschi, ero solo una femmina, per quanto divina. Fu allora che Anchise, con un enorme sforzo, si aggrappò alla mano di Enea, costringendolo a chinarsi per ascoltarlo: «Il popolo non ti seguirà se diremo loro che solo Afrodite ci protegge – sussurrò – ma io so come fare. Anio, un mio amico, è sommo sacerdote di Apollo, il dio delle profezie, a Delo. Andremo da lui per chiedere quale sarà la nostra meta. L'autorità di Febo metterà a tacere ogni possibile dubbio».

Enea annuì: «Vado a dare ordini per salpare al più presto» disse.

Io finii di dar da bere ad Anchise la pozione, uscii dalla tenda e volai veloce sull'Egeo alla volta di Delo. Dovevo convincere il sacerdote di Apollo a formulare il responso che serviva a me.

LAUNO

«Tu sei la dea?»

La ragazzina poteva avere dodici, al massimo tredici anni: una marea di riccioli neri a stento disciplinati in boccoli ribelli, musetto sveglio, naso all'insù, occhi scuri acuti come punte di spillo, guance puntellate di lentiggini, guance ancora paffute dell'infanzia, anche se già si intuiva sul volto l'adolescenza alle porte. Mi guardava con la curiosità guardinga che hanno i cuccioli già consapevoli che il mondo degli adulti è complicato e bisogna essere prudenti.

Ero apparsa a Delo, all'ombra della mia palma. L'avevo portata da Uruk quando avevo deciso di trasferirmi sulle rive dell'Egeo. Era diritta e tenace, e cresceva accanto a quello che era divenuto l'altare di Apollo.

Nell'epoca più antica, infatti, l'isola era stata un oracolo della Grande Dea. Lì un suo oracolo dava responsi ai viaggiatori e ai naviganti. Quando quel damerino olimpio, come suo solito, si era appropriato dell'oracolo, aveva cercato di nascondere le tracce della mia presenza antica, ma non aveva osato abbattere la palma, il mio sigillo. Così l'aveva lasciata in un angolo, negletta.

Delo era una piccola isola appoggiata fra onde turchine. La chiamavano "la Splendente", come me, per il nitore perfetto del suo cielo che si specchiava nel mare azzurro. I Greci quando ne avevano preso possesso l'avevano subito riconosciuta come isola sacra. L'avevano detta nata dalla metamorfosi di una ninfa, Asteria, sorella di Leto, la madre di Apollo e Artemide, che, come al solito insidiata da Zeus, avrebbe preferito mutarsi in scoglio piuttosto che cedere alle voglie del viscido signore dell'Olimpo.

Sciocchezze. Asteria era il nome con cui mi chiamavano i locali da tempo immemore, cambiando il mio nome fenicio, Astarte. E la mia palma a dispetto di tutto era rimasta presso l'altare, a ricordare a tutti, persino agli altezzosi Olimpi, che quella terra in origine era mia. Mi ero palesata lì convinta che in quell'angolo ombroso nessuno avrebbe notato il lucore che sempre accompagnava il mio arrivo. Ma mi sbagliavo: quella ragazzina sveglia, per qualche misterioso motivo, si era appostata per osservarmi.

«E tu chi sei?» chiesi, divertita. Non ho mai avuto un gran senso materno, lo ammetto, ma alcuni piccoli mortali mi conquistano con la loro ingenua sfacciataggine.

«Mi chiamo Launo, sono la figlia più giovane di Anio, il re dell'isola.»

«Bene. Devo parlare con tuo padre. Sono... una sua vecchia amica» dissi, per restare sul vago.

«Certo che sei nostra amica. – disse con un tono sicuro che mischiava insieme in modo affascinante il candore dell'infanzia e la presunzione baldanzosa dell'adolescenza – Ci hai sempre protetto. Quando i Greci sono arrivati qui ai tempi della loro spedizione contro Troia, hanno rapito le mie sorelle, che avevano il dono magico di trasformare ogni cosa in grano, olio e vino. Le volevano portare come schiave in Frigia per essere sicuri di non patire mai la fame durante l'assedio. Le presero di notte, costringendole a salire sulle navi nere, legate con catene di ferro e imbavagliate perché non potessero chiedere aiuto. Mio padre provò a inseguirli, invocando Apollo in aiuto, ma il dio non rispose, e Agamennone crudele minacciò di gettarle in mare piuttosto che restituirle. Tu invece ti precipitasti in soccorso, trasformandole in colombe e mettendole in salvo.»

La guardai meglio. Era troppo giovane per ricordare così bene quel fatto, avvenuto più di dieci anni prima.

«E tu come conosci questa storia e sai chi sono?»

«Sapevo che saresti arrivata. Sono progenie di Apollo, come mio padre. Nelle mie vene scorre il dono della profezia. Per questo vedo il passato e il futuro. E so riconoscere una divinità, quando me la ritrovo davanti» replicò con un sorriso furbo, piegandosi in un piccolo e grazioso inchino.

Le domandai sorridendo: «Quindi conosci anche il motivo della mia venuta?».

«Perché vuoi che mio padre con un vaticinio instradi tuo figlio, Enea, verso l'Italia, dove è destinato a stabilirsi. Purtroppo gli uomini sono sciocchi: se non è Apollo a dire loro dove andare, non credono che l'ordine venga dagli dei. O che noi femmine possiamo sapere cosa si debba fare meglio di loro» aggiunse sbuffando, come se già avesse avuto esperienza di questa fastidiosa abitudine maschile.

«E ho il sospetto che tu possa aiutarmi, vero?» esclamai ridendo, perché ormai quella ragazzina intraprendente mi aveva conquistata.

Ci pensò un attimo: «Sì, certo, mia signora. Mio padre userà me per dare il vaticinio, quindi basta che tu mi dica cosa devo riferire. Ma ti chiedo una cosa, in cambio. Ho avuto una premonizione sul mio futuro, e so che non è qui. Sono stufa di stare in questa isoletta sperduta, dove l'unico destino per me è rimanere con mio padre a servire Apollo, o sperare che un pescatore mi sposi o che un pirata mi rapisca. Promettimi che quando i Troiani e tuo figlio partiranno mi farai salire sulla nave con loro».

La guardai diritta negli occhi, assumendo un'espressione seria. Siccome quella ragazzina mi piaceva, volevo essere certa che fosse ben conscia delle implicazioni della sua richiesta, perché non avrebbe più potuto tornare indietro: «Non è difficile quello che chiedi per me, ma può esserlo per te. Sarai da sola, in mezzo a uomini e donne disperati che hanno perso tutto, e vagano per il mare in cerca di una casa. Non ci saranno le comodità a cui sei abituata qui, principessa, e neanche qualcuno che ti consoli, perché io non potrò restare sempre al tuo fianco. Sei sicura di volerlo?».

Launo corrugò le sopracciglia, chiuse gli occhi, come se volesse ripercorrere nella sua mente ciò che le era stato comunicato dagli dei: «La visione è precisa: Ananke vuole che io segua tuo figlio, ovunque andrà. È il mio destino».

A quel nome, Ananke, le mie resistenze caddero.

«Allora andiamo a cercare tuo padre ed Enea» dissi, porgendo la mano alla mia nuova alleata.

L'ORACOLO

I vapori dei bracieri saturavano l'aria. La spelonca era colma dei loro sbuffi, che, misti ai riverberi delle lucerne, facevano baluginare ombre inquietanti sui muri della caverna. L'antro dell'oracolo era una profonda spaccatura nel fianco del Cinto, la montagna di Delo. Era lì dall'inizio del mondo, da prima che Apollo e Artemide venissero al mondo, da prima che esistessero dei, da prima di tutto.

La leggenda diceva che la voragine si fosse formata quando una pietra infuocata era caduta dal cielo, in una notte d'estate. Zeus aveva fatto circolare la notizia che la pietra fosse quella che suo padre Crono aveva ingoiato al suo posto, quando era nato, e che fosse caduta su Delo quando gliel'aveva fatta sputare. Non era vero.

Era uno dei tanti segnacoli inviati agli umani dalla Grande Dea, che spesso faceva precipitare dal cielo pietre provenienti dal cosmo, per indicare i luoghi sulla terra in cui voleva venire onorata. Io stessa, quando ero Inanna, ero precipitata dal cielo su Uruk, sotto forma di meteora che aveva illuminato il buio della notte. E lì avevano costruito il mio tempio.

A Delo, invece, gli abitanti del luogo, corsi sul margine del cratere formatosi per l'impatto, si erano limitati a richiudere l'apertura con dieci enormi lastre di granito lucente, e costruire davanti a essa una terrazza circondata da pietre, al cui centro avevano posto un altare. La divinità venerata in origine era senza nome e senza storia: era e basta, come ogni dea generata dal Caos. Poi, quando gli Olimpi si erano manifestati e avevano preso il controllo di quelle lande, Apollo aveva preso possesso del santuario, e trasformato in suoi i sacerdoti e le profetesse che un tempo lavoravano per me.

Seduta su uno scranno di pietra, avvolta dal fumo delle erbe crepitanti nel braciere, Launo ripeteva una cantilena senza parole, fissando con occhi in apparenza vuoti un punto indistinto davanti a sé. Io le ero accanto, travestita da inserviente del tempio. Accanto a Launo stava suo padre, Anio, vestito di un manto dorato e con i polsi avvolti in bianche bende sacrali, che sottolineavano il suo ruolo di alto sacerdote. Di fronte a lui c'erano Enea, Acate, braccio destro di mio figlio, e Antifate, signore dei Lici. Poco discosto, su una barella improvvisata, giaceva Anchise. Dietro vi era un folto gruppo di profughi e scampati, desiderosi di sentire con le loro orecchie il responso.

D'improvviso Launo parve essere presa da un tremito inarrestabile: rovesciò gli occhi, digrignò i denti, deformò il volto in una smorfia orribile, gettò un grido. Bisognava riconoscerlo, quella ragazzina aveva un vero talento per l'inganno: più che nipote di Apollo, sembrava figlia di Hermes. Nessuno sospettò una recita. Il padre corse a sostenerla preoccupato; Enea, gli altri e perfino Anchise si sporsero per udire meglio i singulti che emetteva.

«L'antica madre... l'antica madre... cercatela e tornate da lei...»

Fra i rantoli, le parole risuonarono chiarissime. E ancora più chiaro mi era parso che avrebbe dovuto essere il loro significato: io ero la madre, la più antica di tutte, e madre di Enea in particolare. La profezia avrebbe dovuto confermare che dovevano seguire le mie indicazioni e andare nella terra che ora mi ospitava, il Lazio.

Con Launo le avevamo studiate perché fossero abbastanza oscure per sembrare un oracolo veritiero, ma sufficientemente semplici per non venire travisate. I mortali, ahimè, detestano avere responsi diretti. Soprattutto i Greci si sentono defraudati se le divinità rispondono loro con chiarezza: li priva della possibilità di dimostrarci sagaci.

Ma avevamo entrambe sottovalutato la stupidità umana.

Capii che qualcosa non stava andando secondo i nostri piani quando li vidi guardarsi dapprima fra loro perplessi e confusi, e poi uscire dal tempio per consultarsi freneticamente.

«L'antica madre? E che cosa vorrà mai dire?» chiese infatti ad Anio Antifate, piuttosto irritato.

Il sacerdote, paludato di prosopopea ieratica, scosse la testa: «Purtroppo i responsi degli dei sono spesso ambigui. Sta a noi interpretarli, sulla base delle tradizioni di coloro che chiedono l'oracolo...».

Speravo a quel punto che Enea risolvesse il problema: per tutti i numi, con un minimo di intuizione, mio figlio avrebbe dovuto capire che mi riferivo a me stessa! Invece si limitò a scuotere la testa anche lui, volgendosi verso Anchise e chiedendogli: «Padre, che pensi che intenda Apollo con le sue oscure parole?».

«Non saprei – biascicò Anchise. Poi, come se avesse avuto una illuminazione improvvisa, esclamò – Dardano! Il nostro antenato Dardano veniva da Creta! Forse quella è la terra che Apollo ci assegna!»

Creta! Non riuscivo a capacitarmi di quanto fossero ottusi. Launo, resasi conto dell'equivoco, fece finta di riaversi e tentò di prendere la parola.

«Io credo che Apollo intendesse...» cercò di dire.

Ma il padre, timoroso che un suo intervento gli facesse perdere le generose offerte promesse dagli ospiti per il vaticinio, e soprattutto sminuisse la sua autorità, la zittì con un gesto: «Figlia, tu sei solo un tramite per la volontà del nostro dio, non hai certo facoltà di interpretare le sue parole. Ora torna al tempio, a riposare, sei troppo provata per dire qualcosa che abbia senso».

Era inutile. Non ci avrebbero mai ascoltate. Presi Launo sotto braccio e la accompagnai verso il tempio. Ora capivo perché quella ragazzina avesse tanta voglia di andarsene: non poteva certo rimanere bloccata lì, agli ordini di un padre presuntuoso che la trattava come una scimmietta ammaestrata.

«Ci ho provato, ma non mi ascoltano, come al solito. Secondo loro non sono nemmeno capace di capire i responsi che io stessa do!» esclamò rabbiosa, una volta lontano da orecchie indiscrete.

Le risposi: «È perché sei una femmina, Launo. E gli uomini come tuo padre e tanti altri non hanno ancora capito che ad ascoltarci e a trattarci da pari ci guadagnerebbero soltanto. Credimi, anche io ho molta esperienza in merito».

«Non ti rimangerai la parola, vero? Mi farai partire con Enea?»

Le sorrisi: «Non sei certo tu che hai commesso errori. Salperai con la flotta, domani mattina. Ma per essere certa che tu venga presa più sul serio durante il viaggio e corra meno rischi, ti darò le sembianze di un ragazzo. Ti chiamerai sempre Launo, ora, ma sarai un mozzo sull'ammiraglia di Enea, agli ordini di Acate».

Al mio tocco, i suoi capelli ricci si accorciarono, le forme femminili già appena accennate divennero ancora più indistinguibili.

Sospirai. In fondo ero felice che andasse con loro.

Qualcuno di sveglio e fidato che seguisse la spedizione, a questo punto, ci voleva.

PROFEZIE DA RIVEDERE

«Qui non c'è nessuno con cui trattare, signore, soltanto cadaveri.»

Inginocchiato di fronte a Enea sulla rena della piccola spiaggia, Acate teneva per precauzione davanti alla bocca una garza. Gli uomini dell'equipaggio che aveva portato con sé in avanscoperta facevano lo stesso. Tutti attorno stavano i profughi troiani, in mezzo ai quali eravamo anche Launo e io. Da tre giorni eravamo sbarcati nell'isola di Creta. Enea, dopo aver fatto tirare in secco le navi e costruire un piccolo accampamento per tenerci al sicuro, aveva inviato un gruppo di suoi fidi per esplorare il territorio e prendere contatto con gli abitanti: desiderava che lo sbarco fosse pacifico e che i Troiani fossero accettati dalle autorità locali.

«È una terra di morti?» chiese Anchise, alzandosi dalla barella.

Acate annuì: «Ci siamo inoltrati per alcune miglia nell'entroterra, ma a ogni villaggio o insediamento che incontravamo lo scenario di fronte a noi era lo stesso: campi desolati e bruciati dal sole e capanne vuote. Attorno alle case distese di tombe scavate di fresco e richiuse da poco. Quando siamo arrivati nei pressi delle mura della città, nessuna sentinella sugli spalti. Siamo entrati, con circospezione. Attorno a noi solo silenzio e grida di corvi. Inoltrandoci nei vicoli, abbiamo intravisto i primi cadaveri. Erano poveri resti ormai irriconoscibili, accatastati alla rinfusa come quelli di coloro a cui non si è data sepoltura. Pire funebri consumate occupavano tutto lo spazio della piazza centrale. È chiaro che una epidemia improvvisa e devastante ha colpito quest'isola, mio signore, e sterminato gran parte del suo popolo. Non vi è traccia del re Idomeneo o della sua famiglia: la reggia era deserta come ogni altro edificio.

«Non abbiamo toccato nulla. Benché fossimo impietositi dalla sorte di quei defunti, lasciati insepolti in balia dei corvi, troppo grande era il rischio che anche noi ci contagiassimo. Per le strade abbiamo visto cavalli, cani e altri animali rantolanti, segno che l'epidemia non è ancora cessata. Siamo corsi via, per riferirvi le nostre scoperte. Principe Enea, io non credo che questa sia la terra che gli dei ci destinano come nuova patria. Non sappiamo quale sia il morbo che ha ucciso così rapidamente i Cretesi, ma temo che ancora alberghi in questa regione. Per noi è troppo rischioso fermarci: già sbarcare potrebbe essere stato fatale.»

Anchise annuì. pareva confuso e affranto: «Capisco, capisco. – disse – Avete fatto bene. Ma dove possiamo andare ora, Enea? L'antica madre del nostro popolo era Creta. Gli dei non possono averci mentito. Forse hanno cambiato i loro piani?

Non credo. Forse dovremmo tornare a Delo per chiedere un nuovo responso…».

«Hai ragione, padre. – disse Enea – Saliremo immediatamente sulle navi. Ma non posso consentire che tu e gli altri Troiani, che già siete molto provati, dobbiate stancarvi con un nuovo viaggio. Ci aspetterete a Nasso. Andrò io a Delo e a consultare nuovamente gli dei.»

Trattenni un moto di stizza. Come era possibile che quell'uomo che tanto avevo amato per la sua sottile intelligenza non riuscisse a capire ciò che era necessario fare? Apollo aveva fatto scoppiare a Creta una epidemia di peste improvvisa, sicuro che questo sarebbe stato interpretato come un segno funesto dai Troiani. Detesto la brutalità degli Olimpi, ma una tale disgrazia faceva ben capire come anche per loro fosse importante che mio figlio portasse a termine la sua missione, anche a costo di far morire migliaia di incolpevoli Cretesi. E invece questo non era sufficiente per Anchise! Tornare a Delo per un nuovo responso? Avrebbe significato perdere tempo. E soprattutto non volevo che gli Olimpi scatenassero nel frattempo qualche altro inutile cataclisma sterminando innocenti per costringere Enea a seguire i loro piani.

«Dobbiamo agire noi due» sibilai all'orecchio della mia fidata Launo.

Lei annuì: «Sì, ma come? Potrei dire che ho avuto una premonizione, ma non mi hanno creduto nemmeno quando a Delo ero la sacerdotessa ispirata da Apollo, come potrebbero prestarmi fede ora che mi credono un mozzo?».

«Dove non arriva la potenza delle profezie, deve arrivare la scaltrezza di noi femmine. – sentenziai – Sai dove Enea ha messo le statuette dei Lari, gli dei protettori che ha salvato dalla sua casa a Troia?»

«Certo. Le ha chiuse in uno scrigno nella stiva, al sicuro.»

«Bene, tirale fuori di nascosto e portamele. Stasera io e te metteremo in scena uno spettacolo.»

La notte cadde all'improvviso. I Troiani, provati dalle pessime notizie, si ritirarono nelle loro tende senza perdere tempo in chiacchiere attorno ai fuochi. Tutti volevano solo lasciare al più presto quella che si era rivelata una terra maledetta. Non appena il silenzio coprì ogni cosa, Launo e io ci avvicinammo alla tenda di Enea. Mio figlio dormiva da solo: in vista della partenza per Delo aveva fatto ospitare Anchise e il piccolo Ascanio in un altro ricovero.

Piazzai le statue dei Lari di fronte all'entrata della tenda. Launo mi aiutò a conficcare le loro effigi nella sabbia. Poi, con un gesto, diradai le nuvole attorno alla luna, in maniera che i suoi raggi colpissero con la loro luce eterea la pietra bianca degli idoletti. Il riflesso si diffuse nell'aria, chiaro e brillante. Io aprii leggermente la stoffa che chiudeva l'apertura della tenda di Enea, in maniera che la luce andasse a colpire gli occhi di mio figlio. Si svegliò improvvisamente, stupito che la luna fosse apparsa in una notte fino a pochi istanti prima oscurissima. Uscì. Restò basito trovandosi di fronte gli idoli che sapeva di aver nascosto lui stesso per tenerli al sicuro.

Conosco mio figlio, e più ancora conosco come ragionano gli umani. Avrei potuto comparirgli io stessa, ordinandogli di andare nel Lazio. Mi avrebbe di certo ubbidito. Ma preferivo capisse che la sua missione non dipendeva da me e non era in nessun modo vincolata al fatto che fossi sua madre. Desideravo che sentisse che erano gli dei, tutti, a indirizzarlo verso quello che era il suo destino, e che questo era in qualche modo più importante e più grande persino di me o di noi due.

Così, con un cenno, ordinai alle pietre di animarsi, e parlare: «Enea, non è necessario che torni a Delo, per conoscere il tuo destino. Non è Creta la terra che ti è stata promessa. Non è qui che dovrai ricostruire le fortune dei Troiani. Il luogo che ti appartiene è a Occidente, nelle terre dove il sole tramonta. La chiamano Esperia i Greci, e Ausonia gli indigeni; è la terra che abitarono gli Enotri un tempo e ora i Latini. Lì era nato il progenitore della tua stirpe, Dardano, e lì devi ritornare tu, perché quella è la tua antica madre, sacra alla tua madre divina. Questo è il volere degli Olimpi, questo il messaggio che Febo Apollo ti invia per mezzo di noi Penati, i protettori della tua gente. Obbedisci al volere e compi il tuo destino!».

Enea non replicò. Chinò il capo annuendo, e si inginocchiò in segno di rispetto. Con un gesto, aumentai il bagliore fin quasi ad accecarlo. Stordito, mio figlio crollò sulla sabbia. Launo, preoccupata, quando lo vide a terra si chinò su di lui a controllarlo, temendo che fosse rimasto ferito.

«Starà benissimo. – la rassicurai – Dormirà come un sasso fino a domani mattina, e quando si sveglierà comunicherà ai Troiani e a suo padre la nuova meta del loro viaggio. Ora aiutami a spostare questi affari di nuovo nella stiva, e andiamo anche noi a riposare. Sarà un lungo viaggio, e abbiamo capito che non possiamo lasciarli soli, o chissà che guai possono combinare.»

TEMPESTA IN MARE

«Forse dovremmo dirigerci verso la costa e cercare riparo.»

«Ma che dici, Launo? È la giornata più bella che abbia mai visto: non c'è una nuvola in cielo e il mare è piatto come una tavola!»

«Lo so, ma ho un brutto presentimento...»

Acate fissò il mozzo perplesso. Non era da lui mostrarsi timoroso o farsi prendere dal panico senza motivo. Da quando era entrato a far parte della ciurma, sbucando dal nulla e presentandosi come un orfano che desiderava conoscere il mondo, Launo si era fatto benvolere da tutti. Nonostante fosse uno scricciolo con le braccia sottili e il corpo smilzo quanto quello di una fanciulla, quel ragazzetto non era mai stanco, non protestava mai, non si lamentava. Parlava poco, mangiava niente, se ne stava spesso e volentieri in disparte, e tutti lo prendevano in giro per la sua estrema timidezza, che gli impediva di gareggiare nudo nella corsa e nei giochi funebri per Anchise in Sicilia con gli altri fanciulli della sua età, tanto che spesso Acate si era domandato se non nascondesse sotto i vestiti cicatrici o segni di maltrattamenti, che avrebbero spiegato la sua fuga così precipitosa da Delo. Ma a parte queste piccole stranezze, per il resto era il marinaio perfetto. Portava a termine con determinazione e intelligenza qualsiasi compito gli venisse affidato e per di più era in grado di stare sveglio per giorni e notti accanto al nocchiero, intuendo immancabilmente la rotta più sicura e veloce, come se gli dei gliela avessero suggerita.

«Se Launo ha un presentimento, dovremmo seguirlo. Non ci ha mai deluso.»

Era stato Enea a parlare. Si avvicinò al ragazzo, e gli diede una affettuosa manata sulla testa. Lui, preso alla sprovvista, chinò velocemente il capo per nascondere il volto, che si era fatto di porpora.

Acate si impose di non sorridere. Era abbastanza vecchio per riconoscere i segni di una infatuazione, e gli era ormai chiaro da mesi che il giovane Launo era perdutamente innamorato di Enea. Come era altrettanto chiaro che Enea non si era reso conto di nulla: da quando pensava che i Lari gli avevano parlato, non aveva in mente nient'altro che raggiungere le coste del Lazio.

Sperava che il piccolo potesse superare l'inevitabile delusione, perché perdere un buon elemento come lui gli avrebbe davvero dato fastidio, specie in un momento in cui avevano davvero bisogno di ogni risorsa disponibile per trovare finalmente una nuova terra in cui stabilirsi, meditò fra sé e sé.

Fu in quel momento che un soffio di aria gelida gli percosse il volto come una stilettata. Non fece in tempo nemmeno a urlare un ordine. Nubi scure come catrame occuparono il cielo. I venti cominciarono a soffiare in tutte le direzioni, come se Eolo in persona avesse aperto il suo otre apposta per colpire i Troiani. Le navi precipitarono nelle tenebre, senza più punti di riferimento che i nocchieri potessero usare per orientarsi. Turbini contrastanti fra loro spingevano onde sempre più alte contro le carene.

«Ammainate le vele! Remiamo verso la costa!» urlò Enea, tenendosi alle cime per mantenersi ritto sul ponte, mentre spruzzi di acqua lo sovrastavano e rendevano ogni appoggio scivoloso.

Launo era terrorizzato, impietrito sulla prua come se si fosse trasformato in una polena. Non era mai stato prima nel mezzo di una tempesta di quelle proporzioni. Pioggia e fulmini cadevano a scroscio. Due delle navi di fronte alla loro, risucchiate da un gorgo comparso improvvisamente, furono sollevate e sbattute contro gli scogli. L'ululare dei venti e il rombo dei tuoni non riuscirono del tutto a coprire il rumore del legno che si fracassava e le urla disperate dei naufraghi caduti in acqua. Un'onda più alta della paratia strappò Acate dal ponte e lo trascinò tra i flutti. Enea, con un enorme sforzo, si sporse verso Launo, afferrandogli un braccio e tirandolo verso di sé, per proteggerlo. Launo si aggrappò al suo petto, stringendosi forte.

«Qualsiasi cosa accada, non staccarti!» gli ordinò Enea.

«N-no» mormorò Launo, ansimante, non avrebbe saputo dire se per il terrore o per l'emozione di essergli così vicino.

Ma qualcosa catturò la sua attenzione. Un fulmine illuminò il cielo abbastanza a lungo e poté riconoscere, seminascoste da un nembo, le sagome di Euro e Noto, le divinità dei venti, che soffiavano nascoste fra le nuvole.

Dunque non era una tempesta naturale, quella. Era stata voluta e scatenata da una qualche divinità, per colpire Enea.

Inspirò forte, per tentare di calmarsi e riprendere il controllo su di sé.

Fu allora che mi evocò, chiamandomi in aiuto.

BARUFFA SULL'OLIMPO

«Sono stufa dei vostri inganni! Non ne posso più. Sono anni che Enea vaga senza meta nel Mediterraneo, e ora, che era arrivato in Sicilia ed era a un passo dallo sbarcare finalmente nel Lazio dove lo attende il suo destino, tua moglie, Zeus, tua moglie gli ha scatenato contro una tempesta! Guarda tu stesso! Hera è andata da Eolo, e gli ha ordinato di lasciar liberi tutti i venti per affondare la flotta troiana. Le navi vengono sollevate in aria, si schiantano sugli scogli, e tu che fai, dormi? Invece di controllare me, perché temi che aiuti Enea, vedi di prestare attenzione a quello che fa Hera!»

La grande sala dell'Olimpo rimbombava delle mie urla. Decine di ninfe e divinità minori si nascondevano dietro alle colonne e ai decori del trono di Zeus, terrorizzati. Per loro ero da sempre solo la bella Afrodite, dea dell'amore, compiacente, silenziosa, affascinante. Ma quella che si vedevano di fronte ora era un'Afrodite infuriata e irata, che niente aveva di placido e di seducente. Del resto nulla è più distruttivo dell'amore, quando si sente tradito e si trasforma in rabbia.

Lo stesso Zeus sembrava seriamente preoccupato.

«Figlia mia...» tentò di mediare, conciliante.

«Non sono tua figlia, non lo sono mai stata! Sono una delle forze più potenti del cosmo, più antica di te e di tutti questi bellimbusti dei tuoi figli e fratelli! Tu sei il custode del Fato, e devi obbedire ai suoi voleri. Enea è un prescelto, nulla può cambiare il suo destino: è il volere di Ananke. Sono stufa di essere presa in giro. Ricorda cosa accadde in Mesopotamia, quando gli dei osarono sfidare la mia ira. Ferma tua moglie, o la fermerò io, una volta per tutte!»

«E va bene, e va bene! – sbottò, alzando la mano – Poseidone, vai a calmare le acque e assicurati che i Troiani raggiungano la riva incolumi. Hermes, vola da Elio, e ordinagli di richiamare i venti. E poi ricorda a Hera che Enea è sotto la mia protezione, e non tollererò altre sue interferenze.»

Si appoggiò allo schienale del suo trono, sfinito. Se non fossi stata così indispettita, avrei quasi provato pena per lui. La guerra di Troia si era conclusa con la vittoria dei Greci, ma da allora tutto si era rivoltato contro di loro. Gli Achei vincitori avevano goduto poco dei frutti della loro impresa. Ananke pareva essersi divertita a rovesciare su di loro sfortune di ogni genere, e io mi ero presa la briga di secondarla in ogni maniera.

Gran parte della flotta greca era stata distrutta da Nauplio, re dell'Eubea. Quando aveva scoperto che il figlio Palamede era stato condannato a morte per una falsa accusa di Ulisse, aveva atteso che gli Achei prendessero il mare e poi aveva acceso fuochi per ingannarli sulla rotta e farli fracassare sugli scogli attorno alla sua isola. Le navi dei vincitori erano miseramente naufragate al largo del monte Cafareo, e gli eroi che avevano sconfitto interi eserciti erano divenuti misero cibo per i pesci. Agamennone, il gran comandante della spedizione, pure era morto malamente. L'intuizione non era mai stata la caratteristica più spiccata di quell'uomo così rozzo. Mi ero divertita a fargli perdere la testa per Cassandra, la bella profetessa troiana. Se ne era così incapricciato da portarsela a casa trionfante, dimenticandosi che Clitemnestra, sua moglie, non solo doveva ancora perdonargli il sacrificio della figlia Ifigenia ma, per giunta, mentre lui era lontano, si era ormai ricostruita una vita con il suo amante, Egisto. La prospettiva di perdere il trono e l'amore per il ritorno di un marito che detestava erano stati sufficienti a spingerla all'omicidio. Agamennone era morto sgozzato nella sua stessa vasca da bagno, annegato nel suo sangue, come il maiale che era.

Anche Diomede, colui che mi aveva ferito in battaglia, aveva avuto ciò che si meritava. Avevo fatto in modo che il suo ricordo fosse cancellato dalle menti di tutti coloro che lo conoscevano in patria. Sbarcato ad Argo, era stato trattato come uno straniero: la moglie Egialea si era risposata, i suoi sudditi non si rammentavano nemmeno della sua esistenza. Così il grand'uomo era stato costretto a prendere il mare e andarsene verso il Nord freddo e nebbioso, nel seno profondo dell'Adriatico. Ho fatto perdere le sue tracce alle foci del Timavo, dove si era rifugiato fra i barbari. Non mi sono nemmeno presa la briga di ucciderlo: in fondo venire dimenticato nel gelo e nel nulla mi sembra una punizione persino peggiore.

Il suo degno compare, Ulisse, invece vagava ancora per il Mediterraneo. Noi divinità eravamo ormai stremate nel sentire le lagne di Atena, che piangeva perché il suo protetto non riusciva a tornare a Itaca. Perché ci tenesse tanto a tornare su quello scoglio brullo buono solo per le capre nessuno lo capiva. Ma in realtà Ulisse poteva incolpare della sua sfortuna solo se stesso: in una delle sue soste, infatti, non solo aveva accecato il ciclope Polifemo, figlio di Poseidone, ma era stato anche così stupido da vantarsene. Sogghignavo nel vedere che ogni volta che era lì lì per toccare le sponde di Itaca, Poseidone con una gran tempesta lo scacciava in qualche angolo lontanissimo del Mediterraneo, e lui doveva ricominciare daccapo a cercare la rotta, sempre più stanco e con sempre meno compagni. E quello veniva considerato il più furbo dei Greci.

L'unico che avevo protetto nel ritorno era stato Menelao.

Glielo dovevo.

Di tutti i comandanti Greci, confesso, era l'unico che aveva sempre suscitato in me un vago senso di simpatia. Era stato costretto a crescere in quell'inferno che era la casa degli Atridi all'ombra e al servizio del fratello Agamennone, quel despota che sempre aveva avuto un solo obiettivo: il potere. Altri si sarebbero ribellati, lui no. E non per mancanza di carattere. Menelao possedeva la forza silenziosa di coloro che hanno accettato di avere un ruolo dietro le quinte non per mancanza di coraggio o ambizione, ma per scelta consapevole. Era un uomo intelligente: ciò a cui aspirava davvero non era la gloria, ma la serenità.

Elena aveva intuito il suo carattere schivo e onesto. Credo lo avesse scelto per questo come marito: di tutti gli uomini che non amava, Menelao era l'unico che la facesse sentire al sicuro. Non so se lui lo avesse intuito, ma negli anni in cui avevano vissuto assieme aveva cercato di essere un bravo re e un bravo marito, quasi volesse dimostrare di meritarsi quel dono inaspettato. Come dea dell'amore, non potevo imputargli nulla: era stato un amante e un marito presente e premuroso. Non si era mai imposto con la forza sulla moglie, l'aveva rispettata come donna e mai prevaricata nel ruolo di regina, aveva governato Sparta con equilibrio e moderazione. Fosse stato per me non avrei mai turbato il suo matrimonio o la sua vita: quella con Paride avrebbe dovuto essere un'avventura priva di conseguenze e di ricadute. Non era nei miei piani originari spingere Elena a lasciare Sparta e il marito, lo sapete.

Quando, finita la guerra, Menelao era partito da Troia, lo avevo fatto naufragare in Egitto, dove, come avevo promesso, aveva ritrovato Elena alla reggia di Proteo. Non ho mai capito, a dire il vero, se avesse davvero creduto alla storia che quello presente a Troia fosse solo un fantasma simile alla moglie, svanito al momento della caduta della città, e che Elena non lo avesse in realtà mai tradito.

Penso che abbia subodorato si trattasse di una menzogna. Ma aveva finto di accettarla, senza indagare oltre. Credo che tanti anni di guerra, di stragi e di sventure lo avessero fatto divenire il più saggio di tutti i Greci: aveva accettato il fatto che un tradimento non è la fine del mondo, e che una coppia felice si basa su un equilibrio complesso che prevede il perdono o almeno la tolleranza per i reciproci errori.

Erano tornati insieme, lui ed Elena, come se la guerra non fosse stata che un brutto sogno. E forse per loro, alla fin fine, lo era davvero stato.

La voce di Zeus mi strappò bruscamente alle mie divagazioni:

«Ecco, la tempesta è sedata. – annunciò, aprendo un varco attraverso le nubi – Il tuo Enea è in salvo, sulle coste di Cartagine. Puoi controllare tu stessa da qui.»

«Preferisco andare di persona. E tu tieni sotto controllo Hera. So che Cartagine è una sua città, sarà mia cura fare in modo che sia accolto nel migliore dei modi e non gli accada nulla.»

Zeus sospirò e annuì. Io uscii dalla sala veloce e, senza perdere tempo, prima ancora di salire sul mio carro convocai Eros, il dio della passione d'amore.

Dovevo affidargli una missione della massima importanza.

DIDONE

Era vivo.

Quando lo vidi insieme ai suoi, sulla spiaggia, al sicuro, ripresi a respirare. Era provato, certo, il mio Enea, con i capelli incrostati di salso, la barba arruffata, gli abiti molli per l'acqua e gli occhi che parevano quasi neri per le angosce e le preoccupazioni che lo agitavano. Ma nessun dio lo aveva potuto toccare: era salvo.

Attorno a lui, gli scampati troiani si muovevano sulla rena spaesati e ancora sconvolti, increduli di essere riusciti a sopravvivere alla tempesta. Acate, che era stato sbalzato dalla nave ma era riuscito a raggiungere terra a nuoto, ora tossiva e sputava acqua, seduto sulla battigia.

Io avevo preso le sembianze di una giovane cacciatrice, con il gonnellino corto delle seguaci di Artemide e la faretra a tracolla. A Launo bastò un'occhiata per riconoscermi, ma con un cenno le ordinai di tacere.

Quando mi vide, Enea mi venne incontro, e si inginocchiò di fronte a me, le palme alzate per rassicurarmi di non avere intenzioni malvagie: «Che tu sia una mortale o, come io credo vedendo la tua bellezza, una dea, abbi pietà di noi che siamo naufraghi e indicaci in che terra siamo giunti e chi la regge».

Mai come allora mi ricordò suo padre: la stessa gentilezza ferma ed elegante, lo stesso sguardo fiero, eppure allo stesso tempo rassicurante e pacato, la stessa voce profonda. Accanto a lui, Launo lo fissava con sguardo adorante in silenzio, quasi fosse lui, e non io, la divinità che si era manifestata. Nonostante ancora mantenesse le spoglie maschili, l'adolescente ormai era divenuta una donna: gli anni passati in mare avevano reso il suo corpo atletico, ma ne avevano anche esaltato la grazia e l'eleganza. Avevo dovuto usare tutti i miei incanti perché la sua vera natura non apparisse palese a tutti, ma per me che la potevo vedere senza inganni era chiaro che si sarebbe presto trasformata in una donna talmente bella che nessuna magia avrebbe potuto farla restare a lungo inosservata.

Ma non potevo pensare a questo, ora.

«Non sono una dea. – mentii, trattenendo l'impeto di abbracciare mio figlio – Sono una delle ancelle di Didone, regina di Cartagine, e questo è il nome della terra in cui siete sbarcati. Ma sarà la nostra stessa sovrana a dirti il resto.»

Mi feci da parte, con un inchino. Dietro a me apparve un corteo di carri a capo del quale vi era quello di Didone, che, avvertita dello sbarco di profughi vicino alla città, era subito voluta venire a constatare di persona di chi si trattasse.

La regina, dietro mio consiglio, aveva indossato un lungo peplo bianco e raccolto i capelli biondi in una acconciatura trattenuta da spilloni d'oro decorati con gemme preziose. Un mantello intarsiato di fili dorati e una collana completavano il tutto, facendo risaltare al meglio la pelle d'ambra, le labbra carnose e gli occhi luminosi. Con un gesto resi la sua bellezza sfolgorante e perfetta, degna di quella di una dea.

Non dovetti invece fare molto per rendere Enea meraviglioso: lo era già di suo. Quando gli occhi viola di mio figlio incrociarono lo sguardo di Didone, la regina sentì il cuore fermarsi e poi riprendere a battere come quello di un atleta che a Olimpia corre per la vittoria: le sembrò che un leggero mancamento la facesse barcollare, e la terra stessa tremasse come tremavano le sue ginocchia.

Il mio tocco finale fu Eros, che prese le sembianze di mio nipote, il piccolo Iulo, e con la sua grazia di bambino innocente le corse incontro, abbracciandola. Didone fu sopraffatta: la bellezza di Enea, la tenerezza del bimbo che non aveva avuto dalle sue nozze precedenti, il profumo della primavera che andavo spargendo attorno a lei. Dimenticò di essere regina, fu solo, per un attimo, una donna. Sono la dea dell'amore: quel momento fu il mio capolavoro.

Non poteva avere scampo, e non lo ebbe. Enea le sorrise, e fu perduta.

Ero soddisfatta. Ora che Didone era innamorata di Enea, lui avrebbe potuto restare a Cartagine il tempo necessario per riprendersi dalle fatiche e dai pericoli, per poi riprendere il mare.

O almeno così credevo. Ma a riportarmi alla realtà bastò un bagliore che attraversò le fila dei Cartaginesi. Lo riconobbi: era il segno della discesa di una divinità. Infatti, improvvisamente, si materializzò accanto a me Hera, la dea più onorata a Cartagine.

«L'hai fatta innamorare. Una mossa intelligente. Adesso però è ora che noi due parliamo. Da sole» disse.

Alzai il sopracciglio, perplessa. L'idea di dover trattare con la mia nemica non mi piaceva per nulla.

IL PATTO

«Siamo io e te, finalmente. È necessario che ragioniamo fra noi. Ti voglio proporre un patto.»

«Un patto?»

Ero sinceramente sorpresa.

Hera annuì. Era dinnanzi a me, in piedi, i capelli raccolti in un'acconciatura severa, il lungo peplo ondeggiante sul corpo tornito e generoso, il volto di una bellezza algida e distante atteggiato in una espressione indecifrabile, in apparenza aliena da ogni sentimento o emozione. Mi resi conto che era la prima volta che ci incontravamo senza altri intorno: le mie frequentazioni con la signora dell'Olimpo erano state sporadiche e limitate a occasioni ufficiali. La nostra reciproca insofferenza era stata così fulminea e palese che avevamo deciso di non concederci nessun'altra possibilità per conoscerci meglio.

Eppure io e lei, nonostante tutto, dovevamo avere qualcosa in comune, il ricordo, per quanto nebuloso, della Grande Dea signora del Tutto che eravamo state in origine e che si era separata in diverse entità. I Greci, me ne ero resa conto frequentandoli, avevano cancellato la memoria di quella divinità ancestrale femminile. Ma qua e là barlumi di quel potere riemergevano nelle loro storie e nei culti: in Artemide signora della luna e degli animali, che imponeva la sua legge selvaggia nei boschi, in Atena che sapeva tessere i fili del telaio e gli inganni in guerra come in pace, in Demetra che governava le messi e gli armenti, in Persefone, signora dell'aldilà, malmaritata e ombrosa, e in me, incontrastata e pericolosissima incarnazione dell'amore e del desiderio, in grado di far impazzire anche il più saggio fra gli uomini, e perderlo per sempre.

E in lei? Cosa vi era di me, di noi e della dea che tutte eravamo state in quella divinità così dura, fredda, che sembrava irrigidita e prigioniera nel suo ruolo angusto di moglie?

Tentai di immedesimarmi, osservandola con attenzione.

Mi resi conto che, dietro l'apparenza controllata, era un vulcano silente sul punto di esplodere. Avvertii l'insoddisfazione e l'insofferenza che scorrevano come fiumi di magma sotterraneo nelle sue vene, l'ira trattenuta a stento che le faceva pulsare le tempie, l'angoscia che le annodava le viscere. Nel profondo del suo animo Hera covava in sé una rabbia feroce che cercava una strada per venire alla luce. I Greci e Zeus, che in apparenza le avevano riconosciuto una posizione d'onore, di fatto l'avevano resa impotente. La signora dell'Olimpo era una belva in gabbia, che ruggiva dietro e sbarre dorate. Il suo ruolo era la sua trappola, ciò che le garantiva prestigio, ma le toglieva il potere.

Se solo avessimo potuto essere alleate, e non nemiche, non ci sarebbe stato limite a ciò che avremmo potuto creare. Gli Olimpi tutti e Zeus stesso avrebbero tremato di fronte a noi.

Decisi che dovevo ascoltare la sua proposta: forse questo Ananke voleva da noi.

«Cosa hai in mente? Bada bene, non accetterò nulla che vada contro gli interessi di mio figlio Enea: è un protetto del Fato.»

«E io non proporrei mai nulla che vada contro ai voleri di Ananke – mi assicurò – ma che semmai li completi. Cartagine è terra mia, da sempre. Didone, che è donna come noi, e vedova devota alla memoria del marito Sicheo, mi ha scelta come divinità che tutto governa. Qui non sono la moglie di Zeus, sono me stessa.»

«E quindi?»

«E quindi, quando ero sull'Olimpo accanto a Zeus, ho spiato il futuro. La mia città è destinata a diventare potente sul mare e fondare un impero. Ma c'è un ma. Il suo destino si intreccia con quello della città che fonderanno i discendenti di Enea, nel Lazio. Si scontreranno e Cartagine è destinata a perire.»

«Continuo a non vedere il punto» replicai, fredda. Potevo essere disposta a trattare, ma non intendevo renderle facile la cosa.

Hera socchiuse gli occhi, indispettita, ma si sforzò di mantenere la calma. Era evidente che voleva a tutti i costi raggiungere un accordo.

«Noi siamo dee, Afrodite! Vuoi davvero che in futuro i nostri discendenti e protetti siano devastati da guerre e lotte che semineranno fra loro lutti e rovine? Zeus e Ares e forse anche Atena, degna figlia di suo padre, godono sul campo di battaglia, sono felici quando vedono i loro campioni contorcersi nel fango, crollare nella polvere feriti, uccidere, spargere morte e distruzione su città e villaggi. Ma noi? Noi siamo donne, e siamo madri. Noi sappiamo quanto dolore e disperazione porta ogni guerra, persino nella casa e nel cuore dei vincitori. Noi conosciamo il potere supremo dell'amore, che trionfa attraverso la gioia e solo può mettere a tacere per sempre le armi. E allora smettiamola con questa lotta insensata, con questa sequela di ripicche, indegne persino di bambini, figuriamoci di dei! Noi possiamo mettere fine a tutto questo. Con una nostra decisione, ora.»

«Come?»

«Seguendo la tua intuizione. Hai già fatto innamorare Didone di Enea. Volevi che se ne incapricciasse in maniera che gli offrisse protezione e aiuto per rimettersi e poi aiutarlo a ripartire per il Lazio. Bene, trasformiamo un innamoramento passeggero in un amore solido e stabile: diventino marito e moglie. Didone avrà in Enea un compagno affidabile e saggio, Enea non dovrà più affrontare i rischi di nuovi viaggi e di pericoli sconosciuti. Il sangue punico e quello troiano diverranno una cosa sola, e invece di colonizzare quella terra brulla, primitiva e difficile che è il Lazio, i tuoi discendenti potranno vivere qui, nella ricca Africa, in una città già in parte edificata e con una magnifica posizione, e costruire il loro impero. Con me e te a favorire incessantemente i loro sforzi, senza che gli Olimpi, Zeus e altri possano più imporci la loro volontà. Anche noi saremo finalmente libere.»

«Lo sarai tu», chiosai. Io non avevo nessun bisogno di sentirmi libera di essere ciò che volevo: lo ero sempre stata. Per lei, invece, Cartagine pareva rappresentare una occasione irripetibile: affrancarsi da Zeus, splendere da sola.

Tuttavia, ragionai, la sua poteva comunque essere una buona proposta. Valeva la pena di approfondirla.

«Didone ha promesso davanti agli dei, quando ha visto morire suo marito Sicheo, che non si sarebbe più risposata. – dissi – Sarebbe violare un sacro giuramento.»

«Sono io la custode dei giuramenti matrimoniali. La scioglierò da ogni obbligo.»

«E Ananke? Vuole che Enea vada nel Lazio. È un suo ordine preciso. Violarlo significa violare i dettami del Fato. Nemmeno tuo marito Zeus ha mai osato fare tanto.»

Hera rise, sprezzante: «Zeus non ha mai avuto il coraggio di rischiare. Non si sarebbe nemmeno ribellato a nostro padre Crono, se nostra madre Rea non lo avesse spinto. Quando si troverà davanti al fatto compiuto, prenderà atto. È il dio del cielo e ha molto in comune con i temporali: spesso brontola come se stesse per distruggere il mondo, e poi non fa nulla. Stringiamo il nostro patto?».

Mi porse la mano.

Esitai.

Come madre, l'idea di risparmiare a mio figlio nuovi viaggi e pericoli, e infinite tribolazioni, era allettante.

Come suocera, lo ammetto, Didone mi piaceva. Conoscevo la sua storia: era la regina di Tiro, sposata al re Sicheo. Suo fratello Pigmalione, geloso e intrigante, aveva ucciso il cognato per prendersi il trono, contando sull'omertà della sorella. Didone, invece di tacere e restare regina con a fianco un assassino, si era ribellata. Aveva preso con sé i sudditi a lei fedeli e si era messa in mare per cercare una nuova patria. La ammiravo: poche donne avrebbero avuto il coraggio di lasciare come lei il certo per l'incerto, e tentare un'avventura che persino pochi uomini osavano affrontare. Arrivata in Africa, aveva convinto il re Iarba ad accoglierla. Il sovrano indigeno si era detto disposto a sposarla, ma lei, testarda e determinata, non voleva nuovi mariti o padroni. Così gli aveva proposto un contratto: le avrebbe dato in dono la terra che può contenere una pelle di bue. Iarba aveva pensato che quella donna fosse stupida o folle: quanta terra poteva mai contenere la pelliccia di un bue? Due palmi? Tre al massimo? E così era andato tronfio sulla riva insieme alla sua corte, per godere dell'umiliazione di Didone. E lei, calma, regale, aveva cominciato a tagliare la pelle del bue in striscioline finissime e a contornare con quelle i confini della sua futura città. Alla fine della giornata aveva delimitato un gran pezzo di pianura e di costa, fino a una insenatura rotonda, adattissima per un porto militare. Il re, sbiancato, non aveva potuto fare altro che rispettare il patto e tornare alla sua reggia veloce, sperando che i suoi cortigiani non sghignazzassero troppo per la sua mala figura. Così era nata Cartagine.

L'avrei amata come nuora. Aveva dimostrato coraggio, sagacia, intraprendenza. Sarebbe stata per Enea una compagna più stimolante della povera Creusa, così remissiva, ma anche così prevedibile e noiosa, e per Ascanio una madre dolcissima, visto che non aveva avuto figli dalle nozze precedenti. E avrebbe potuto garantire a entrambi un avvenire e un trono.

Insomma, la mia ragione diceva che il patto proposto da Hera era in fondo quanto di meglio potessi sperare per mio figlio, per mio nipote e probabilmente anche per le generazioni a venire, che avrebbero evitato uno scontro fra due città e una guerra potenzialmente ancora più devastante di quella per Troia.

Ma c'era Ananke. Sentivo rimbombare nella mia testa la sua voce, il suo ordine preciso. Non dovevo niente a Zeus, e men che meno qualcosa agli Olimpi, ma ero una creatura sua, e non potevo tradire i suoi voleri.

«Ci penserò – dissi dunque – ma non fare nulla finché non avrai il mio consenso.»

E me ne andai, lasciando Hera da sola con la sua furia repressa.

IL TEMPORALE

L'alba dalle dita di rosa colorava con i suoi riflessi le acque del porto di Cartagine. Nel cortile del palazzo reale, le attività fremevano. Servi e palafrenieri stavano sellando cavalli e radunando mute di cani. I cortigiani erano raccolti in capannelli, scambiandosi battute e facendo scommesse su chi avrebbe preso più selvaggina. La regina Didone, splendida come una dea nella sua tenuta da caccia, la gonna corta svolazzante e la faretra poggiata sulla spalla, in un angolo, la testa reclinata da un lato, i capelli baciati dalla luce del mattino, tratteneva Enea in un angolo parlandogli fitto e scoppiando a ridere a ogni sua risposta.

«Non riesco a capire perché ci abbiano fatti alzare all'alba. Ho sonno. E poi secondo me minaccia brutto tempo. – la voce di Launo era piccata e infastidita, il volto corrucciato: trasudava malumore – Le battute di caccia non hanno senso. È stupido fare tanta fatica per uccidere animali quando ormai se ne allevano tanti nelle stalle.»

«È un passatempo che i re adorano. – dissi sottovoce in greco, visto che avevo assunto le sembianze di un giovane scudiero cartaginese, e si supponeva che non conoscessi quella lingua – E anche le regine. Didone, infatti, dicono sia degna della stessa Artemide quando si tratta di inseguire le prede.»

«Dovrebbe essere più prudente. Alla sua età è rischioso cadere da cavallo» replicò, acida.

Sospirai. Non mi erano sfuggiti i suoi occhi gonfi, tipici di chi non ha dormito e ha passato parte della notte a piangere. Né il fatto che continuasse a gettare occhiate in tralice verso Enea, rabbuiandosi sempre più quando lo vedeva rispondere a Didone o sorriderle. Era chiaro che ne era innamorata. Ma per ora non potevo preoccuparmi dei suoi sentimenti di adolescente. Mi ero ripromessa di tenere sott'occhio mio figlio, Didone e soprattutto Hera: non volevo rischiare incidenti.

Andammo.

Se Didone aveva fatto di tutto per impressionare mio figlio, schierando palafrenieri e battitori, e servi e mute di cani per il corteo, anche Enea e i suoi non erano stati da meno. Avevano tirato fuori dalle stive delle navi spade di bronzo lucenti, lance, reti, archi e faretre, e vesti e fibbie d'oro per adornarsi come i ricchi signori che erano stati un tempo. Erano orgogliosi, i Troiani: anche se profughi bisognosi di asilo in terra straniera, mai avrebbero accettato di mostrarsi come sbandati.

Corremmo, spronando i cavalli al galoppo sui monti. I cortigiani guardavano meravigliati la loro regina. Gli occhi di Didone brillavano, il suo sorriso era luminoso come l'astro del mattino, le sue risate argentine riecheggiavano nella selva come musica. Anche nei momenti di gioia, quando aveva fondato la città e celebrato i primi trionfi nel commercio e contro i vicini, sul suo volto di sovrana si era sempre conservata un'ombra di tristezza. Ma ora si era dissolta, evaporata, come la rugiada. Era splendida, come sempre, e finalmente i sudditi la vedevano come da anni non era loro concesso: felice.

E mio figlio? Su di lui non avevo usato alcun incanto per farlo cadere vittima della passione: i suoi sentimenti per Didone, dunque, non erano manipolati da me o da altre forze. Ne era preso? Non seppi dirlo. Le era accanto. Le sorrideva. Talvolta scoppiava a ridere alle sue parole. Sembrava affascinato, ma anche in qualche modo distante. Come se qualcosa gli impedisse di abbandonarsi al momento, di sospendere quel rigido controllo che esercitava su se stesso senza sosta, come un dovere. È strano come io, che ho sempre saputo leggere i cuori degli uomini, non sia mai stata in grado di capire quello di mio figlio. Vi era nel suo animo un nucleo che mi era precluso, in un certo senso estraneo: non saprei dire se lo fosse solo a me, o a tutti. Ma come era impossibile stabilire il reale colore dei suoi occhi cangianti, così era conoscere i suoi sentimenti e i suoi pensieri. Enea rimaneva per tutti, nel profondo, un mistero.

«Lo avevo detto: sta per piovere» la voce di Launo mi riportò alla realtà. La selva, d'improvviso, si era fatta scura. Nuvole nere avevano coperto l'azzurro del cielo, come se si fossero materializzate dal nulla. Sentii piombare sul mio capo una stilla di pioggia, e poi altre, in rapida successione. Caddero come piccoli proiettili gelidi, colpendo i cespugli e gli alberi e trinciandone di netto le foglie. Di colpo un vento fortissimo si alzò: il suo soffio spezzò i rami, che furono trascinati a terra in mulinelli. Le saette disegnarono in cielo ricami di fuoco.

La paura travolse i cani, e quindi i palafrenieri, che non riuscivano a tenere a bada la muta impazzita. Il corteo si spezzò in gruppuscoli di cavalieri e servi terrorizzati, che scappavano qua e là in cerca di un riparo qualsiasi. In pochi attimi la radura era vuota e l'unico rumore era il rombo dei tuoni, il crepitio delle saette e l'ululato feroce del vento.

Guardai il cielo. Conoscevo troppo bene i miei simili per non intuire che quella tempesta violenta e improvvisa non aveva nulla di naturale. Probabilmente era stata scatenata da Hera. Ma perché?

Afferrai Launo per un polso e la spinsi sotto a uno sperone di roccia, per metterla in salvo. Era bagnata, ansimante e ferita: una scheggia di ramo le aveva colpito una guancia, che sanguinava.

«Dov'è Enea?» chiese però, incurante di ogni altra cosa.

Nella concitazione del momento, avevo perso di vista mio figlio e Didone. Per fortuna intravidi in quel momento due ombre che si muovevano poco distanti da noi. Erano loro due, che avevano trovato, percorrendo il sentiero che costeggiava il masso, l'entrata di una piccola caverna.

«Vado a chiamarli!» esclamò Launo, sporgendosi immediatamente.

«No!» dissi bloccandola prima che ci facesse scoprire. A dire il vero non so se lo feci per proteggere mio figlio o lei: nel chiaroscuro di una saetta, vidi che le sagome di Enea e Didone si erano fuse l'una nell'altra, appoggiate alla parete di roccia che le proteggeva.

Si baciavano.

L'IRA DI LAUNO

«Non puoi permetterlo! Lo sai che non è questo il suo destino!»

La voce di Launo era un sibilo a mezza bocca: quasi si perdeva nel suono delle musiche e nel chiacchiericcio degli invitati che stavano partecipando al banchetto a palazzo.

Dal giorno in cui, scampati al temporale, Enea e Didone erano divenuti amanti, alla reggia di Cartagine tutto era cambiato. La regina Didone, che fino ad allora era stata un esempio di comportamento severo, improntato al più rigido decoro per mantenersi fedele alla memoria del defunto marito, ora invece era la prima organizzatrice di feste e conviti. Non passava sera senza che il palazzo rispendesse di luci, di canti. Aedi e danzatori si avvicendavano senza sosta al centro delle sale, mentre cuochi e servitori portavano ai convitati cibi raffinati e succulenti.

I Troiani si erano perfettamente inseriti a corte: non erano più profughi e nemmeno ospiti, erano di casa. I collaboratori più stretti di Enea erano diventati consulenti e ammiragli di Didone stessa; le donne dame di corte; i giovani paggi e le giovani ancelle protette dalla regina. Le navi troiane, riparate e ospitate nel porto più interno, attendevano solo ormai di essere decorate con le insegne di Cartagine ed entrare ufficialmente a far parte della sua flotta. Operai troiani aiutavano a costruire case e innalzare templi: lo stesso Enea seguiva i lavori nei cantieri, spronando i suoi a darsi da fare in ogni modo. I cortili della città risuonavano spesso di conversazioni, in cui le due lingue si mischiavano; Punici e Frigi si scambiavano informazioni e segreti sulle rotte commerciali che entrambi conoscevano, chiacchieravano nei vicoli e nelle piazze, valutavano insieme future imprese commerciali o esplorazioni di nuove terre. Tutto avveniva con una tale semplicità e così velocemente da lasciarmi stupita. O forse no: in fondo anche a Cartagine erano tutti profughi, che per trovare una nuova terra avevano dovuto scampare al mare e lottare contro il destino avverso. Non era poi strano che si sentissero così affini, capissero le reciproche esperienze, trovassero punti in comune, desiderassero aiutarsi e fondersi per cominciare insieme una nuova vita. Era bastato che il rapporto fra Enea e Didone divenisse ufficiale perché le due genti si sentissero spinte l'una verso l'altra, per divenire un popolo solo.

Mi piaceva il fremito di entusiasmo e di ottimismo che sentivo nell'aria. Volevo credere che tutto in quel momento fosse possibile e io stessi assistendo alla nascita di una nuova scintillante era di prosperità e fortuna, originatasi dall'incontro di mio figlio con la sua nuova compagna. Vi era una sola cosa che mi inquietava: il fatto che Enea, per quanto sereno, non ricambiasse il potente sentimento di Didone. Che quella a Cartagine, per lui fosse l'ennesima missione da compiere per il bene del suo popolo.

Didone stava distesa al centro della sala, magnifica nel suo peplo intarsiato d'oro: sorridente poneva le labbra sull'orlo della coppa di vino speziato da cui pochi attimi prima aveva bevuto il mio Enea, e poi lo baciava con passione, fra gli applausi dei convitati e le battute allegre degli astanti.

«Taci! – intimai quindi a Launo, indispettita – In fondo non possiamo essere certi che il Fato non abbia cambiato le sue decisioni. Forse per l'intervento mio e di Hera il corso del destino è cambiato...»

Launo mi guardò basita: «Ma cosa stai dicendo? Lo sai che il Fato non muta. Lo so io e lo sai anche tu! Né tu né Hera avrete mai il potere di opporvi ad Ananke. Non è il destino di Enea rimanere qui a Cartagine!».

Certo, come dea lo sapevo. Ma da madre come potevo strapparlo da lì? Era disteso mollemente sul triclinio, abbracciato alla regina, le sue labbra finalmente increspate in un sorriso, il suo sguardo divertito, anche se non animato della stessa passione che bruciava in quello di Didone. Non mi interessava sapere se l'amasse davvero: lo rendeva sereno, e ciò per me era tutto.

«Launo, so che lo ami e vederlo con un'altra ti fa soffrire. Ma spesso bisogna accettare, purtroppo, che le cose non vadano secondo i nostri piani, e magari nemmeno secondo quelli di Ananke, o governerebbe ancora lei il mondo, come in passato...»

Sentivo la mia voce, e facevo fatica a credere che fossi io a dire quelle parole. Ma volevo disperatamente credere che sarebbe stato possibile per Enea trovare pace e rifugio a Cartagine, senza più doversi mettere in mare, senza dover affrontare nuovi rischi e sfidare l'ira di Hera e di altri dei a lui avversi. Gli Olimpi sì, alla fine forse avrebbero dovuto adeguarsi ai piani del destino, ma dopo quante sofferenze e lutti?

Launo mi fulminò con un'occhiata: «Non puoi credere veramente a ciò che dici. Non sei tu, se lo pensi. E io amo troppo Enea perché le tue paure gli impediscano di divenire quello che può».

Scappò, correndo via dalla sala. Immaginai che stesse uscendo, per invocare Zeus o qualche altro dio, e informarlo che i piani del Fato rischiavano di essere sabotati. Avrei potuto fermarla, sono pur sempre una dea. Ma non lo feci. Nel profondo del mio animo ero conscia che Launo aveva ragione: non potevamo aver affrontato tanti disagi fino a ora per poi arrenderci così, e non potevamo sfuggire ai piani di Ananke.

Guardai Didone, che sorrideva felice, abbracciata a mio figlio, inconsapevole della sofferenza che stava per provare. Mi sarebbe piaciuto proteggerla in qualche modo, far evaporare quella passione che avevo scatenato in lei. Ma purtroppo l'amore e il desiderio non funzionano così. Una volta suscitati, non possono essere spenti con uno schiocco di dita: si avvinghiano all'anima come certe radici rampicanti, che una volta attorcigliate al ramo non si riesce a recidere con un taglio solo. Ci si può innamorare in un attimo, ma solo il tempo, e non sempre, può farci dimenticare a poco a poco l'amato. Come un incendio, l'amore si propaga all'improvviso e con violenza, ma necessita di un lungo periodo per essere domato e spento.

Vidi nel cielo stellato che si intravedeva da una delle finestre del palazzo una luce velocissima che scendeva a terra, come una stella cadente che precipita sul terreno. La preghiera di Launo aveva trovato accoglienza. Poco dopo un paggio, che non faticai a riconoscere come un travestimento di Hermes, il messaggero divino, si accostò a Enea, sussurrandogli qualcosa all'orecchio. Mio figlio si girò verso il ragazzo, immediatamente scomparso, come se fosse incredulo per l'ordine ricevuto. Gli lessi in volto una tristezza infinita, forse per un attimo persino un accenno di ribellione. Poi però lo vidi alzarsi dal triclinio, veloce, e allontanarsi, mentre la povera Didone, ancora ignara di tutto, lo guardava, sorridendogli.

Ananke stava rimettendo tutto in gioco, una volta ancora.

ADDII

«Alle navi, subito. Raccogliete i nostri uomini, caricate le nostre cose e quante più provviste riuscite a trovare. Dobbiamo partire il più presto possibile, prima ancora dell'alba.»

Mnesteo, Sergesto e Seresto per un attimo fissarono mio figlio come se non fossero certi di aver sentito bene.

«Ma Enea, partire di notte, al buio? All'inizio dell'inverno? E così all'improvviso? Non siamo nemmeno certi di riuscire ad avvertire tutti i nostri... sai bene che alcuni di loro si sono fidanzati con donne di Cartagine, sono nelle loro nuove case...» fece Mnesteo, dubbioso.

«Possono. – la voce di Enea era secca e inappellabile, come quella di un antico oracolo – Perché questo è quello che comando io loro, e che ci chiedono gli dei.»

I tre si guardarono basiti. Mai avevano sentito il loro principe ordinare qualcosa così bruscamente.

Launo si intromise fra loro: «Avete sentito Enea? Questo è quanto, obbediamo!».

E con un gesto deciso li spinse via.

Nel corridoio rimbombarono i passi dei quattro, che si allontanavano veloci.

Enea, rimasto solo, si appoggiò al muro con una mano, come se gli mancasse il respiro. Per un attimo temetti che stesse per svenire. Era pallido, la bocca piegata all'ingiù, contratta in una smorfia che non avrei saputo dire se fosse dolore o disperazione. I suoi occhi erano cupi come gorghi del mare profondo.

Stavo per comparirgli a fianco. Non mi interessava se ciò avrebbe indispettito Zeus o qualche altra entità divina più potente ancora, come il Fato o Ananke. Mi fermai solo perché udii un rumore alle mie spalle.

Era Didone.

«Così vuoi partire! Senza dirmi nulla, di nascosto. Vuoi lasciarmi. E pensi davvero di poter dare ordini ai tuoi alle mie spalle, andartene dalla mia città come un ladro, di notte?»

La regina si parò di fronte a Enea, ritta, lo sguardo furente, il respiro ansante, le guance arrossate dall'ira. Una ciocca di capelli, sfuggita dall'acconciatura, le cadeva di traverso al volto, le pieghe del peplo apparivano stropicciate, come dopo una corsa. Doveva essersi precipitata lungo il corridoio non appena aveva visto mio figlio uscire dalla sala, per ascoltare nascosta dietro una delle colonne le sue parole.

«Io non voglio fare nulla! – scandì Enea, con voce tagliente – Gli dei mi hanno dato un esplicito ordine: devo partire. Non posso disobbedire.»

«Gli dei, certo! – replicò lei, sarcastica – Che comoda scusa, Enea. Sono sempre gli dei a decidere al posto tuo. E io che ti ho accolto e protetto, che ti amo, gli dei non ti hanno detto niente su come trattarmi? Tua madre, la dea dell'amore, tace, ora che hai fatto di me una sgualdrina che ti ha preso come amante, in pubblico, dimenticandosi la fedeltà giurata al marito defunto? Se te ne vai, come potrò far fronte ai re locali che si sono sentiti offesi perché a loro ho sempre rifiutato ciò che a te ho concesso non appena sbarcato, il mio amore, la mia dedizione, il mio letto? Quanto pensi che potrò resistere sul trono, dopo aver perso la stima da parte del mio popolo perché la persona che avevo presentato come mio compagno se n'è andata? Per averlo invitato ad accogliere nelle nostre case come fratelli te e i tuoi uomini, che ora ci abbandonate, senza una spiegazione? Avevi detto di amarmi, Enea. Questo vale la tua parola?»

«Non ti ho mai nascosto di avere una missione da compiere, Didone, e non ti ho mai promesso che sarei restato qui per sempre o ti avrei sposata. Sarò sempre legato a te per il bene che mi hai fatto, mai negherò che ci hai accolti quanto eravamo senza speranza e che ho un debito di riconoscenza nei tuoi confronti. Ma niente più di questo. Sei tu che mi chiedi ciò che non posso darti.»

«Che non vuoi darmi, non che non puoi!» urlò la regina.

Fu un attimo: lo sguardo di Enea scintillò di rabbia improvvisa.

«Che non posso. – ripeté con voce gelida – Se avessi potuto davvero scegliere e fare ciò che volevo, mai mi sarei mosso da Troia e avrei abbandonato la mia città, mia moglie, i miei cari. Sarei rimasto lì, accanto alle loro tombe, rifondando una nuova Troia sulle rovine della vecchia, per serbare in eterno la loro memoria e onorarli come meritavano. Mai mi sarei messo per mare, mai sarei arrivato qui da te. Se ho affrontato questo viaggio non è perché lo desiderassi, ma perché questo è il mio compito e il mio destino. Non posso privare mio figlio dell'eredità che gli spetta, non posso defraudare il mio popolo del suo futuro, non posso tradirli per sposarti e restare con te. Tu non hai idea di quanto più facile sarebbe per me la vita se fossi capace di farlo, se fossi in grado di ignorare i miei doveri, di abbandonarmi alle mie emozioni o ai miei desideri. Ma non posso. O forse hai ragione tu: non voglio. Perché non sarei più io. Sono un uomo che vuole fare il proprio dovere fino in fondo, anche se ciò non mi procura alcuna gioia, o addirittura mi rende infelice. Questo vale la mia parola, Didone. Ho promesso di obbedire agli dei e a ciò che il Fato ha previsto per me. E non ci sarà nulla al mondo che mi impedirà di tenervi fede. Nemmeno tu.»

Si scostò dal muro, furente, e superò Didone senza nemmeno degnarla di uno sguardo.

La regina era terrea, immobile. Sul volto aveva dipinta un'espressione in cui si mischiavano rabbia, orgoglio ferito, disperazione, odio. L'espressione di una donna che ha perso tutto, e non ha più nulla a cui appigliarsi per vivere.

Io stessa sentivo vibrare ogni fibra del mio essere, come se mi avessero schiaffeggiata. Non potevo credere che a pronunciare quelle parole così crudeli fosse stato mio figlio. Che mio figlio avesse deciso di essere così deliberatamente feroce con una donna incolpevole e innamorata di lui. Erano le parole di chi non conosce cosa sia davvero l'amore, di chi non solo non l'ha mai provato, ma addirittura non lo capisce.

«Tu non sei il figlio di Afrodite! Non puoi essere figlio suo!» gridò Didone vedendolo scomparire in fondo al corridoio.

E per una volta mi chiesi se non avesse ragione.

PARTENZA

Scesi al porto, di corsa. Le navi troiane erano state messe in acqua. Launo, con Acete al suo fianco, stava dando ordini per far salire a bordo tutti e salpare il più presto possibile. Mio figlio era sulla plancia, da solo, in silenzio, che controllava i preparativi. Mi avvicinai a lui, trascinandolo sotto coperta.

«Non posso credere che tu abbia trattato così Didone. Forse non la ami, ma non meritava di essere offesa e sminuita come hai fatto: ti ha salvato, ti ha appoggiato, era disposta a tenerti al suo fianco, a darti il suo regno e una nuova vita! Non posso credere che tu sia così insensibile, ingrato e vigliacco!» sbottai inferocita.

Lui scosse il capo: «E che cosa avrei dovuto dirle, madre? Che ero disposto a restare con lei, sfidando gli dei e dimenticandomi del volere del fato, perché la amo? Era questo che ti aspettavi da me? Perché è questo che è naturale fare quando si ama davvero? Anzi, quando tu rendi le persone capaci di amare davvero, madre?».

Mi guardava, con i suoi occhi viola, color ombra cupa. E per la prima volta, avvertii nelle sue parole rimprovero, anzi rancore.

Quando si rivolse a me il suo tono fremeva di una cosa che non avevo mai sentito in lui: rabbia.

«Tu hai fatto innamorare di me Didone, non me di lei, madre. Per tutta la vita, tu hai fatto innamorare attorno a me uomini e donne: Ettore e Andromaca, Paride ed Elena, Ecuba e Priamo. Solo a tuo figlio non hai mai fatto questo dono. Quell'amore che consuma le viscere, che tu distribuisci ai tuoi adepti come un regalo e una benedizione, che li fa sentire vivi, quello che tu stessa hai provato infinite volte per i tuoi amanti, o per mio padre, io non lo conosco. Con Creusa siamo stati compagni e amici. Lei mi ha voluto, si è incaponita perché ci sposassimo, ha convinto suo padre Priamo, che non mi sopportava, ed Ettore, per avermi. Io no. Le sono stato affezionato per la sua devozione, e grato per avermi reso padre, ma nulla più. Mi sono sposato, perché questo ci si aspetta da un principe di sangue. Prenderò di nuovo moglie, se gli dei me lo imporranno. Non per amore o per passione, madre, ma per dovere. Mi rinfacci di essere freddo, scostante? Ma io questo sono: un uomo che adempie ai suoi obblighi. A qualsiasi costo. Ogni volta che mi specchiavo negli occhi di Didone, vi scorgevo qualcosa che io non potevo ricambiare, e non ho sperimentato mai: la passione. Persino quando l'ho vista davanti a me distrutta perché la stavo lasciando, per un attimo l'ho invidiata. Perché soffriva, è vero, ma soffriva perché aveva provato qualcosa per me, madre. Hai ragione: non so cosa vuol dire amare. Non so cosa voglia dire essere in ansia, piangere o disperarsi per qualcuno che non hai. Non ho passato notti insonni sognando che una donna mi ricambiasse, non ho avuto mai paura di essere ignorato, lasciato, tradito. Gli altri mi hanno sempre scelto, assecondato, cercato: non io. Io, che sono tuo figlio, dell'amore e della passione sono sempre stato solo oggetto, o spettatore, e mai protagonista. Perché me li neghi?»

Per un lungo attimo non seppi cosa replicare. Era vero. Ero stata io a tenerlo al riparo dalle frecce di Eros, perché sapevo quanto devastante è il potere che io gestisco, quanto la passione possa travolgere l'animo, insinuarsi nella mente, portarla alla follia, scatenare un dolore lancinante che i mortali alle volte non riescono a gestire, o addirittura a cui non riescono a sopravvivere.

«V-volevo proteggerti» balbettai.

«Smettila di farlo allora, da ora in poi, ti prego.»

Si voltò, verso il mare. Sulla torre più alta del palazzo eruppe un chiarore improvviso, come se delle fiamme si fossero sprigionate sul tetto. Sulla banchina, uno dei servi del palazzo arrivò di corsa, sconvolto.

«La regina Didone! – ansimò rivolto ai soldati sul molo – La regina Didone si è uccisa con la spada del sire Enea, e ora brucia sul rogo funebre. Era disperata perché lui l'ha abbandonata! Ha giurato che vi sarà odio imperituro fra noi e i Troiani, fino alla fine dei giorni! Arrestateli!»

Le guardie del porto si slanciarono verso le navi di mio figlio. Ma tutti i Troiani erano ormai a bordo, al sicuro.

«Molliamo gli ormeggi! – ordinò Enea. – Non abbiamo davvero più nulla che ci leghi a questo luogo» aggiunse sussurrando con voce rotta, che sentii solo io.

PRODIGI A LAURENTO

Il lauro si stagliava, diritto contro il cielo azzurro cupo, come una lancia conficcata a terra, accanto all'altare di Apollo, il dio dei vaticini. Attorno a lui due cerchi di sacerdoti, vestiti di bianco, con piccoli ramoscelli verdi in mano, si muovevano a passo di danza. Dietro a loro, in silenzio, l'intera famiglia reale seguiva il rito: il re Latino, dalla bianca barba fluente, la regina Amata, i cui ricci neri trattenuti da fibbie d'oro oscillavano alle carezze del vento, e la loro figlia, la principessa Lavinia, che teneva sul capo il candido velo delle vergini.

Appena fuori dal recinto sacro dell'altare, stavano i Troiani del mio Enea. Erano arrivati a Laurento, città dei Latini, all'alba, dopo aver fissato il loro accampamento alla foce del Tevere. Li avevo indirizzati io, qui, e per sicurezza li avevo accompagnati, al solito sotto le spoglie di un anonimo fante. Accanto a me, come sempre, Launo, vestita da fanciullo.

«Perchè non ci accolgono subito?» chiese lei, impaziente.

«Perché prima devono avere il benestare degli dei Penati, protettori della comunità. – le sussurrai – Ma non ti preoccupare, è tutto sotto controllo.»

Il capo dei sacerdoti fermò la danza dei suoi accoliti. Con un cenno, invitò la principessa Lavinia ad avvicinarsi all'altare e toccarlo con la sua mano.

«Pura vergine, accostati, affinché gli dei ci diano un segno della loro volontà» disse con voce stentorea.

Lavinia si avvicinò. Era una fanciulla snella, dai lunghi capelli neri che scendevano sulle spalle con una treccia intarsiata da piccole perle di fiume. Le movenze, il modo in cui avanzava titubante facevano intuire la sua giovane età, e la sua estrema timidezza. Il lungo velo bianco che le copriva la testa e cadeva sul davanti impediva di vederne i tratti del volto.

La ragazza salì i gradini quasi incespicando, si fermò vicino all'altare. I sacerdoti avevano ricominciato a danzare in cerchio, al suono di una nenia senza parole. Lavinia si accostò alla pietra, poi sfiorò con le sue dita le foglie del lauro sacro. All'improvviso, uno sciame di api eruppe dal nulla. Gli insetti si posarono sul lauro, foglia per foglia, poi formarono un cerchio nell'aria, quasi danzassero anche loro al suono della nenia dei sacerdoti. Quindi, lentamente, risalirono verso il cielo, scomparendo alla vista di tutti.

Gli abitanti di Laurento restarono muti di fronte al prodigio. Volsero il capo verso il sommo sacerdote per ascoltarne il responso. L'uomo si schiarì la voce: «Il dio ha parlato: gli stranieri che sono arrivati oggi sono come le api, che porteranno prosperità al nostro popolo. È nostro dovere accoglierli!».

«Oh, meno male. – ghignai rivolta a Launo – Un po' scenografico, ma Apollo sente sempre il bisogno di un po' di teatro. Possiamo andare.»

Launo scosse la testa: «No, sento che non è ancora finita».

Infatti, quando la giovane Lavinia fece per tornare al suo posto, inavvertitamente incespicò, e per non cadere si appoggiò con la mano all'altare. Improvvisa e inesplicabile, una fiammata parve avvolgerla: le vesti, il velo, i capelli sembrarono venire divorati da fiamme di colore freddo, simile ai fuochi fatui dei morti.

Il popolo gridò, i sacerdoti erano pietrificati dal terrore, il re Latino e la moglie Amata si slanciarono verso la figlia per tentare di salvarla, ma quando la toccarono la fiamma scomparve, e la principessa, anche se frastornata e spaventatissima, risultò illesa.

La folla urlò al miracolo, il sacerdote cercò di calmare il trambusto e riprendere il controllo: «È un messaggio del dio! La principessa sarà la nostra fiaccola, è destinata dagli dei a portare luce nel nostro mondo sposando il capo degli stranieri, il principe Enea di Troia, e fondare una nuova dinastia che renderà il Lazio il centro del mondo!».

Anche i Troiani e il mio Enea erano spiazzati. Si guardarono fra loro come se non fossero certi di aver capito bene: era quindi questa la fine delle loro disgrazie, delle loro pene? Essere accolti non solo come profughi ma come cittadini alla pari nel nuovo regno di cui Enea sarà un giorno re e signore?

Il re Latino, per quanto preso alla sprovvista, si ricompose e con il suo miglior sorriso si volse verso Enea.

«Se gli dei indicano te come mio genero, io come genero ti accolgo! Sarai il figlio maschio che gli dei non hanno voluto concedermi di vedere adulto, e oggi forse ne comprendo il motivo» disse, abbracciandolo.

«Stavolta c'è da dire che Apollo si è superato. Un po' esagerata, come messa in scena, ma sicuramente d'effetto!» commentai soddisfatta.

Launo era accanto a me, incapace di parlare.

Le presi la mano, materna: «Piccola mia, lo so che tu ami Enea, ma evidentemente il Fato non ha previsto lui come tuo sposo... suvvia, conosco tanti altri giovani e sarà mia cura procurartene uno che ti possa rendere felice...»

Launo mi interruppe bruscamente: «Non è questo il problema. Il vaticinio. Il vaticinio è sbagliato. Il sacerdote non lo ha interpretato correttamente. Il matrimonio di Enea con Lavinia porterà guerre e distruzioni. E sì, lei è destinata a sposarlo, ma anche a morire prima di questo».

Ero sconvolta: «Sei sicura?».

«Le mie visioni possono essere confuse nei particolari, ma non nella sostanza. Lavinia non diventerà mai la moglie di tuo figlio o la madre dei tuoi nipoti, dea. Ed Enea deve prepararsi a sostenere una terribile guerra: qualcuno non lo vuole qui nel Lazio e farà di tutto per cacciarlo via.»

Guardai verso l'altare. Il re Latino era a braccetto con mio figlio, e lo trattava già con la familiarità che si usa con un parente. Ma alle sue spalle la regina Amata teneva la figlia stretta a sé come se si trattasse di una cosa solo sua, e guardava con occhio malevolo Enea e i Troiani. Al suo collo, notai, pendeva una collana con il simbolo della dea Giunone, ovvero la Hera dei Greci.

Non avevo difficoltà a immaginare che, di nuovo, sarebbe stata la mia avversaria.

LA REGINA FURIOSA

«Non accetterò mai che tu dia nostra figlia a uno straniero, un miserabile senza nulla se non un corteo di sbandati al suo seguito, un vigliacco che è fuggito dalla sua città e ora sbarca qui, per rubarci ciò che è nostro! Come puoi anche solo pensare di farlo sposare con la mia Lavinia!»

La regina era furente, la bocca deformata da una smorfia di disprezzo, il volto rosso per l'ira. Le serve attorno a lei non osavano alzare gli occhi, anche per evitare di incrociare lo sguardo del povero re Latino, che, in silenzio, in un angolo, subiva lo sfogo della consorte.

«Gli dei lo hanno deciso, non posso oppormi alla loro manifesta volontà...» cercò di spiegare.

«Ma quale manifesta volontà! È chiaro che quei farabutti dei Troiani hanno corrotto i nostri sacerdoti, o che Venere, che dicono sia la madre di Enea, li ha ingannati per ottenere appoggio per il figlio!»

«Appunto, è una dea. Come possiamo rifiutarci l'alto onore di imparentarci con lei?»

«Una dea? È una meretrice, protettrice dei postriboli e delle prostitute, patrona della feccia del mondo, di cui suo figlio e i suoi sono l'esempio! Tu mi avevi promesso che avresti fatto sposare la mia Lavina con Turno, mio nipote, signore dei Rutuli! Lui sì che potrà fondare una dinastia degna di questo nome, e regnare in pace sulle nostre città quando saremo morti! Perché imbastardirci con questi maledetti stranieri, che hanno costumi e abitudini diverse da noi, altri dei, altre lingue? Non vedi che è tutto un piano per impadronirsi della nostra terra, loro che non hanno nemmeno saputo difendere la loro? Come puoi essere così stupido?»

Le serve, fra cui mi ero infiltrata io, si scambiarono fra loro sguardi preoccupati. Il carattere esuberante della regina era noto a tutti a Laurento, e di solito il re Latino sopportava i suoi sfoghi con pazienza e rassegnazione, attendendo che si calmasse. Ma stavolta i toni della moglie erano divenuti davvero troppo violenti e offensivi, e il matrimonio della principessa non era solo una faccenda familiare, ma una questione religiosa e di Stato. Difatti Latino la fissò per un lungo attimo con uno sguardo severo e poi disse, con voce calma ma determinata: «Donna, ora basta. Non spetta a te reggere il regno e prendere decisioni per la mia città. Mio padre Fauno è il garante dei nostri sacerdoti, ispira le loro visioni per guidarci verso il meglio, e viene venerato come compagno di Venere nei templi qui attorno. Non ti permetto di offenderlo né di offendere la dea. Ciò che ho detto, ho detto. L'idea di darla in moglie a tuo cugino Turno era sempre stato un tuo sogno, e io mai mi sono impegnato in tal senso. Enea ci è stato indicato come nostro futuro genero dagli oracoli, e nostra figlia Lavinia sarà la sua sposa. Non vi è altro da dire, e non è necessario che altro venga detto».

Si girò e uscì dalle stanze di Amata. La regina prese una brocca e la lanciò contro la porta che si era richiusa. Con la scusa di asciugare il pavimento, guardai in tralice verso Amata. La regina si era seduta sul letto nuziale, furiosa. Era chiaro che le parole del marito non avevano di certo calmato la sua ira: semmai l'avevano aizzata. Le serve, impaurite, non osavano proferire parola. E ugualmente muta era la principessa Lavinia, che durante la lite dei genitori era rimasta in un angolo, senza osare intervenire in alcun modo, o anche solo alzare gli occhi.

Mi resi conto che non avevo ancora sentito la sua voce. Mi si stringeva il cuore. Era praticamente quasi una bambina, e padre e madre decidevano della sua sorte senza chiederle un parere o sentire cosa desiderasse. Sapevo che quel matrimonio era necessario per garantire il futuro di Enea, ed era voluto da Ananke, ma provavo allo stesso tempo un incredibile fastidio. Non potevo accettare che la salvezza di mio figlio fosse assicurata così, sacrificando la libertà di una fanciulla troppo giovane e troppo spaventata per poter decidere di se stessa in autonomia. Cozzava con tutto quello che sono. Certo, avrei potuto intervenire, facendo innamorare Lavinia di Enea perdutamente, come avevo fatto con Didone. Ma avevo visto quanto devastanti possono essere le ricadute di questi miei interventi: Elena aveva finito per scatenare la guerra di Troia, Didone si era uccisa. E poi non trovano giusto nemmeno risolvere così la questione, perché anche se Lavina sarebbe forse alla fine stata felice nello sposare mio figlio, le avrei comunque negato il diritto di scegliere, pur di ottenere ciò che mi serviva. Non volevo più comportarmi come gli Olimpi che tanto disprezzavo.

Tutta questa storia mi cominciava a sembrare un incredibile pasticcio senza senso e senza uscita, e ogni mia azione pareva peggiorare la situazione invece che risolverla. Launo soffriva perché era innamorata di Enea, e non avrebbe mai potuto sposarlo, Lavinia avrebbe sposato invece mio figlio senza amore, Enea si sarebbe assoggettato alla necessità per dovere, come al solito, e sarebbe finito imprigionato in un altro matrimonio privo di passione. E io, che ero la dea di tutto ciò, non riuscivo a trovare alcuna soluzione soddisfacente e sciogliere questo groviglio di sentimenti che il destino aveva creato, e di cui ancora faticavo a capire il senso.

Nel frattempo le serve avevano riordinato la stanza.

Una di loro si avvicinò alla regina, per ravviarle i capelli scompigliati, e sfiorò inavvertitamente una collana a forma di serpente che la regina aveva al collo. Amata, appena sentì il suo tocco, ebbe uno scatto violento, bloccò la mano della schiava e la torse, facendo urlare per il dolore la malcapitata. La poverina crollò a terra, il polso spezzato.

«Non osare toccarla mai più!» sibilò Amata, con gli occhi iniettati di sangue, proteggendo la collana come una leonessa protegge un cucciolo che le vogliono strappare.

Durante la cerimonia non ero riuscita a guardare bene quel gioiello, perché era nascosto sotto al velo indossato dalla regina, ma la sua strana fattura in quel momento mi colpì.

Il fermaglio era formato da due teste di serpi intrecciate, che si addentavano l'un l'altra. I due occhi erano rubini color sangue emananti un inquietante bagliore. Le spire dei serpenti si attorcigliavano poi attorno al collo come fili di una guaina da cui era impossibile liberarsi: le squame erano cesellate con tale perizia da sembrare reali, e parevano in grado di fondersi con la pelle di chi la indossava. Non era un'opera umana di certo. Riconobbi subito la mano del suo artefice: mio marito Efesto, il fabbro divino. E nemmeno faticai a immaginare per chi avesse potuto produrre un tale manufatto: sua madre, Hera. Intuii anche la funzione di quel manufatto: controllare la mente di colei che lo indossava.

Rimasi agghiacciata. Hera stava rendendo instabile la mente della regina per tramare ancora una volta insidie ai danni di mio figlio.

L'ira di Amata intanto era esplosa inarrestabile: «Basta, – gridava – non permetterò che la mia autorità venga sminuita a tal punto! Se mio marito è così pazzo da allearsi con questi stranieri, tocca a me salvaguardare la nostra famiglia e la nostra stirpe!».

Si alzò, afferrò la figlia Lavinia per un braccio, strattonandola, incurante del lamento proferito dalla fanciulla. Si precipitò fuori dalle stanze, come una menade furiosa, uscendo nel cortile della reggia e poi fuori dalla porta del palazzo, nella pubblica via.

«Donne di Laurento! – proclamò – Mio marito ha deciso di farci mischiare a forza con degli stranieri venuti dal mare, costringerci ad accoglierli nelle nostre case, consegnare loro la nostra città, sacrificare i nostri figli per salvaguardare i loro interessi. Ma noi non cederemo, non glielo permetteremo! Piuttosto fuggiremo nei boschi, con la nostra prole al seguito, per evitare questa immonda commistione contraria al buon senso e alla natura!»

Era giorno di mercato. La piazza di Laurento brulicava di bancarelle, di bambini che giocavano per strada, di massaie che facevano la spesa contrattando fra i banchi il prezzo di cibo e spezie. Quando la regina eruppe gridando avvenne quello che mai mi sarei aspettata.

Le donne, le quiete madri di famiglia, le vecchie che vendevano le verdure, le ragazze vezzose vestite a festa, smisero di chiacchierare fra loro, contrattare, ridere, scambiarsi battute e, come vittime di un sortilegio, iniziarono a formare una fila, un corteo di menadi invasate, che si dirigeva fuori dalle mura.

Amata era alla loro testa, con i capelli sciolti e scarmigliati, gli occhi iniettati di sangue, rossi come i bagliori che provenivano dalle pietre della sua collana. Dietro a lei c'era Lavinia, atterrita, incapace di opporsi, strattonata a forza dalla madre, e di seguito le donne di Laurento, che abbandonati i loro cestini per le spese e dimenticati gli impegni quotidiani, tiravano su le vesti per scoprirsi caviglie e cosce per camminare più veloci, e trascinavano figli e figlie, bambini e bambine urlanti, piangenti e spaventati, verso la selva e l'ignoto.

Non ebbi dubbi. Hera ispirava tutto ciò, Hera, che incurante di ogni conseguenza, aveva deciso di opporsi al volere del Fato.

Ma non l'avrebbe avuta vinta. Non stavolta.

Ero disposta a qualsiasi compromesso pur di mettere al sicuro per sempre Enea e trovare una nuova patria ai Troiani.

E sapevo a chi potevo chiedere aiuto.

Agli uomini della mia vita.

GUERRA

«Lo sai che è una mia regola: io non mi intrigo con gli uomini.»

«Non dire sciocchezze, ti intrighi con tutti. Intrigare è la tua natura.»

Sorridevo. Sono conscia che quando lo faccio nessuno può resistermi. E Hermes, poi, a resistermi non pensava neppure.

«Non capirò mai perché ti interessino tanto i mortali! – sbuffò, capitolando – Noi dei abbiamo una vita perfetta e se proprio desideriamo complicarcela siamo capacissimi di farlo da soli, senza bisogno di intervenire nelle vicende umane.»

«Enea è mio figlio.»

«Anche io ho un figlio mortale in una tribù qui vicino, Evandro, ma mi vedi in ansia perpetua per quello che gli capita?»

«Oh andiamo, hai solo messo incinta sua madre e te ne sei scappato prima che nascesse, come fate sempre voi dei! Io invece Enea l'ho partorito. In silenzio, sull'Ida, perché avevo paura che Zeus me lo ammazzasse. L'ho allattato, l'ho coccolato, ho passato le nottate a temere che avesse troppo freddo, troppo caldo, che non poppasse abbastanza latte, che avesse la febbre quando gli crescevano i dentini. Hera e le altre hanno avuto solo figli divini, non possono capire. E nemmeno tu, che sei un maschio. Lui è mio, la mia creatura, il mio bambino. Non mi importa se adesso ha la barba, è un uomo, ha figli a sua volta, e neppure se è destinato a invecchiare e morire, come tutti i mortali. Finché avrà un soffio di vita, io sarò lì, al suo fianco, a proteggerlo, per quanto mi sarà possibile e anche se non lo fosse. Dovesse fallire in questa grande missione che il Fato gli assegna, gli altri e le altre potrebbero abbandonarlo, tradirlo, ma io no, mai. Io resterò con lui, contro tutto e tutti, fino all'ultimo. Per questo ho bisogno di te: i Rutuli gli muoveranno guerra e Latino, ora che Amata gli ha rivoltato contro le donne e il popolo, ha dovuto schierarsi con loro e non può essere utile. Enea è valoroso, ma i Troiani sono pochi e male armati. Hanno bisogno di alleati. Vai da Evandro, convincilo a unirsi a loro.

Gli Arcadi sono ormai una potenza, sono famosi sul campo di battaglia. Io invierò Enea da Tarconte, re degli Etruschi, che mi venerano col nome di Turan. Li convincerò a schierarsi con i Troiani. Così potranno sconfiggere i nemici e finalmente ritrovare una casa. Aiutami, ti prego.»

«Per quello che c'è stato fra noi?» sorrise Hermes ironico.

«Oh, non solo! – sapevo che con lui bisognava sempre trattare offrendo tangibili vantaggi – Conosci i Troiani, sono mercanti nati. Nessuno più di loro ti è stato devoto. E il Fato assicura che la città che fonderanno i miei discendenti tramite Enea sarà potente nel mondo, più della stessa Cartagine. Non ti piacerebbe essere il protettore di un popolo così scaltro e ricco? Pensa a quanti templi e quanti sacrifici, e a quanto lontano potrebbe arrivare il tuo nome. Già ora nel Lazio tu sei Mercurio, dio dei commercianti. Un domani potresti essere noto ovunque, fino alle terre dei Celti e dei Britanni, agli estremi confini del mondo. Che dici, non è una buona offerta quella che ti propongo?»

Sospirò: «Sei brava. Potresti essere un'ottima donna d'affari. E va bene, mi hai convinto. Dirò a Evandro di allearsi con il tuo Enea. Ma un giorno, quando questa famosa nuova città sarà fondata, verrò a reclamare quanto mi hai promesso. Voglio un tempio sontuoso vicino al Palatino».

«Lo avrai!» dissi baciandolo frettolosamente.

«Dove vai? – chiese deluso – Mi lasci così?»

«Sì, i miei compiti di madre non sono finiti. Ora che ho trovato per Enea degli alleati, devo procurargli anche le armi migliori sul mercato.»

«E dove pensi di trovarle?»

«Dal fabbro migliore di tutti. Efesto.»

EX

Il letto pareva un campo di battaglia. Cuscini in disordine, lenzuola aggrovigliate e sporche di fuliggine nera. E io, al centro, distesa, che sorridevo tracciando immaginari ghirigori sull'ampio petto di Efesto.

«Mi sei mancata così tanto» sospirò con aria sognante.

«Ma come, la tua nuova moglie, Aglaia, non mi ha degnamente sostituito?» ridacchiai.

Lui divenne improvvisamente serio come i bambini quando si rendono conto di aver commesso un errore: «Lei non era te. Era bellissima, docile, mi accontentava in tutto. Ma era come se fosse solo un pallido riflesso di ciò che tu eri, di quello che noi eravamo. Se n'è andata, non ricordo nemmeno più quando, mentre non passa giorno che mi maledica perché te ne sei andata tu. Sono stato così stupido a perderti. Stupido e vendicativo. Ho cercato di trasformarti in quello che non sei, e non potrai mai essere: una figura di contorno. Da fabbro avrei dovuto sapere che il metallo si può forgiare, ma non si può costringere a cambiare natura. Io ho cercato di farti prendere una forma che non era la tua. E tu ti sei ribellata. Ci siamo fatti tanto male, e inutilmente. Ora lo so, anche se è troppo tardi».

Lo guardai, con la pelle del volto inspessita e abbrunata dal calore, il naso troppo corto, la barba ruvida, gli occhi scuri sempre velati da quell'ombra di timidezza ruvida che gli impediva di aprirsi con chiunque, tranne che con me. Nessuno lo aveva mai trovato bello, ma io sì, e mai come allora. Aveva il fascino di chi ha compreso le lezioni che la vita gli ha impartito.

Mi chinai a baciargli le labbra screpolate: «Dovresti metterci un po' di balsamo, ti regalerò una delle mie boccette» sussurrai.

Lui rise: «Vuoi sempre migliorarmi? Non sai che è impossibile?».

«Sono la dea della bellezza e dell'amore, nulla è impossibile per me.»

Lui mi strinse i fianchi, tirandomi a sé e baciandomi il collo.

«Vorrei che restassimo su questo letto per sempre. – sospirò – Promettimi però che qualche volta tornerai. Non ti chiedo di divenire di nuovo mia moglie, ti prego solo di prendere in considerazione, ogni tanto, di venirmi a trovare, quando vorrai.»

Gli sorrisi.

«E io in cambio ti prometto che farò per Enea la più bella e sicura delle armature, cui nemmeno quella di Achille potrebbe essere pari. Neppure la folgore di Zeus potrà attraversarla. Sarà l'eroe più protetto di tutti i tempi.»

«Mi farai una donna felice» dissi, chinandomi per baciarlo a mia volta.

GUERRA A SORPRESA

Le navi troiane si avvicinavano alla riva, di soppiatto. Lo sciabordio dei remi era così silenzioso che quasi si confondeva con quello delle onde. Per renderlo inavvertibile, avevo pregato io stessa le ninfe dei mari, mie ancelle, di attutire il rumore. Così la flotta di mio figlio scivolava come una foglia sopra l'acqua verso la piana di Laurento presidiata dagli eserciti di Rutuli e Latini.

«Arriveremo presto in vista della città» diceva Enea, studiando nella luce incerta che precede l'aurora la conformazione della costa.

«Li coglieremo di sorpresa e potremo distruggerli» confermò Pallante, con il baldanzoso entusiasmo della gioventù.

Launo taceva, in disparte. Da quando il giovane principe arcade, figlio di Evandro, era diventato alleato di mio figlio, il suo ruolo al suo fianco era stato molto ridimensionato. Un giovane senza nobiltà come lei era non poteva certo competere con un principe di sangue reale. Ne soffriva, lo vedevo. Fino ad allora aveva sopportato stoicamente che Enea non la degnasse di uno sguardo e non fosse consapevole dei suoi sentimenti perché poteva rimanergli accanto ogni minuto, come scudiero. Ma ora le cose cambiavano rapidamente. Una volta sconfitti i Rutuli – Launo sapeva che sarebbe accaduto – Enea avrebbe sposato la principessa Lavinia, e Pallante sarebbe di certo divenuto non solo il suo alleato, ma anche il suo fido consigliere. E il giovane Launo avrebbe perso anche il suo ruolo di scudiero. Che ne sarebbe stato di lei?

Le strinsi la mano di nascosto, per confortarla. Mi rendevo conto che quella povera fanciulla stava sopportando più del dovuto, e mi sentivo impotente. Intuivo che il suo amore per Enea, che non avevo suscitato io, era in qualche modo stato voluto direttamente da Ananke, ma non riuscivo a comprendere il motivo per cui l'avesse voluta condannare a una passione che non aveva nessun possibile sbocco. Forse anche Ananke, come gli Olimpi, si divertiva talvolta a giocare con i destini umani per puro divertimento?

I primi timidi raggi del sole carezzavano le onde. Di fronte a noi comparve la spiaggia di Laurento. Circondata da boschi, su un'altura, si intravedeva il profilo della città. E di lato, sulla piana, il campo dei Rutuli con le loro tende e i loro vessilli. Lì c'era l'implacabile nemico di mio figlio, Turno.

Ne avevo sentito parlare, del signore dei Rutuli. Era re di una delle città vicine a Laurento, e nipote di Amata, la moglie di Latino. La regina non aveva avuto figli maschi. e non aveva mai nascosto che il suo sogno sarebbe stato unire la figlia e Turno in matrimonio, per creare una nuova stirpe che potesse governare il Lazio. O, più probabilmente visto il carattere della regina, avere la certezza di poter continuare a mettere bocca in qualità di regina madre, suocera e zia sulle future decisioni della coppia regale, anche se Latino fosse morto.

Non mi stupiva che Amata venerasse con tanto zelo Hera: in fondo credo che avessero lo stesso carattere accentratore e intransigente. Anche se c'è da dire che, al contrario di Zeus, il re Latino era stato fedele alla moglie e assai condiscendente con i suoi voleri.

Sul matrimonio della figlia con Turno, però, era stato stranamente cauto: più volte Amata gli aveva chiesto di formalizzare il fidanzamento davanti al popolo e Latino, cosa bizzarra per lui sempre pronto ad accontentare la consorte, aveva nicchiato, rimandando e appellandosi al fatto che la figlia fosse ancora troppo giovane, e che ci fosse tempo per pensare alle sue nozze. Pur non avendo fino ad allora ricevuto segni precisi dagli dei, era come se il potere profetico di suo padre Fauno lo avesse messo sull'avviso che per Lavinia il Fato aveva in serbo altro che non sposare un oscuro re confinante.

Per Turno l'annuncio improvviso che Latino aveva accolto i Troiani come pari e promesso Lavinia a Enea era stato un colpo inatteso. Anzi, una vera e propria offesa personale. Della cugina Lavinia gli importava assai poco: aveva visto quella ragazzetta poche volte e di sfuggita, e l'esangue principessa timida e silenziosa di certo non aveva nessuna caratteristica che potesse accendere il desiderio di un uomo come lui. Turno era un combattente, amava la mischia e le sfide, e quando doveva celebrare le sue vittorie o divertirsi, i suoi gusti lo portavano verso bellezze dalle forme generose e dal carattere spiccio quanto il suo, non verso pallide donzelle come la cugina. Ma un conto era il piacere, un altro la politica. Lavinia era per lui la chiave per arrivare dove da solo, con i suoi Rutuli, non avrebbe mai potuto giungere: essere signore del Lazio.

I Rutuli erano un popolo giovane e ardimentoso, ma certo non potevano competere con i Latini: le loro città erano poco più che villaggi, i loro costumi rozzi e ruspanti. Coccolato dalla zia fin dalla più tenera infanzia, aveva dato per scontato che prima o poi Amata sarebbe riuscita ad averla vinta sul matrimonio.

Quando aveva scoperto che Latino, uomo di cui aveva avuto sempre poca stima considerandolo un debole che si faceva dominare dalla moglie, aveva invece accolto i Troiani come pari e addirittura meditava di fondersi a loro, si era precipitato furente alle porte di Laurento con le sue truppe. Lavinia poteva anche non essergli mai stata promessa ufficialmente, ma lui la considerava sua. E non avrebbe certo permesso a quattro pezzenti scappati da chissà dove di toglierli ciò che gli spettava.

«Li ributteremo nel mare da cui sono venuti, questi stranieri maledetti!» aveva tuonato rivolto ai suoi uomini, che lo avevano acclamato, entusiasti all'idea di respingere subdoli invasori che invece di conquistarsi una terra con la lancia preferivano insinuarsi nei letti delle donne e sostituirsi ai possibili mariti autoctoni.

Eravamo stati informati che aveva tentato un colpo di mano contro il nostro esercito, approfittando dell'assenza di Enea. Solo il coraggio del giovane Ascanio, mio nipote, che per la prima volta aveva vestito le armi e si era difeso eroicamente, aveva evitato una completa disfatta: si era asserragliato dall'altro lato del colle salvando gran parte dei suoi uomini. Ma ora aveva bisogno di un diversivo per poter uscire e riunirsi a noi.

Era venuto il tempo della nostra vendetta.

«Forza con i remi! Spingete le navi al massimo, arriviamo fin sotto la riva!» esclamò Tarconte, il comandante del contingente etrusco.

Io schioccai le dita, ordinando alle mie ninfe, nascoste sotto le chiglie, di favorire in ogni modo le navi troiane. Le onde si incresparono per consentire agli scafi di aumentare velocità e potenza, mille braccia divine spinsero i remi, amplificando gli sforzi dei marinai. Le navi volarono sulle acque, superarono le secche e come proiettili partiti da una fionda, si arenarono sulla riva. I Troiani e i loro alleati balzarono giù dalle paratie proprio nell'attimo in cui il sole sorgeva all'orizzonte: apparvero ai nemici all'improvviso e li orbarono con i riflessi delle loro corazze di bronzo.

«Ci attaccano! Ci attaccano!»: il caos si scatenò sull'accampamento dei Rutuli. Turno fu destato nella sua tenda, gli altri comandanti fecero appena in tempo ad agguantare le spade e montare sui carri da combattimento. Le trombe suonarono per dare l'allarme. La loro eco giunse fino alle mura di Laurento, dove il popolo e il re Latino si accalcarono sulle mura per seguire la battaglia ormai in corso.

In pochi attimi la mischia divenne selvaggia e senza senso. Il campo era una sola grande macchia scura, da cui emergevano voci, ordini, bestemmie, urla, lamenti, il tutto coperto dal cozzo delle armi e da una nube nera di polvere.

Rutuli, Latini, Arcadi, Etruschi, Troiani, Liguri, Messapi come lupi in branco si erano sparsi nella pianura. Guidavano i loro contingenti all'attacco, si lanciavano in avanti, resistevano agli affondi dei nemici. Enea avanzava menando fendenti. La sua armatura divina era davvero la migliore opera di Efesto: non c'era colpo di spada o di lancia che riuscisse a scalfirla, o potesse fermare la furia di mio figlio.

Io lo seguivo invisibile, deviando per quanto mi era possibile frecce e colpi. Non tanto da lui, che sapeva difendersi da solo, ma da Launo, che testarda gli rimaneva a fianco. Per quanto sottile come un giunco, era abilissima ormai a muoversi sul campo di battaglia, schivare colpi, maneggiare la spada. Ero fiera di lei quasi fosse mia figlia: era una piccola dea della guerra che non indietreggiava davanti al pericolo e aveva coraggio e determinazione come il più scafato dei soldati. Ancora una volta mi rammaricai di non poterle dare ciò che voleva: sarebbe stata una compagna magnifica per Enea, degna di stargli alla pari e governare al suo fianco. Non mi rassegnavo al fatto che il Fato volesse altrimenti.

I Rutuli tuttavia non cedevano terreno. Turno era una furia. Nonostante fosse mio nemico, non potevo che ammirare le sue doti di comandante. In altre circostanze quel bel ragazzo alto dai tratti squadrati e dal fisico possente, che con occhio esperto sapeva individuare le falle nello schieramento e subito correva a tamponarle, e combatteva con generosità, avrebbe potuto avere la mia simpatia e – perché no? – guadagnare i miei favori. Ma combatteva contro mio figlio, e la sua sorte era segnata.

All'improvviso lo vidi ritrarsi assieme ai suoi verso la selva. Non capii sulle prime la manovra e pensai che cercasse la fuga. Ma quando mi accorsi che Pallante e gli uomini di Enea, vistolo retrocedere, si erano gettati al suo inseguimento senza accorgersi che altre truppe di Rutuli erano appostate fra i cespugli, mi resi conto che era un'imboscata.

«Ferma Enea, impediscigli di entrare!» gridai a Launo, che immediatamente si sporse verso mio figlio per bloccarlo. Purtroppo io non feci in tempo ad arrivare a Pallante. Il principe arcade era avanzato ormai nel folto del bosco con un drappello di suoi, senza rendersi conto che da inseguitore stava per divenire inseguito. Difatti, giunto al centro di una piccola radura, i nemici si avventarono su di lui calandosi dagli alberi e circondandolo.

«Traditore della tua gente, ti sei venduto ai Troiani e ora morirai!» urlò Turno, sopraggiunto con il carro.

Pallante si voltò. D'istinto librò la lancia contro il suo nemico. ma era troppo sbilanciato per imprimerle la forza necessaria. L'asta sfiorò solamente la corazza del re dei Rutuli, e cadde del mezzo della radura.

«Vedi se il mio ferro è più bravo a penetrarti!» ghignò Turno.

Pallante vide la punta della lancia dirigersi contro di lui. Un colpo sordo, come di tamburo percosso, lo stordì. Poi sentì un dolore feroce sfondargli il petto e vide il sangue caldo e rosso sgorgare dalla ferita. Cadde, in ginocchio. Un rantolo indistinto fu la sua ultima parola.

Ero basita. Era stato tutto così veloce da non permettermi di intervenire. Turno si slanciò sul cadavere, protetto dai suoi. Gli mise un piede sul petto, e gli strappò la cintura d'oro che ornava i suoi fianchi.

«Questo insegni a Evandro quanto è saggio allearsi con i Troiani!»

«Uccidiamo Enea!» ruggirono i suoi.

L'odore del sangue li aveva eccitati, resi bestiali.

Fuori dalla radura, Enea continuava a combattere. Lui e Launo, appiedati, menavano fendenti colpendo i nemici che tentavano di accerchiarli, per aiutare gli altri Troiani a mettersi in salvo. La testa mozza di Mago e il corpo senza vita di Ceculo, re dei Marsi, e i cadaveri di altri alleati dei Rutuli formavano una macabra trincea ai loro piedi.

Gli uomini di Turno stavano per avventarsi su di loro. Dovevo fare qualcosa. Veloce, deviai un raggio del sole nascente sulla corazza di Enea: un bagliore si sprigionò e si alzò verso il cielo. Subito udimmo l'eco di zoccoli di cavalli che si avvicinavano al galoppo e poi grida di uomini in lingua troiana.

Guidati da un mio segnale di luce, Ascanio e i cavalieri, che allo scoppiare della battaglia erano riusciti a eludere la sorveglianza dei Rutuli, erano arrivati in soccorso.

Gli uomini di Turno si bloccarono, impauriti, e quindi si volsero alla fuga. Turno era da solo. Enea si slanciò verso di lui, deciso a colpirlo.

Ma uno sparo di luce improvviso rese cieco lui e tutti noi.

Quando riaprimmo gli occhi, Turno era scomparso.

«Hera, maledetta!» imprecai, intuendo a chi si dovesse quel salvataggio miracoloso.

Ma non ebbi tempo di pensare alla mia nemica. Mio figlio, sconvolto, era caduto in ginocchio vicino al corpo dell'amico. Piangendo diede ordine di recuperare il cadavere di Pallante, per restituire le spoglie al padre Evandro.

«Non finirà mai questa strage. – sospirò – A meno che io stesso non trovi una soluzione definitiva.»

«Che cosa vuoi fare?» chiese Launo, anche lei con le lacrime agli occhi.

«Sfidare Turno a duello. Noi due soli. Non ha senso che interi popoli soffrano per una lite fra noi. Chi resterà in vita si prenderà la mano di Lavinia e il regno.»

Launo si volse verso di me senza farsi notare.

«Giurami che lo salverai a ogni costo» sussurrò.

L'INGANNO DI LAURENTO

La rocca di Laurento era posata sulla pianura come una chioccia accovacciata sui suoi pulcini. Rispetto alle fortezze d'Oriente, le città del Lazio conservavano il loro aspetto bonario persino in guerra. Da lontano, per chi ascoltava con attenzione, si udiva il rombo delle onde del mare che si infrangevano sulla spiaggia, desolata e vuota dopo che erano stati portati via i cadaveri dei caduti in battaglia.

Di fronte alla città, invece, gli eserciti dei Troiani, degli Arcadi e degli Etruschi erano schierati in frenetiche trattative per definire i termini dello scontro fra Turno ed Enea.

«Latino è un traditore. Uno schifoso traditore dal cuore di cane. Per far finire questa guerra non ci sarebbe alcun bisogno di questo duello. Basterebbe che lui si assumesse le sue responsabilità, e decidesse una buona volta a chi vuole dare sua figlia. Non capisco perché gli dei non lo fulminino e non mettano fine a questa pagliacciata.»

Launo era furiosa. Da quando aveva visto Turno salvato da Hera aveva perso gran parte della sua fiducia negli dei. Temo persino in me.

«Il mondo degli dei è complicato quasi quanto quello degli uomini. Zeus è molto simile a re Latino, a questo punto. Entrambi non possono fare ciò che dovrebbero: zittire le loro mogli.»

Launo scosse la testa. La regina Amata era riuscita a trascinare dalla sua parte prima le donne e poi il popolo tutto. Re Latino, per non venire cacciato, aveva dovuto accettare di promettere la figlia Lavinia a Turno e scendere in guerra contro Enea. Cosa pensasse di tutto ciò la principessa nessuno lo sapeva. Da quando la regina l'aveva rapita, in pratica non concedeva più a nessuno di vederla. Erano entrambe rinchiuse nella parte più recondita del palazzo, circondate da guardie fedeli al genero, che non permettevano nemmeno a Latino di entrare. Si vociferava che la regina ogni sera compisse riti propiziatori per entrare in contatto direttamente con Hera, sua protettrice, di cui fin da giovane era stata adepta.

«Ma Zeus non si deciderà mai a prendere posizione?» sbottò inviperita Launo.

«No. Ho cercato di persuaderlo, ma senza ottenere nulla. Per evitare scontri con la consorte ha detto che avrebbe lasciato che il Fato dirimesse la questione in qualche modo. Il che vuol dire che spera che qualcuno risolva la situazione senza che lui debba compromettersi.»

«Ma non possiamo lasciare che Enea duelli con Turno. Hai visto anche tu che Hera non è leale. Intrigherà per proteggerlo, anche se il Fato lo vuole perdente. Zeus vuole che qualcuno sblocchi questa vicenda? Bene, ci penseremo noi.»

Mi piaceva sempre più quella ragazza: la sua praticità mi ricordava la mia cara Ninšubur.

«Hai un'idea?»

Annuì: «Ai tempi della guerra di Troia, mio padre ci raccontò che Ulisse e Diomede entrarono nella città di nascosto, per rubare il Palladio, la statua di Atena che garantiva l'imprendibilità della rocca. Dovremmo fare anche noi qualcosa di simile».

«Non mi risulta che Laurento abbia una statua sacra» dissi, perplessa.

«Non parlo di una statua, parlo della principessa Lavinia. È per lei che questa guerra è scoppiata, in fondo. Entriamo in città, noi due. Con il tuo appoggio, nessuno ci potrà riconoscere. La porteremo con noi e la consegneremo a Enea. Quando Amata e Latino vedranno la figlia con Enea se ne dovranno fare una ragione, e Turno non potrà più accampare diritti. E anche Zeus non potrà che apprezzare questa soluzione: il Fato avrà trovato la strada per dare la vittoria ai Troiani.»

La guardai negli occhi, seria: «È un'ottima idea. – dissi – Anzi, è la migliore che abbia sentito per far terminare questa guerra assurda. Ma se riesce l'impresa, Enea sposerà Lavinia, e tu non avrai più speranza di averlo.»

Launo distolse lo sguardo. Ero certa di aver intravisto brillare una lacrima: «Lo so. Ma non posso sopportare che questa carneficina continui. Non è umano. Se per questo devo rinunciare a lui, sono disposta al sacrificio. Forse il Fato troverà una soluzione anche per me». Mi trattenni a stento dall'abbracciarla. Una volta finita questa guerra assurda, giurai che le avrei trovato l'uomo migliore su questa terra, e l'avrei fatta divenire l'essere umano più felice dell'intero universo.

«Come intendi fare?»

«Attenderemo che il duello stia per cominciare. Saranno tutti sulle mura per seguirlo. Poi entreremo di nascosto nelle camere della reggia e rapiremo la principessa. Appena presa, la porteremo sul campo di battaglia prima che inizi la sfida. Sei una dea, puoi volare più veloce di una saetta e comparire dove desideri. A quel punto, starà a lei stessa decidere chi sposare. La mia visione dice che sarà sposa di Enea. E questa guerra finirà una volta per sempre.»

Annuii. Solo una cosa mi restava oscura: «Però tu avevi detto che Lavinia è destinata a morire».

Launo scosse la testa: «Sì. Ma è probabile che la mia visione si riferisca a qualcosa che avverrà più tardi. In ogni caso ciò che conta ora è proteggere Enea».

Raramente mi ero trovata in così perfetta sintonia con un essere mortale. Forse Ananke mi aveva davvero inviato Launo per trovare una soluzione a quella assurda vicenda.

«Andiamo, dunque. Subito. Non c'è tempo da perdere.»

Launo annuì, ma aggiunse: «Vorrei però chiederti un favore».

«Dimmi» le avrei accordato qualsiasi cosa.

«Ridammi le mie forme femminili. Da quando ho lasciato Delo sono nascosta in questa apparenza di fanciullo. Ma la missione è pericolosa, potrei non sopravvivere. Non voglio morire in un corpo che non è il mio. Se dovesse accadermi qualcosa, spiega a Enea chi ero realmente, e promettimi di dirgli che l'ho amato più di ogni altra cosa al mondo.»

La sfiorai. L'aspetto maschile che le avevo donato scomparve. I capelli tornarono lunghi, i tratti del volto si addolcirono, le forme si arrotondarono. Gli anni di viaggio l'avevano temprata e addestrata, e quella che mi si parò di fronte era una bellissima giovane donna dal corpo snello e sinuoso, con uno sguardo deciso che rivelava una volontà implacabile.

«E non sognarti di morire. – le intimai – Mi servi ben viva. Anche le dee hanno bisogno di amiche, e tu sei la migliore che abbia avuto da molto tempo a questa parte.»

Schioccai le dita. Una fitta nebbia ci avvolse.

Ci alzammo in volo, verso la reggia di Laurento.

LAVINIA

«Signora, abbiamo portato i mantelli. Tutta la città è sulle mura, per seguire lo scontro fra Turno ed Enea. Il re Latino ti chiede di raggiungerlo insieme alla principessa Lavinia.»

Mi inchinai. Avevo preso le sembianze di una vecchia serva e Launo di una giovane ancella.

Amata si volse verso di noi come se faticasse a capire cosa le era stato detto. Aveva gli occhi rossi di chi non dorme da troppi giorni, il colorito terreo, teneva le mani intrecciate sul grembo in maniera così stretta che le nocche erano bianche. Riconobbi i segni della possessione. Guardai la collana a forma di serpente che le ornava il collo. Il rubino che fungeva da occhio del rettile mandava lampi rosso cupo, segno certo che il malefico influsso di Hera le obnubilava la mente.

«Non voglio uscire da questa stanza... non siamo al sicuro là fuori. Oscure forze tramano contro di noi...»

«Ma non puoi far mancare l'appoggio al principe Turno. Confida in te, mia signora, che l'hai sempre protetto, e gli hai garantito la protezione di Hera.»

«La principessa Lavinia può rimanere qui con me, se temete per la sua sicurezza» disse Launo, avvicinandosi alla fanciulla.

«No, non la toccherete, maledette! Vi ho riconosciute, voi siete emissarie di Afrodite, mie nemiche!»

La regina si slanciò in avanti, prima che potessi intercettarla. La collana a forma di serpente mandava barlumi sempre più accesi: pareva quasi che si fosse animata e divenuta un animale pronto a balzare sul suo nemico. Amata avvinghiò il collo della figlia con un braccio. Solo allora sia io che Launo ci accorgemmo che teneva un pugnale nella mano.

«Non ci avrete! – gridava – Non ci avrete mai! Hera mi ha messo in guardia contro di voi. Volete la distruzione del mio popolo, del mio regno, della mia famiglia. Per dare il potere a quel miserabile sbucato dal nulla che si vanta di essere figlio di Venere! Ma non mi avrete! Non ci avrete mai!»

La povera Lavinia era ormai terrea. Il braccio della madre era così stretto che riusciva a stento a respirare: emetteva i rantoli di chi sta soffocando.

«Amata, ti prego. – dissi cercando di farla ragionare – Siamo entrambe madri, e vogliamo il meglio per i nostri figli e per le nostre genti. Non ascoltare le voci confuse che senti nella testa, non vogliono il tuo bene. Tua figlia Lavinia è terrorizzata, non lo vedi? Le stai facendo del male. Ti prometto che non la rapirò. Sarà lei a scegliere chi sposare: se Turno o Enea, e io mi atterrò al suo volere. Non sta a noi madri decidere per la vita dei nostri figli.

Nemmeno il Fato dovrebbe metterci bocca. Per cui ti prego, lasciala libera. Non per me, ma per lei.»

Per un attimo, Amata parve tornare in sé. Guardò la figlia e poi il pugnale che stringeva in mano. Ma un bagliore fortissimo si sprigionò dall'occhio del serpente al suo collo. La regina, furente, gridò: «No, maledetta Afrodite, tu vuoi ingannarmi come sempre!».

Alzò la lama, vibrò un colpo, tagliando di netto la carotide della principessa, e mentre questa cadeva a terra, rivolse verso se stessa il pugnale, colpendosi dritta al cuore.

Launo urlò, sconvolta, chinandosi per tentare di aiutare Lavinia. Ma era inutile. La povera fanciulla era sul pavimento in un lago di sangue, senza vita. A pochi passi da lei la madre rantolava, anche lei in agonia. Il bagliore malefico della collana di Hera si era finalmente spento.

Mi chinai, per chiudere pietosamente gli occhi dei due cadaveri.

Dalla finestra sentii echeggiare un urlo di gioia da parte dei Troiani. Mi resi conto che il duello fra Turno ed Enea doveva essere cominciato mentre noi tentavamo di fermare Amata.

Launo si affacciò: «Enea! Enea ha vinto! – balbettò incredula – Ha sconfitto Turno! Latino è accanto a lui, che lo abbraccia! È finita!».

Avrei dovuto provare sollievo. Invece mi scese sulle gote un fiotto di lacrime.

«Non importa. Comunque tutto è perduto. Anche se Enea ha sconfitto Turno in duello, Latino non gli perdonerà mai il fatto che Lavinia sia stata uccisa. Non ci sarà alcun matrimonio e le due stirpi non si uniranno mai. I Troiani non troveranno pace né una nuova sede in questa terra. La tua visione diceva il vero. Lavinia è morta e non fonderà mai una dinastia con mio figlio. Alla fine Hera ha avuto la sua vittoria e ha trovato il modo di eludere il Fato. Non importa quante vittime innocenti ha dovuto mietere per i suoi scopi.»

«Non è detto» disse Launo, meditabonda.

«Che vuoi dire?»

«Guardami. – fece Launo – E guarda Lavinia. Abbiamo la stessa età e siamo quasi identiche per corporatura, colore di occhi e di capelli. Il popolo non l'ha mai vista se non velata e da distante, a qualche cerimonia, e mai l'ha sentita parlare. Enea non la conosce, e del resto nessuno ha mai visto il mio aspetto femminile: di fatto io non esisto. Solo Latino potrebbe accorgersi dello scambio, ma lui dovrà rispettare il lutto per la moglie e rimanere lontano da tutti, e poi i riti nuziali prescrivono che la sposa sia circondata nelle ore precedenti lo sposalizio soltanto da donne: mi vedrà per un attimo, sempre velata, quando mi avvicinerò all'altare per unirmi in matrimonio a Enea. Mi porgerà la mano e poi io seguirò mio marito per sempre, in una nuova città fondata dai Troiani. Basterà che tu mi circondi di una nebbia divina che lo confonda per un attimo.

«Questo diceva la mia visione, solo che io non potevo capirlo: Lavinia è morta, ma sposerà lo stesso Enea e darà origine a una nuova stirpe regale. Nessuno si renderà conto che io non sono lei. Nonostante le trame di Hera, penso che il piano di Ananke fosse questo: ha trovato il modo di volgere il Fato a nostro vantaggio. Ma dobbiamo muoverci in fretta. Coprimi con un velo e accompagnami sulle mura. Poi fai scomparire il corpo della principessa, e avverti le guardie che Amata si è tolta la vita mentre era da sola, disperata per la vittoria di Enea. Nessuno saprà mai cosa è realmente accaduto qui dentro, a meno che tu o io non decidiamo altrimenti.»

Ho sempre amato i mortali, per la loro straordinaria inventiva che li spinge a trovare soluzioni impensate quando persino noi divinità abbiamo esaurito le nostre risorse. Era un piano folle, ma non più folle di altro che avevo visto succedere nella mia esistenza. E se proprio dovevo avere una nuora, mai avrei potuto trovarne una migliore, più intelligente e coraggiosa della mia Launo.

Le misi un velo spesso sul capo, le accarezzai le guance e la baciai. La scortai velocemente sulle mura, assicurandomi che le stanze di Amata fossero chiuse a chiave, e nessuno potesse entrarvi.

I Troiani stavano festeggiando la conclusione dello scontro. Seppi che per un attimo, alla fine, il mio Enea aveva persino pensato di graziare il suo avversario, ma la visione della cinta d'oro che Turno aveva strappato a Pallante lo aveva fatto infuriare. Intuii la mano di Ananke anche in ciò: Turno avrebbe potuto smascherare Launo.

Latino fu così sconvolto dalla notizia della morte della moglie, che si chiuse subito nelle sue stanze e annunciò di voler abdicare in nome del futuro genero.

Tutto andò come Launo aveva previsto. Lei e il padre si incrociarono solo di sfuggita, e io feci in modo che lui non la potesse riconoscere.

Quanto a Lavinia, mi premurai io stessa di ricomporla. Povera ragazza: la sua esistenza terrena era stata breve e piena di sventure: innocente, aveva pagato per le colpe di tutti. Desideravo che nell'aldilà potesse godere di quanto non aveva potuto nemmeno conoscere in vita. Non è il potere più noto fra quelli che possiedo, ma come erede della dea del Tutto, io sono anche legata all'Oltretomba. Prima che i Greci chiamassero Persefone la regina dei morti moglie di Ade, la sovrana degli inferi ero stata io, Afrodite ctonia, signora del sottosuolo.

Convocai quindi Hermes in persona. Uno dei suoi compiti era da sempre quello di scortare le anime dei morti alle loro sedi. Lo pregai che si assicurasse che la principessa fosse assegnata ai Campi Elisi, i giardini eterni dove gli spiriti amati dagli dei trascorrono felici l'eternità. Sapevo che in quel luogo soggiornava già Anchise, e lì, per mio ordine, era destinata ad approdare alla fine del suo viaggio terreno Elena.

Il cadavere della sventurata principessa, invece, lo affidai alle mie ninfe, che lo portarono sulla spiaggia e lo consegnarono alle onde del mare. Nessuno avrebbe mai potuto ritrovarlo, e scoprire l'inganno che Launo e io avevamo tramato.

Poi mi eclissai, almeno in apparenza. Volevo lasciare il tempo a Enea e a Launo di acclimatarsi nei loro nuovi compiti, senza la mia presenza ossessiva accanto. Se già le madri e le suocere mortali possono essere ingombranti, posso solo immaginare quanto lo possa diventare una madre e una suocera divina.

Mio figlio nei giorni successivi fu completamente assorbito dai suoi nuovi compiti di reggente per Latino, e cominciò a progettare una città per gli esuli troiani.

Che la nuova fidanzata non fosse in cima ai suoi pensieri era evidente: per lui quel matrimonio era solo l'ennesimo sacrificio che accettava per il bene del suo popolo. Come al solito, portava a termine il suo dovere.

Le visite a quella che lui credeva Lavinia furono infatti formali, brevi e distratte: i due si scambiarono a stento qualche parola imbarazzata e mai restarono soli. Enea fu cortese, ma distaccato; Launo, che aveva perso l'abitudine a comportarsi come una ragazza, era intimidita dalle regole di corte e timorosa di commettere errori. Non osò nemmeno togliersi il velo e limitò al minimo le interazioni e le risposte, temendo che le serve o qualcuno dei presenti potesse rendersi conto che non era la principessa.

Per lei tutto questo fu frustrante: ora che avrebbe potuto finalmente mostrarsi a Enea con il suo vero aspetto e affascinarlo con il suo spirito, era costretta a trattenersi e tacere, per rispettare le convenzioni.

Cercai di infonderle la pazienza, anche se devo ammettere che questa non è proprio una dote che mi contraddistingue e raramente riesco a donarla ai miei fedeli.

Venne finalmente il giorno delle nozze. Enea si presentò nella sala della reggia, bellissimo, con addosso la corazza di Efesto che lo faceva sembrare simile a un dio. I suoi occhi viola erano però come al solito indecifrabili e distaccati.

Io ero accanto a Launo, ma invisibile. Non mi ero palesata nei giorni precedenti e non avevo risposto alle sue invocazioni. Sapevo che questo fatto l'aveva agitata: per la prima volta da quando aveva lasciato Delo si era ritrovata completamente sola. Ma era sempre la mia Launo: non si era persa d'animo ed era pronta a iniziare la sua vita come sposa di Enea, qualsiasi difficoltà avesse dovuto affrontare.

Nemmeno a mio figlio mi ero manifestata prima delle nozze. Nessun messaggio, nessuna apparizione. Più volte, osservandolo di nascosto, mi ero accorta che Enea si guardava intorno, sperando in un mio segno, o aspettandosi di avvertire nell'aria la scia del profumo d'ambrosia che noi dei emaniamo. Ma invano: non ero comparsa nemmeno per portargli un regalo di nozze.

Si convinse che fossi sparita senza avvertirlo, come quando era bambino, assorbita dai miei doveri divini, e che avrebbe dovuto affrontare il suo nuovo matrimonio e la sua nuova vita da solo. Credo che questo fatto, in fondo, fosse per lui un sollievo. Per la prima volta in vita sua, senza più Anchise e senza me a indirizzarlo, avrebbe finalmente potuto essere davvero se stesso.

Il rito delle nozze fu lungo e complesso: dopo una guerra così feroce, il matrimonio di Enea e Lavinia era per i Latini la prima occasione di festa e di riconciliazione generale. Tutti avevano voglia di chiudere per sempre con il passato e iniziare una nuova era con una celebrazione solenne.

Io, che di solito non amo particolarmente gli sposalizi, seguii questo con grande commozione. Guardai i Troiani sfilare al fianco dei nuovi alleati Latini, osservai i giochi di sguardi fra i giovani e le giovani di entrambi i popoli, sicuro annuncio che presto avrei visto nascere nuove coppie e le due genti si sarebbero fuse in una sola.

Ma non ero lì solo per assistere.

Quando il rituale giunse alla fine e la mano di mio figlio si unì a quella di Launo per prenderla in moglie, decisi che quello era il momento di dargli il mio dono. Il più prezioso, quello che avevo tenuto in serbo per lui.

Allorché le sue dita alzarono il velo dal volto di colei che lui credeva Lavinia, Eros, su mio ordine, scoccò una delle sue invisibili frecce. La passione, quella che Enea mai prima aveva provato, e mi aveva rinfacciato di non avergli fatto conoscere, divampò improvvisa e incontenibile in lui.

Fu un attimo: un soffio caldo parve percorrergli le membra, aumentare il battito del cuore, fargli scorrere più veloce il sangue nelle vene. Gli occhi di mio figlio si animarono, cangiarono colore divenendo limpidi e brillanti. Si posarono per la prima volta sul viso di Launo e si illuminarono di gioia.

Sorrise. Con lo stesso sorriso con cui io alla mia nascita sorrisi al mondo.

Come se la vita improvvisamente fosse fiorita in lui, prese la mano della sua sposa con decisione, la portò alla bocca e la baciò, con impeto.

Era innamorato, per la prima volta in vita sua.

Non avrei potuto fargli, come dea e come madre, un dono più grande.

IL FUTURO

Martelli che battevano, mantici che soffiavano, seghe che tagliavano il legno. Era tutto un fermento il cantiere della nuova città troiana, che Enea aveva deciso si sarebbe chiamata Lavinio, dal nome della sua amatissima sposa.

Era dai tempi di Uruk che non mi capiva più di passeggiare per le strade di un insediamento appena fondato. Mi divertivo come una bambina. Con Launo al mio fianco, guardammo gli artigiani all'opera, schivammo le pozzanghere di fango e controllammo lo stato di avanzamento dei muri degli edifici sacri, perdendoci nei piccoli vicoli fra le capanne.

Launo, come continuavo a chiamarla, era bellissima. Una nuova luce era comparsa in lei: fra poco sarebbe diventata madre.

«Ho visto il futuro, sarà un maschio. Lo chiameremo Silvio, per onorare il padre di Latino, Fauno, dio delle selve.»

«Che poi sarebbe tuo nonno, visto che sei Lavinia» sorrisi io.

«Sì, devo sempre stare attenta a non sbagliare con l'albero genealogico della mia nuova famiglia, ma per ora sono riuscita a evitare errori. Le visite di Latino sono sempre più rare per via dell'età, ma quando giunge da noi con me è sempre gentile, premuroso, affabile. Qualche volta però lo scopro a fissarmi attentamente, di nascosto, come se studiasse i miei lineamenti per capire davvero chi sono. Sospetto che abbia intuito che non sono la sua Lavinia, ma non ha cercato di smascherarmi in alcun modo. Quando accenna alla sua vita familiare prima del nostro arrivo, mi rendo conto che deve essere stato un uomo profondamente infelice: la moglie Amata non gli ha mai permesso di avere un vero legame con la figlia, che considerava come una cosa solo sua. Lavinia non aveva nessuna libertà, nessuna autonomia. Era sempre chiusa nel palazzo, soffocata dalle regole del protocollo, guardata a vista dalla madre che le aveva inculcato il dovere dell'obbedienza e del silenzio, e la riteneva in fondo solo un docile strumento per ottenere più potere. Con me Latino ora invece parla, scherza, si rilassa. È anziano, provato dalla guerra e dalle vicissitudini nella sua vita, e ritengo che alla fine preferisca far finta di credermi per non rimanere del tutto solo, in quella città di anziani che è Laurento. Potrò non essere frutto del suo sangue, ma sono ormai l'unica famiglia che gli resta: l'ho reso suocero di Enea e nonno, la sua stirpe non si estinguerà con lui e sarà addirittura mischiata al sangue degli dei. Credo non gli interessi nemmeno più scoprire chi io sia davvero o cosa sia successo: il presente gli dona finalmente quella serenità che non ha mai avuto, e di ciò è grato. Tanto gli basta.»

Annuii. Anche se era un mortale, così lontano e diverso da me, potevo capire Latino. Noi dei non invecchiamo, ma non è escluso che possiamo maturare. E questo significa accettare che non tutte le domande devono ricevere necessariamente una risposta, perché la pace si trova più facilmente dimenticando alcuni eventi che rivangandoli di continuo.

Io stessa non mi chiedevo più il perché di tutto quel complicato intreccio di eventi di cui ero stata protagonista, e di cui Ananke, le Moire o il Fato avevano tessuto le fila. Mio figlio era in salvo, definitivamente, in una terra ospitale. Era innamorato di una donna che lo rendeva felice e che io stimavo, e che presto lo avrebbe reso di nuovo padre.

Talvolta sentivo in me una fitta di disagio per alcune mie azioni. I mortali lo chiamerebbero forse rimorso, ma il rimorso non è qualcosa che noi divinità possiamo provare. Per raggiungere questo risultato, avevo dovuto compiere scelte che spesso erano costate dolore e persino la vita ad altri esseri umani. Avrei potuto fare di più per salvare Creusa, Didone e la povera Lavinia, o evitare almeno alcune delle sofferenze di Elena? Me lo sono chiesta, e non ho trovato una risposta. La loro sorte era segnata dal disegno del destino, che è superiore persino alla potenza di noi divinità, o forse io, che ero l'erede della potenza più grande di tutte, avrei potuto battermi in loro difesa e vincere anche per loro?

Non lo so. La realtà è che persino io non ho fatto altro che reagire, d'impulso, agli eventi, nel momento in cui sono capitati, e in ciò non sono stata poi così diversa dai mortali. Il mio legame indissolubile con loro, forse, dipende da ciò: abbiamo lo stesso carattere.

«Sarà dunque questa la città destinata a dominare il mondo?» chiesi curiosa, per allontanarmi da quei pensieri malinconici, mentre attorno a noi torme di artigiani erano impegnati nelle più disparate attività.

Launo scosse la testa: «No. Si chiamerà Lavinio e sarà uno dei centri più importanti per i Latini. Ma quella destinata a una storia eterna sarà fondata più avanti e non porterà il mio nome, ma il tuo, Afrodite».

«Il mio?» ero stupita. Nessuna profezia, fino a quel momento, mi aveva informato di questo dettaglio.

Launo annuì: «Non in modo palese, ma tu sarai il suo vero nume protettore, il suo *genius* come dicono i Latini. Lo vedi il Tevere? Più avanti fa un'ansa in cui si incunea la pianura, fra sette colli. Lì il destino fra qualche anno prevede la nascita di una città, che fonderà un nostro pronipote, Romolo, discendente mio e di Enea. Sarà abbandonato insieme al gemello Remo perché frutto di un amore proibito del tuo vecchio amante, Ares o Marte, come lo chiamano qui nel Lazio. Tu gli sarai vicina, facendolo nutrire da una lupa, e adottare da una delle tue sacerdotesse e prostitute sacre, mettendolo in salvo. Cresciuto, fonderà un nuovo insediamento. La città avrà due nomi: uno sarà Roma, da *rumen*, la parola etrusca che significa mammella o ansa del fiume, per ricordare il luogo in cui era stato salvato per tuo intervento. L'altro, il nome segreto che ogni città latina possiede, che rappresenta la sua essenza e non deve essere mai pronunciato per evitare che possa cadere preda dei nemici, sarà *Amor*, cioè il tuo potere. Solo i sommi sacerdoti conosceranno questo particolare e potranno evocarti. E il tuo sangue scorrerà nelle più nobili famiglie romane: da Emilia, che sarà la prossima figlia mia e di Enea, discenderanno gli Emili, e dal mio figliastro Ascanio, che ora ha assunto il nome di Iulo, i Giuli. Saranno loro a rendere Roma padrona del mondo. E a vendicare la caduta di Troia e farla pagare a Hera per le sue azioni».

«In che senso?»

«Un discendente degli Emili, Lucio Emilio Paolo, conquisterà la Grecia e la sottometterà definitivamente a Roma. Gli Olimpi vedranno le loro terre diventare provincia di un impero fondato dai discendenti di coloro che hanno distrutto. Verranno assimilati agli dei latini, di cui assumeranno anche i nomi.»

Rimasi in silenzio, per qualche attimo. Questo dunque era il grande piano che Ananke aveva tessuto per secoli, in silenzio. La grande vendetta sugli Olimpi non era solo la mia, ma la sua.

«Povero Zeus, non so se si potrà mai riprendere di doversi confondere con quel rozzo di Giove! – dissi infine con soddisfazione maligna – E la sua venerabile moglie, Hera?»

«Sarà un altro discendente degli Emili, anche se adottato dalla famiglia degli Scipioni, Publio Cornelio Scipione Emiliano, a distruggere Cartagine. Gi intrighi di Hera non sono serviti a nulla. Anche l'Africa diventerà una provincia di Roma.»

«E i discendenti di Ascanio, il mio primo nipote?»

Launo sorrise: «Lo sai che gli voglio bene come se fosse mio. Per i Giuli che da lui nasceranno è previsto un futuro ancora più glorioso. Da quella stirpe un giorno nascerà Caio Giulio Cesare, destinato a conquistare la Gallia e le terre fino alla Britannia, aumentare a dismisura l'impero e prendere il comando assoluto a Roma. Sono convinta che ti piacerà. Sarà lui a diffondere il tuo culto come Venere Genitrice, capostipite della gente romana, e a dedicarti meravigliosi templi e un intero foro a Roma. Nonché a renderti onore anche nella vita privata, perché sarà un uomo di grande fascino, geografo, scrittore, ma soprattutto impenitente seduttore, di uomini e donne senza distinzioni».

Sorrisi soddisfatta: «Mi piace! Sarà divertente conoscerlo. Ma solo gli uomini a Roma conteranno qualcosa? Non ci saranno donne come noi in grado di decidere il destino di una città così potente?».

«Oh no, anzi! Le donne a Roma avranno un ruolo centrale. Magari nei secoli gli storici tenderanno a nascondere il loro operato, ma nella realtà saranno al centro di ogni cosa. Le ho viste, le nostre future discendenti e sorelle. Per la vita della città appena nata sarà fondamentale Ersilia, figlia di Tito Tazio, re dei Sabini. Sarà lei, divenuta moglie di Romolo, a evitare una guerra fratricida fra le due tribù e iniziare la storia di Roma. E l'etrusca Tanaquilla, moglie di Tarquinio Prisco: si trasferirà con lui nella nascente Roma e grazie al suo intuito politico lo farà diventare persino re! E poi Livia, prima imperatrice, moglie di Ottaviano, il nipote del Cesare che ti ho nominato prima, che aiuterà il marito a fondare l'impero e la prima dinastia. E le imperatrici della casa di Traiano, come la defilata Plotina, che mentre il marito conquisterà nuove terre all'impero, reggerà il regno con sagacia e accortezza, trovandogli anche un successore adeguato. O le donne della casa dei Severi, sacerdotesse della Grande Dea, che sapranno gestire il potere con un pugno di ferro. E molte altre matrone e principesse e imperatrici che nel corso dei secoli, spesso restando dietro le quinte, governeranno il mondo. Afrodite, la tua impronta su Roma sarà innegabile: vi somiglierete come due gocce d'acqua. Sarà una città sensuale, capace di ammaliare chiunque vi metta piede e sedurlo con la sua bellezza, ma soprattutto con il suo fascino e con il suo carattere. Roma sarà come te, materna ma anche scapricciata, regale e sanguigna, appassionata e ironica, capace di ire fulminanti e di estrema dolcezza. E dotata di un umorismo fatto di battute taglienti che non hanno rispetto di nulla, neppure degli dei!»

Risi di gusto: «Decisamente la mia città!».

«Per questo la soprannomineranno l'*eterna*. Come te.»

Già, questo io sono, mortali, per voi e per il cosmo tutto. Quella forza inestinguibile, quell'alito di vita che si espande in ogni luogo e tiene insieme ogni cosa, dal moto dei pianeti alle molecole che formano la materia, il vostro spirito, i vostri corpi.

Io vi guardo da sempre, nei secoli dei secoli, sorveglio i vostri progressi, mi diverto a osservare i tortuosi percorsi delle vostre esistenze e quel flusso di eventi, scelte e azioni che chiamate storia.

Io riemergo, come le sorgenti carsiche, come le polle d'acqua sotterranee che niente e nessuno riesce a imbrigliare e compaiono all'improvviso, inaspettate, sbucando dalle profondità della terra.

In tutti i tempi, in tutti i luoghi, ho accompagnato il vostro cammino. Non importa se nel tempo mi avete abbandonata per venerare altri dei, anzi, un altro dio, unico, maschio e padre, che in apparenza è il mio opposto.

Nelle visioni dei suoi nuovi apostoli sono riapparsa, sfolgorante come un tempo.

Sono stata ancora una volta la vergine vestita di sole, che tiene la luna sotto ai suoi piedi e sul capo ha una corona di stelle, destinata a mostrarsi nuovamente alla fine del tempo, nell'apocalisse finale.

Sono stata la Madre che partorisce di nascosto il suo figlio divino, provando le doglie del parto in una grotta, attorniata da animali e protetta dai pastori, come con Enea sull'Ida.

Sono stata la Donna misericordiosa a cui avete rivolto le vostre preghiere e le vostre suppliche, in ogni epoca e in ogni luogo, la sola che vi ascolti quando siete perduti, colei che veniva invocata nel buio severo delle vostre cattedrali, cantata nei vostri inni, chiamata in soccorso nel momento della malattia e del trapasso, speranza e aiuto in ogni circostanza.

Sono stata la *Luce del Mattino e della Sera*, che illumina il vostro cammino sulla terra, la *Stella Maris* che vi salva dai flutti e dai naufragi, la *Regina Coeli* che governa l'universo, la *scioglitrice di nodi* che svela ogni arcano e rimuove ogni impedimento, la *Porta del Cielo* che vi garantisce la vita eterna nell'aldilà e la felicità perpetua del paradiso.

Sono stata la *divina Sophia,* cui avete dedicato chiese in Oriente, suprema e infinita sapienza, la musa dei vostri poeti, l'ispiratrice dei vostri scienziati, a cui ho infuso l'amore per la conoscenza e l'anelito per la scoperta della verità.

Sono stata la Ragione venerata dai rivoluzionari, la Provvidenza in cui avevano fede i credenti.

Sono stata colei che con la forza del desiderio ha scombinato le architetture delle vostre società quando divenivano troppo chiuse e asfittiche, che ha scatenato le rivoluzioni di anime appassionate per la giustizia. Perché io sono il cerchio che non ha mai fine, il serpente che in eterno si morde la coda, la ruota che gira e capovolge i destini.

I più intelligenti fra i mortali hanno colto la mia mano in tutto ciò, riconosciuto i miei meriti, rispettato il mio potere. Ma persino gli altri, i più ottusi, che mi hanno ritenuto solo una immagine di bellezza e di sensualità, fermandosi alla superficie della mia essenza, hanno intuito il mio enorme potere, e ne sono rimasti così spaventati da cercare di limitarlo e frenarlo. Senza riuscirvi, perché non è dato ai mortali porre un argine a ciò che per sua natura non ne ha.

Il finito non può limitare o contenere l'infinito, mai.

E così io sono, ora, sempre, fra voi, accanto a voi, sopra di voi, come principio, linfa, madre, ispiratrice, amante, amica.

Sono ciò che lega ogni cosa, il presente, il passato, il futuro.

Sono il desiderio inesausto che vi sveglia alla mattina e vi tiene vivi, il ciclo della marea, il soffio del vento, il calore della primavera.

Sono l'amore *che move il sole e l'altre stelle.*

Sono Afrodite, Venere, Ishtar, Astarte, Inanna, Maria.

Sono colei che sono, la prima, l'ultima, la splendente, l'unica.

La Dea.

NOTE DELL'AUTRICE

La mitologia è sempre stata una mia grande passione. Da storica, mi è sempre piaciuto ricostruire epoche lontane basandomi sulle fonti e sui dati. Il mito invece è una dimensione altra, una nuvola di versioni differenti di una stessa storia, che si intrecciano e vengono continuamente riformulate nel tempo da autori diversi.

Questo libro non è dunque una ricostruzione, ma una riscrittura personale e moderna dei miti e del personaggio di Afrodite/Venere, che è sempre stata la mia dea preferita, perché fin da ragazzina adoravo il suo essere insofferente alle regole, anarchica, e testarda: fa sempre quello che vuole, ma è così affascinante che si fa comunque perdonare qualsiasi capriccio.

È sicuramente diverso dalle versioni di molti episodi di mitologia che conoscerete. Ma anche le varianti, in realtà, sono rielaborazioni che si basano su fonti antiche, in massima parte.

Per quanto riguarda la parte relativa ai miti di Inanna, la mia guida è stata *Mitologia sumera* di Giovanni Pettinato, edizioni UTET.

Per i miti relativi ad Afrodite, oltre a *Iliade*, *Odissea* e *Teogonia*, l'ispirazione viene dai cicli delle tragedie greche e dalle fonti secondarie come Apollodoro e Dionigi di Alicarnasso. Per la parte di Venere, evidentemente mi sono rifatta all'*Eneide*.

La storia di Launo è una variante che ho introdotto, sviluppando una notizia che però si trova in Dionigi, per cui la città di

Lavinio prenderebbe nome da Lavinia o Launa principessa delia e profetessa venuta in Italia al seguito di Enea e poi divenuta sua moglie. Questo perché, non me ne voglia Virgilio, il personaggio di Lavina figlia di Latino era così evanescente che ho sempre fatto fatica a innamorarmene.

I ringraziamenti sono d'obbligo, e per questo libro in particolar modo. Perché siccome volevo a tutti i costi che riuscisse bene, sopportarmi in questi mesi è stato spesso difficile. Ringrazio quindi la mia beta lettrice storica, Anna Cucco, che mi impedisce di rivoluzionare ogni minuto tutto quello che ho già scritto; e la mia "sorellina" Elisa Fedalto, che quando mi vedeva troppo stressata mi rapiva di forza portandomi al mare. Un grazie speciale a Vera Gheno, amica femminista che mi ha suggerito letture necessarie e risolto anche, da linguista e lettrice sensibile, un piccolo problema lessicale a cui non trovavo soluzione. E naturalmente un grazie speciale alla mia agente, Fiammetta Biancatelli della Walkabout Literaly Agency, per la sua pazienza e la capacità di fronteggiare con aplomb i miei peggiori momenti di ansia. Infine un ringraziamento davvero sentito al team di Giunti, Silvia Valmori in testa, che mi è sempre vicino con professionalità e dedizione, e in particolare un in bocca al lupo alla giovane Mariachiara Riva, cui auguro un luminoso futuro nel mondo dell'editoria.

E un grazie a voi lettrici e lettori, se siete giunti fin qui, nella speranza che vi siate divertiti.

Che poi è lo scopo per cui la letteratura è nata, non dimentichiamolo mai.

SOMMARIO

PARTE TERZA
AFRODITE

EC 0002348316
54671A
AFRODITE
NOVITA'
MARIANGELA GA
GIUNTI EDITOR
GIUNTI EDI